WANDERTOD

LAURA LANG

Copyright © 2019 Laura Lang
c/o AutorenServices.de
Birkenallee 24
36037 Fulda
E-Mail: lauralang@online.de
Coverdesign: Damonza

ISBN: 9783748160465
Herstellung und Verlag: BoD - Books on Demand, Norderstedt

Bibliografische Information der Deutschen Nationalbibliothek:

Die Deutsche Nationalbibliothek verzeichnet diese Publikation in der Deutschen Nationalbibliografie; detaillierte bibliografische Daten sind im Internet über http://dnb.d-nb.de abrufbar.

1

»Das wird auch Zeit.«

Die quengelige Stimme kam von einer Frau, von der Sunny seit gestern wusste, dass sie Helga Irgendwas hieß. Auf dieses Wissen hätte sie allerdings verzichten können. Überhaupt zweifelte sie allmählich nicht nur an dem Sinn dieser Aktion, sondern auch an ihrem eigenen Verstand.

»Frau Drescher, es hat doch trotzdem gut geklappt«, sagte Jochen, der während der Wanderung bewundernswert ruhig und diplomatisch geblieben war. Er hatte die Stärke, sich nicht schnell über andere Menschen aufzuregen, die Sunny fehlte. Sunny wusste nicht, ob sie ihn dafür bewundern oder in den Hintern treten sollte.

»Es war wirklich anstrengend«, sagte Ute, eine aufrechte und stilvolle Mittfünfzigerin, mit der sich Sunny gestern Abend an der Bar einige Minuten unterhalten hatte. Sunny mochte sie. Ute erinnerte sie zwar an ihre Mutter, aber sie besaß nicht die unangenehme Eigenschaft, Sunny mit hochgezogenen Augenbrauen anzusehen, weil diese ein paar Cocktails mehr getrunken hatte, als ihr guttaten. Vielleicht war Ute Friedmann auch einfach nur höflich.

Sunny zwang sich, den immer noch schmerzenden Kopf anzuheben und sich ihre Unterkunft für diese Nacht näher anzusehen. Die unregelmäßig ausgebleichten dunkelgrauen Schindeln der Fassade zeugten von jahrelanger Vernachlässigung, die durch den Anblick der vor dem Haus stehenden maroden Holzbänke noch verstärkt wurde. Einzig die bodentiefen weißen Kunststofffenster schienen neu zu sein. Sunny erkannte hinter den schmutzigen Scheiben Gardinen, die zu schief und lieblos aufgehängt worden waren, um den Ort zu einer Zuflucht für müde Wanderer zu machen. Jochens Fehler war nicht, dass er zu viel, sondern dass er überhaupt etwas versprochen hatte. Sunny war nicht besonders kritisch, aber sie frustrierte der Anblick ihrer Unterkunft mehr, als sie es Jochen gegenüber zugeben würde. Er brauchte jetzt ihre Unterstützung, nicht ihre Kritik.

»Hauptsache wir sind da«, erwiderte Utes Mann Bernd, der zurückgefallen war, um die Standortkarte des Waldgebietes zu studieren, die letzten Worte seiner Frau aber gehört hatte.

»Da schon, aber wo?«, fragte Helga Drescher. Sunny war der Nachname wieder eingefallen. Die Drescher zog ihren Mann Walter am Ärmel, der schräg hinter ihr stand und versuchte, unauffällig zu wirken. Sie trat vor und stieß mit dem Zeigefinger eine lose Fassadenplatte an, die ärgerlich über die Störung an ihrem letzten Nagel müde hin- und herschwang.

»Wofür wurde das Haus genutzt?«, fragte Sunny Jochen, um einer weiteren Diskussion über die Bausubstanz keinen Vorschub zu leisten, die Jochen in eine prekäre Lage bringen würde.

»Es war in den Achtzigern ein Ferienhaus, um Kindern und ihren Eltern aus sozial schwachen Familien einen Urlaub zu ermöglichen«, ging der bereitwillig auf ihre Ablenkungstaktik ein.

»Sieht nicht aus, als wären nur seine Besucher sozial schwach gewesen. Sein Besitzer anscheinend auch«, sagte Patrick Friedmann, der Sohn von Ute und Bernd, und griff schnell nach dem Arm seiner Frau Jessica, die über einen zerbrochenen Pflasterstein stolperte. ›Kein Wunder, in den Schuhen‹, dachte Sunny durchaus freundlich. Jessica Friedmann war eine nette Person, die sie heute Morgen mit Kaffee und Kopfschmerztabletten versorgt hatte.

»Es ist doch nur für eine Nacht«, sagte Ute Friedmann und ließ den Rucksack von ihren Schultern gleiten. »Morgen gehen wir weiter.«

»Keine Minute zu früh«, erwiderte ihr Sohn, was ihm von seiner Mutter einen Klaps in den Nacken einbrachte. Sunny sah, wie sich Jochens Gesicht mürrisch verzog, er es aber schaffte, sein bestes Lächeln aufzusetzen, das eine Reihe fast makelloser Zähne zeigte. Sunny hätte das gerne genauso strahlend erwidert, wäre nicht der kleine Eckzahn gewesen, der sich unbeeindruckt von der Disziplin seiner Nachbarn nach vorne drängte und Sunny immer beim Lachen die Hand vor den Mund halten ließ. Es war manchmal schwer, neben Jochen und seinem Glanz adäquat auszusehen. Sie fragte sich, ob sich das die anderen Teilnehmer der Wandergruppe auch dachten.

»Ich finde es in Ordnung. Reicht doch«, sagte Leo Palm. Mitte dreißig, feste Muskeln und ein ebenso fester Po, den Sunny noch gestern an der Bar des Hotels hatte bewundern können. Sein Haar fiel ihm in leichten Wellen über die Schultern. Sunny wusste, dass es kupferrot glänzte, obwohl die Sonne bereits fast hinter dem Horizont verschwunden war. Leider hasste sie rothaarige Männer.

Sie hasste allerdings auch unsinnige Wanderungen. Jedoch waren ihre Alternativen nicht so verlockend, sodass Sunny sich für die entschieden hatte, die ihr im Moment die wenigsten Probleme machte. Jochen war skeptisch gewesen, ob ihr Körper, der sich eigentlich nur bei Chips und Wein so richtig wohlfühlte, den Strapazen einer viertägigen Wanderung gewachsen war, was Sunny zwar ein wenig beleidigte, sie aber nicht davon abhielt mitzukommen.

Wie zur Bestätigung kniff sie in die Hautfalte, die sich frech an ihrem Hosenbund scheuerte. Obwohl jetzt am Abend schon deutlich der nahe Winter zu spüren war, schwitzte Sunny. Sie wünschte sich, sie hätte nicht unbedingt die Röhrenjeans angezogen, die ihre Beine trotz ihrer geringen Körpergröße von 1,63 Metern zwar beeindruckend schlank aussehen ließ, ihre Taille aber dazu brachte, überschüssiges Gewebe über den Bund der Hose auszulagern. Optisch konnte sie das zwar mit einer Tunika kaschieren, aber das unangenehme Gefühl blieb. Jochen nannte sie manchmal Pummelchen.

»Gehen wir rein, es ist gleich dunkel«, sagte Jochen.

Sunny blickte in die schwarzen Fenster, die kein Licht der untergehenden Sonne reflektierten. Sie hatte sich selten so wenig willkommen gefühlt, schob den Gedanken jedoch beiseite.

Sunny hatte gehofft, die Schatten drinnen ließen sich mit dem Licht vertreiben. Die Hoffnung war vergeblich. Sie betraten einen großen Vorraum, der bereits ein Drittel des Gebäudes auszumachen schien und wahrscheinlich für gemeinschaftliche Aktivitäten gedacht war. Sunny zog die Nasenflügel zusammen. Sie konnte die Feuchte riechen, die aus dem Waldboden hervor durch die Wände zu kriechen schien, unbeeindruckt davon, ob sie hier etwas zu suchen hatte oder nicht.

»Hier ist es noch kälter als draußen.« Helga Drescher zog ihren Mann wieder am Arm, als wäre das seine höchstpersönliche Schuld.

»Die Heizung ist natürlich noch nicht an, Frau Drescher«, sagte Jochen entschuldigend.

Sunny wünschte sich, er würde damit aufhören, die ganze Zeit in die Defensive zu gehen. Er brauchte diesen Job zwar, das war aber noch lange kein Grund, ständig den Eindruck zu erwecken, er wäre an allem schuld. Sie überlegte, ob sie etwas sagen sollte, entschied sich aber dann dagegen.

»Ich kann ja mal gucken«, schlug der rothaarige Leo gutmütig vor. Er hatte irgendwas mit Naturwissenschaft studiert. Was genau, daran konnte Sunny sich beim besten Willen nicht erinnern.

»Nein, ich mach schon.«

Jochen klang scharf. Offenbar hatte er keine Lust, sich die Zügel aus der Hand nehmen zu lassen. Sunny konnte es ihm nicht verübeln. Leo blickte kurz zu Sunny rüber und sie zog die Augenbrauen hoch. Vielleicht reichte das, damit er Jochen nicht vorführte.

Sie wandte sich nach links und öffnete die Tür zum nächsten Raum. Offenbar ein Saal, der wahrscheinlich für gemeinsame Mahlzeiten genutzt wurde. Ein Blick durch eine weitere Tür in eine Küche bestätigte ihre Vermutung. Drei Leuchtstoffröhren flammten auf und schafften das, was die Kugellampen in den beiden anderen Räumen nicht geschafft hatten. Sie vertrieben die Schatten. Diese hingen dafür jetzt draußen vor den Fenstern und schienen sich durch die Scheiben drücken zu wollen. Obwohl die Sonne gerade erst untergegangen war, verhinderten sie wie eine schwarze Wand, dass Sunny irgendetwas draußen erkennen konnte. Nicht zum ersten Mal hatte sie das Gefühl, beobachtet zu werden.

»Es ist sehr zweckmäßig«, sagte Ute Friedmann, die in den Speisesaal getreten war. Sie war einer der

Menschen, die es verstanden, auch Kritik so zu formulieren, dass sich niemand beleidigt fühlte. Wahrscheinlich war das bereits das Netteste, was sie über ihre Unterkunft sagen konnte.

»Wird wohl nicht so schlimm sein«, erwiderte Sunny. Sie wusste, dass sie pampig klang. Das tat ihr leid, Ute hatte das nicht verdient.

»Natürlich nicht, Sunny«, entgegnete diese freundlich, als hätte sie die Unverschämtheit in Sunnys Stimme nicht wahrgenommen. Sunny allerdings wusste sehr genau, dass es so war. Erneut fühlte sie sich an ihre Mutter erinnert.

»Das kann doch wohl nicht wahr sein!«

»Sieht aus, als hätte Helga mal wieder etwas gefunden, was ihr nicht passt«, sagte Ute und lächelte Sunny an. Das war definitiv anders als bei ihrer Mutter. Sie war nicht nachtragend. In ihrer Gesellschaft bekam man sicher nie ein ungutes Gefühl. Sie gingen zusammen durch den Gemeinschaftsraum in einen engen Flur.

»Schatz, beruhige dich doch«, sagte Walter Drescher und tätschelte seiner Frau die Hand.

»Ich will mich nicht beruhigen. Und lass deine Finger von mir.« Helga Drescher schüttelte die Hand ihres Mannes unwirsch ab.

»Es ist doch nur für eine Nacht«, sagte Jochen.

»Eine Nacht, in der ich gezwungen werde, in einem Etagenbett zu schlafen.«

»Du darfst dir aussuchen, ob du oben oder unten schlafen willst.«

»Toll. Oben muss ich Angst haben, dass ich herausfalle und unten, dass du durchkrachst und auf mich fällst.«

»Sie können ein Zimmer für sich alleine bekommen. Es sind genug da«, beschwichtigte Jochen sie.

»Siehst du, Schatz, das wäre doch eine vernünftige Lösung.«

»Nenn mich nicht Schatz und nimm endlich deine verdammten Finger von mir.«

»Ich finde es lustig«, sagte Jessica Friedmann und kuschelte sich an Patrick. »Wir in einer Jugendherberge.«

Patrick flüsterte ihr etwas ins Ohr und sie kicherte. Ihre kastanienbraunen Haare vermischten sich mit seinen blonden. Einen Moment sah es so aus, als wären beide Haarfarben miteinander verschmolzen. Sie waren erst sechs Monate verheiratet. Das hatte Jessica Sunny gestern erzählt. Sunny konnte sich nicht erinnern, dass Jochen ihr jemals ins Ohr geflüstert hatte.

Hier im Flur roch es nicht so muffig wie vorne im Eingangsbereich. Sunny hörte ein Knacken in den Wänden. Jochen hatte offenbar die Heizung angemacht. Das Wasser suchte seinen Weg durch die Rohre.

»Wir sollten vielleicht erst einmal zu Abend essen«, sagte dieser.

»Falls wir hier überhaupt was bekommen«, murrte die Drescher. Sunny packte langsam die Wut.

»Der Verwalter des Gebäudes hat den Kühlschrank natürlich aufgefüllt. Dosenvorräte sind sowieso immer da, weil hier regelmäßig übernachtet wird.«

»Äußerst verwunderlich«, konnte die Drescher sich nicht verkneifen, folgte der Gruppe aber dennoch in den Speisesaal.

Zwei lange Eichentische boten 14 Personen Platz. Patrick und Jessica setzten sich. Bernd Friedmann nahm den Thermostat unter die Lupe. Was er sah, befriedigte ihn sichtlich. Also hatte Jochen tatsächlich die Heizung angemacht.

»Herrgott, was für eine Absteige«, beschwerte sich Helga Drescher von der Tür aus.

»Jetzt will ich Ihnen mal was sagen ...«, hob Sunny an.

»Sunny, kann ich dich für einen Moment in der Küche sprechen?«, unterbrach Jochen sie.

»Aber ich ...«

»In der Küche«, sagte Jochen nachdrücklich und schob sie durch die Tür.

»Kannst du mir erklären, was du hier tust?«

Jochen riss die Kühlschranktür auf, als könne er damit seinen Unmut bekräftigen.

»Ich weiß nicht, was du meinst.«

Sunny wusste es sehr wohl, hatte aber nicht vor, es ihm so leicht zu machen. Gegen ihre Überzeugung zu handeln war ihr nicht möglich. Leider war seine Überzeugung eine andere.

»Okay, du kannst die Drescher nicht leiden«, sagte Jochen leise. Der Abhörsicherheit der Türen in dieser

Baracke traute er offenbar nicht. »Ich bin auch nicht gerade ihr Fan. Allerdings bin ich ein Fan von dem Geld, das mir diese Wanderung einbringt. Und davon habe ich im Moment nicht allzu viel, wie du weißt.«

»Du solltest dir trotzdem nicht jeden Quatsch gefallen lassen. Schließlich gibt es wichtigere Sachen als Geld.«

Im Gegensatz zu Jochen war Sunny die Lautstärke ihrer Unmutsäußerungen egal.

»Das sagt eine, die seit ihrer Geburt nichts anderes tut, als von dem Geld ihres Vaters zu leben.«

Das war unfair. Vor allen Dingen stimmte es auch nicht. Nicht mehr. Ziemlich genau seit einer Woche. Sonst hätte Sunny sich kaum auf diese Wanderung begeben, zumal sie nutzlose Lauferei hasste. Das hätte sie ihm sagen können.

»Ich will dir helfen«, sagte sie stattdessen.

»Wie? Indem du meine Kunden vergraulst? Kann dir da nichts Besseres einfallen?«

»Ich vergraule niemanden, hörst du«, zischte Sunny. »Ich versuche dir nur klarzumachen, dass Selbstrespekt etwas ist, um das man kämpfen sollte.«

»Du willst mir das klarmachen?«

Jochen war 24 Jahre älter als Sunny und in Momenten wie diesen merkte sie das auch. Immer dann, wenn er mit dieser herablassenden Stimme antwortete. Die hörte sie genug von ihren Eltern.

»Ja, ich«, antwortete sie dennoch selbstbewusst. »Ich habe alles aufgegeben wegen dir, erinnerst du dich?«

»Das denkst du. In Wirklichkeit hast du nur deine

Eitelkeit befriedigt und wolltest nebenbei noch deine Eltern ärgern. Ich weiß nicht, ob man das unter Selbstrespekt versteht.«

Jochen warf wahllos Lebensmittel aus dem Kühlschrank auf die zerkratzte Resopalplatte der Anrichte. Sunny knurrte der Magen, aber der Appetit war ihr vergangen. Irgendetwas lief hier nicht richtig.

»Das mit meinen Eltern war so eine Art Zusatznutzen«, sagte sie, pulte sich eine Weintraube aus der Zellophanhülle und steckte sie in den Mund. »Aber wenn wir schon dabei sind: Wir werden ihnen beweisen, dass ich meinen Job beherrsche.«

»Wie? Indem du mitten im Wald herumrennst und eine Story über meinen beschissenen Job machst, weil ich als Golflehrer nicht mehr arbeiten kann? Da werden die Leute scharf drauf sein. Und ich erst.«

»Eine Reportage über alternative Erlebniswanderungen mit einem erfahrenen und kompetenten Wanderführer«, korrigierte Sunny ihn ärgerlich. »Reisemagazine reißen sich um solche Geschichten.«

»Ja, natürlich. Ganz besonders werden die sich darum reißen, wenn meine übereifrige Freundin die ganze Gruppe gegen mich aufbringt, sodass die nach einem Tag wahrscheinlich am liebsten schon die Brocken hinwerfen möchte.«

»Das will ich nicht, das weißt du genau.«

»Dann hör auf damit, mir helfen zu wollen. Sunny, ich kann mir deine Unbedachtheit nicht leisten. Es wäre schön, wenn du das einsehen und der Erfahrung meines Alters vertrauen würdest.«

So etwas Ähnliches hatte Sunnys Vater auch von sich gegeben, als sie auf seine Frage, wie sie sich ihr weiteres Leben vorstelle, antwortete, erst eine Weile in ihre neue Beziehung zu investieren. Das alleine hatte schon gereicht, Gregor Meyer auf die Palme zu bringen; das Alter ihres neuen Freundes reichte dann für das Übrige. Das war in dem Fall, innerhalb einer Stunde ohne Wohnung, Geld und Perspektive dazustehen. Dafür jedoch mit einer frischen, daher noch leicht wackeligen Beziehung. Dass sie noch wackelte, erfuhr Sunny spätestens in dem Moment, in dem sie mit ihrem Rucksack und Laptop vor Jochens Tür stand und meinte, das wäre genau der richtige Zeitpunkt, ihrer Beziehung mehr Tiefe zu geben.

»Wie du dich gestern Abend schon benommen hast! Das wäre ein Grund gewesen, dich am Mitkommen zu hindern.«

»Ich wollte erste Interviews führen.«

»Verstehst du unter Interviews führen Cocktails in dich reinzuschütten und die Leute möglichst laut nach ihren Gewohnheiten beim Toilettengang zu befragen?«

»Bei einer gemeinsamen Wanderung kann so was wichtig sein«, entgegnete Sunny bockig.

»Nein, Sunny. So was kann nur peinlich sein. Auf jeden Fall ist es das für mich. Nennst du das investigativen Journalismus? Dann bezweifle ich, dass der das Richtige für mich ist.«

»Was verstehst du schon von investigativem Journalismus?«

»Zumindest so viel, um zu bemerken, dass du kein

Talent dafür hast. Das ganze Studium war eine Verschwendung deiner Lebenszeit. Da bin ich mit deinem Vater mal wirklich einer Meinung. Mit dem, was er sonst über mich denkt, kann er mir gestohlen bleiben.«

Sunny hatte bereits eine ganze Weile mit dem Brotmesser herumgespielt, welches sie jetzt mit aller Wucht in das Schneidebrett hieb. Da es keine spitze Klinge hatte, war der Effekt nicht ganz so dramatisch wie gewünscht. Kleine Holzsplitter verteilten sich auf dem abgeschabten Linoleum.

»Herrgott, Sunny. Wenn du mir keine Hilfe sein kannst oder willst, dann lass mich jetzt bitte alleine.«

»Kannst du haben.«

Sunny rauschte aus der Küche. Sie unterließ es allerdings, Helga Drescher im Vorbeigehen ihre Verachtung ins Gesicht zu brüllen. Wie sie Helga Drescher bis jetzt kannte, gab es dafür sicher noch genug Gelegenheiten.

»Ärger im Paradies?«

Sunny hatte einige Begriffe für ihre Unterkunft parat, aber Paradies war nicht dabei.

»Wie kommst du darauf?«, fragte sie und hoffte, sie klänge mürrisch genug, damit sich der rothaarige Hüne verziehen würde. Menschen, die über 25 Zentimeter größer waren als sie, waren ihr nicht geheuer. Noch weniger als rote Haare. Noch nicht mal, wenn sie in der Sonne zu schön glänzten.

»Es war nicht zu überhören.«

Sunny konnte sich zwar nicht daran erinnern, ihn zum Eintreten aufgefordert zu haben, aber Leo Palm schien über solche Formalitäten erhaben.

»Was geht's dich an?«, fragte sie daher, während sie betont langsam in ihrem Rucksack kramte, obwohl sie nicht wusste, was sie eigentlich darin suchte.

»Nichts. Und die anderen auch nicht. Vielleicht solltest du dich gerade deswegen bemühen, deine Angelegenheiten lautloser zu regeln.«

»Wenn es dich stört, hör einfach weg.«

Es gab nichts mehr, wonach sie im Rucksack stöbern konnte, daher begann sie, nutzlose Worte in ihr ledergebundenes Notizbuch zu schreiben. Auf dem Einband stand: Journalismus, der die Welt verändert. Das war aus der Zeit, als die Hoffnungen ihres Vaters noch nicht von ihrer Sturheit durchkreuzt wurden. Heute dachte er wohl anders darüber, da war sich Sunny sicher.

»Ich wünschte, das könnte ich. Aber in knapp 24 Stunden habe ich bereits zweimal eine One-Man-Show von Sunny Meyer geboten bekommen. Das vergisst man nicht so leicht«, sagte Leo und setzte sich auf ihr Bett, in dem Sunny heute Nacht alleine schlafen würde, wenn Jochen sich nicht noch bei ihr entschuldigte.

Zornig zog sie ihren Pullover unter ihm weg. Die Selbstverständlichkeit, mit der er sich ihr überlegen fühlte, hatte sie gestern Abend schon geärgert. Es war nicht ihre Schuld, dass er so verkrampft und wenig gesellig war. Sie hatte sich jedenfalls prächtig amüsiert.

»Ich hatte Spaß«, erwiderte sie, nicht ohne Spaß besonders zu betonen.

»Du warst betrunken.«

»Das eine schließt das andere nicht aus.«

»Nicht, wenn es sinnvoll passiert.«

»Was soll daran sinnvoll sein?«

»Siehst du, das fragst du dich jetzt selbst.«

Sunny atmete hörbar ein. Genau mit dieser Art der Diskussion versuchte ihr Vater immer, sie aus der Reserve zu locken. Sie führte zu nichts, kostete aber jede Menge Nerven.

»Auf den Arm nehmen kann ich mich alleine.«

»Das tue ich nicht. Ich versuche, dir was klarzumachen. Nichts spricht gegen feuchtfröhliche Abende, wenn du Spaß hast. Dich aber zu betrinken, nur um überhaupt Spaß zu bekommen, da läuft was falsch. Und genau das tust du.«

»Vielen Dank, Professor Freud. Noch was? Sonst würde ich jetzt gerne ins Bett gehen.«

»Wir essen gleich zu Abend.«

»Ich bin müde.«

»Nein, du bist nur sauer. Gönne ihm doch nicht den Triumph. Wenn du nicht wie ein Kind behandelt werden willst, dann benimm dich nicht so.«

Sunny hatte längst aufgehört, ihre Kleidung von einer Ecke des Zimmers in die andere zu sortieren. Das Freizeitheim besaß außer den schmalen Zimmern mit Einzel- und Etagenbetten zwei größere Zimmer mit

Doppelbetten, in denen offenbar die Gruppenbetreuer schliefen und von deren Größe der Rest der Gruppe nichts wusste. Sunny fand Leo zwar lästig, war sich aber sicher, dass er sie nicht verraten würde.

»Es geht dich gar nichts an, wie ich mich verhalte«, erwiderte sie hoheitsvoll und scheuchte ihn vom Bett, als wäre er ein ganz besonders lästiges Insekt. Sie dachte einen Moment, er würde darauf nicht reagieren. Sie hätte nicht gewusst, was sie dann tun sollte, aber er hatte seine Lehrstunde in erwachsenem Benehmen anscheinend beendet. Er lächelte jetzt wenigstens, und das zumindest sah gar nicht so schlecht aus. Nicht, dass sie seine Haarfarbe hätte vergessen können, aber immerhin.

»Ich weiß nur nicht, warum du dich von deinem Jochen so herumschubsen lässt.«

»Das tut er nicht. Er steht nur im Moment unter Stress.«

Warum rechtfertigte sie sich hier eigentlich?

»Unter Stress lernst du die Menschen erst einmal richtig kennen.«

Noch so eine Pseudo-Weisheit. Von denen hatte Sunny allmählich genug.

»Du kennst weder ihn noch mich. Was weißt du schon über unsere Beziehung?«

»Was muss ich denn wissen? Fest steht, du bist zu gut für diesen Kerl.«

Das war zwar nicht das, was Sunny zum Abschluss ihrer Unterhaltung gerne gehört hätte, aber zumindest war diese damit auch beendet. Leo verließ ihr Zimmer.

Einen Moment ärgerte sie sich, dass er sie nicht gefragt hatte, ob er ihr etwas zu essen bringen solle. Von Jochen konnte sie mit Sicherheit nichts erwarten. Der war zu sehr damit beschäftigt, sich bei diesem Spießerklub beliebt zu machen. Egal. Sunny konnte sich noch vage erinnern, irgendwo in ihrer Tasche ein halbes Snickers zu haben. Das sollte für heute Abend genügen. Ihr Magen war immer noch nicht vollständig in Ordnung.

Aber wenigstens war ihr nach dem Gespräch mit Leo der Appetit endgültig vergangen. Dabei hatte er noch nicht mal angedeutet, sie wäre zu dick, wie es Jochen gerne und oft tat.

Einen kurzen Moment sehnte sie sich nach ihrer Wohnung, für die sie aber vor vier Tagen bereits den Schlüssel hatte abgeben müssen, da ihr Vater sich weigerte, sie weiter zu bezahlen. Zum Trost hatte er ein Umzugsunternehmen geschickt, das ihre Wohnung ausräumte und ihr Hab und Gut in einem Container lagern sollte, bis sie wusste, was sie wollte.

2

Irgendwann zwischen Dunkel und Nacht hatte es angefangen zu regnen. Sunny hörte schwere Tropfen auf die Fensterbank fallen, war sich aber nicht sicher, ob diese nicht nur vereinzelt von den restlichen Blättern der Bäume abgeschüttelt wurden, weil ihre Lebenskraft mit dem Herbst verschwunden war und es ihnen zu schwer wurde, auch noch diese Bürde zu tragen.

Sie öffnete die Augen, als könne sie so besser hören, und tatsächlich nahm sie auf einmal noch weitere Geräusche wahr. Das Rauschen des Windes, der durch die dürren Äste fuhr und weiteren Regen vor sich hertrieb, der auf das Dach und die Gesimse fiel, als wolle er Sunny die Heftigkeit seiner Existenz beweisen.

Sunny lauschte eine Weile der Melodie aus stetigem Regen und leisem Donnern und wünschte sich, sie trüge eine Armbanduhr, da die Schatten im Dunkeln ihres Zimmers kalt und abweisend waren und nicht den

Eindruck erweckten, sie könnte sich ohne Licht zurechtfinden. Sie hielt einen Moment die Luft an, als könne sie damit mehr Ruhe bekommen, und versuchte zu erahnen, ob Jochen neben ihr atmete. Sie kam zu keinem Ergebnis. Ihre Hand wanderte vorsichtig über das Bett, in der Hoffnung, einen warmen Körper zu spüren, der bereit war, sich mit ihr zu versöhnen, aber die griff ins Leere.

Sunny tastete auf dem Fußboden nach ihrem Handy, das sie achtlos von ihrem Bett auf das Linoleum hatte rutschen lassen, nachdem die Hintergrundbeleuchtung schwächelte. Eigentlich hatte sie es an das Ladekabel anschließen wollen, aber sie war schläfrig und ein bisschen traurig gewesen, sodass es ihr nicht wichtig genug erschienen war, ebenso wenig wichtig wie sich auszuziehen. Vielleicht war im Speisesaal oder in der Küche eine Uhr. Auf jeden Fall würde es dort etwas zu essen geben, das sie sich schnell in den Mund stecken konnte. Heimlich, verstohlen und ohne einen Tadel, weder ausgesprochen noch mit den Augen.

Durch das Fenster kam ein Schein, der zwar schwach, aber dennoch in der Lage war, das Zimmer zu erhellen, obwohl das hier in den Tiefen des Waldes nicht möglich zu sein schien. Hier waren die Nächte im Herbst und Winter meistens schwarz, ohne Unterschied von innen und außen, weil es keine verschiedenen Abstufungen von Schwarz gab. Jedenfalls hatte Sunny das immer gedacht. Dennoch gab es einen vagen Schein, der den Schatten im Zimmer ihre Bedrohlichkeit nahm und Sunny sicher ans Fenster leitete.

Sie sah ins Schwarze, das hinter den Bäumen in einen versöhnlicheren Grauton überging und einen Schatten vor ihr Fenster warf, der eindeutig menschlich war. Menschlich genug, um der Sache auf den Grund zu gehen. Ihre Augen hatten sich nun vollends mit der Dunkelheit angefreundet und der kaum wahrnehmbare Schein brachte sie zur Zimmertür. Im Flur stoppte sie und orientierte sich neu. Ihre Hand tastete an der Wand entlang, vielleicht zwölf Schritte, bis sie die Ecke spürte und wusste, sie musste nach rechts abbiegen, um in den Gemeinschaftsraum zu gelangen. Hier konnte sie wieder mehr sehen. Der Lichtschein traf hier ebenso das hintere Fenster, dieselbe Wand, die auch ihr Zimmer vor dem Dickicht des Waldes beschützte.

Die Tür war abgeschlossen, aber der Schlüssel steckte, was Sunny einen Moment stocken ließ, denn nun war es offensichtlich, dass sich keiner ihrer Gruppe im Wald aufhalten konnte, ganz egal, was er dort zu welcher Zeit auch immer hätte tun wollen. Sie schimpfte sich einen Feigling, überlegte noch, ob sie sich Hilfe oder wenigstens ein Regencape holen sollte, entschied sich aber dann dagegen. Angst und Zaudern brachten keine großen journalistischen Entdeckungen hervor, wie der Wald alleine auch nicht. Aber ein geheimnisvolles Licht im Wald könnte so etwas bewirken.

Der Schlüssel drehte sich ebenso geräuschlos, wie Sunny sich durch den Spalt der leicht geöffneten Tür schob, deren Scharniere quietschten, wenn man sie zu weit aufzog, als wäre ihnen mit jedem Gast jämmerlich zumute, der das Gebäude betrat. Sie war stolz, sich das bei ihrer Ankunft gemerkt zu haben.

Draußen hörte man den Donner lauter, vielleicht war das Gewitter auch nur ein wenig näher gekommen. Der Regen war so erbarmungslos heftig, wie sie es drinnen bereits vermutet hatte. Die Gummisohlen ihrer Turnschuhe berührten den Kies, ohne ihm nur einen Laut zu entlocken, da der Regen gnädig jedes ihrer Geräusche verdeckte.

Sie huschte rechts am Haus vorbei und bog um die Ecke mit dem guten Gefühl, von hier noch nicht gesehen werden zu können. Als sie zur Hinterwand kam, wurde es schwieriger und sie war erleichtert, dass der Schein weiter im Wald verschwunden war, was es ihr einfacher machte, der Silhouette in sicherer Entfernung zu folgen. Der Wald schien nicht einverstanden mit ihrem Ausflug, Zweige schlugen ihr ins Gesicht und Dornen ritzten an ihren Handgelenken, deren Haut sich zu befreien versuchte und sich schmerzhaft losriss. War es sinnvoll, sich so weit vom Haus zu entfernen? Plötzlich hörte das Dickicht auf, fast wäre sie am letzten Baum, der ihr Schutz bieten konnte, vorbeigelaufen. Ein Licht ging an, strahlend und hell. Eine Außenbeleuchtung, die den Blick auf ein gedrungenes Holzhaus freigab. Die Silhouette entpuppte sich als Gestalt mit Ledermantel und Hut, die sich kurz umdrehte und Richtung Waldsaum blickte, bevor sie das Haus betrat. Sunny stand frierend an den letzten Baum gepresst und hoffte, unbeschadet zurückzufinden.

Ohne den Schein der Lampe des unbekannten Wald-
läufers kam die Schwärze schnell zurück und umhüllte
Sunny wie einen Mantel, der sich feucht und schwer
um ihre Schultern legte. Einen Moment war sie
versucht, sich von diesem Druck in die Knie zwingen zu
lassen, aber das Rinnsal, das ihr über den Nacken in
den Kragen ihrer Bluse lief, erinnerte sie daran, sich
zusammenzureißen und den Rückweg anzutreten,
wenigstens in die Richtung, in der sie ihn vermutete.
Sie schimpfte sich unbesonnen, weil sie nicht weit
genug gedacht hatte, eine Taschenlampe einzustecken,
und fragte sich, ob ihre Eltern, Jochen und jetzt auch
noch Leo vielleicht recht hatten, was ihre Lebenstaug-
lichkeit anging. Sie vertiefte diese Überlegung nicht.
Sie musste sich darauf konzentrieren, wieder zurückzufinden.

Der Regen hatte sich verstärkt und schoss die übrig
gebliebenen Blätter von den Ästen. Die schweren
Tropfen prasselten schmerzlich auf Sunny nieder und
behinderten die ohnehin schlechte Sicht noch mehr.
Sie versuchte, ihre Sinne zu schärfen, in den Wald
hineinzuhören, jedoch es schien, als habe der ihr nichts
zu sagen. Also vertraute sie ihrem Unterbewusstsein,
um die klamme Dunkelheit zu durchdringen und ein
vertrautes Zeichen zu erspähen, ein Licht oder wenigstens nur die Glut einer Zigarettenspitze. Sie fühlte die
Schatten näher kommen, schwärzer noch als diese

tiefste Dunkelheit, lauernd hinter Stämmen und trotzigem Dickicht.

»Alles Einbildung«, flüsterte sie, aber nah daran, sich ihr Scheitern bewusst zu machen und so lange an diesem Fleck stehen zu bleiben, bis es Morgen wurde oder der Regen sie weggewaschen hatte, bis nichts von ihr übrig blieb. Bis sie das Licht sah, blendend und grell in seiner Unbarmherzigkeit, gleichzeitig befreiend und Hoffnung versprechend. Irgendjemand hatte das Licht im Gemeinschaftsraum angemacht.

Sunny stellte zu ihrer Überraschung fest, dass sie gar nicht so weit von ihrer Unterkunft weg war wie gedacht. Der Wald und die Nacht hatten ihr einen Streich gespielt. Sie drückte einen Ast beiseite und stand auf dem Rasen, der das Gebäude umrahmte. Selbst bei diesem mangelhaften Licht wusste sie, dass er verwildert war. Sie stoppte an der Giebelseite und blickte vorsichtig um die Hausecke. Der Windfang bestand aus Glas und gab seine Besucher somit ungeniert den Schatten des Waldes preis, wie ein Opfer, von dem er hoffte, der Wald würde es holen. Das unwissende Opfer war Walter Drescher.

Sunny wünschte sich das ebenfalls. Das Wasser sammelte sich mittlerweile in ihren Schuhen, nachdem es über den Nacken und an ihrem Körper entlanggleitend seine Strecke über den viel zu engen Stoff ihrer Jeans gesucht hatte. Gründe genug, um die Nähe einer Heizung herbeizusehnen und sich die Finger an einer Tasse Kaffee zu wärmen mit der Gewissheit, dass ihr hier die Schatten nichts anhaben konnten. Aber sie wollte Walter nicht begegnen, nachdem er gestern Abend versucht hatte, den Arm um ihre Taille zu legen und sie hinter den Wasserspender zu schieben, als sie durch den Flur des Hotels Richtung Toiletten ging.

Sie presste sich an die Hauswand, versuchte, den schmalen Dachüberstand als Schutz vor dem Regen zu nutzen, und glitt leise an der Fassade hinunter, um sich auf den schmalen Sockel der Hauswand zu setzen. Walter sprach mit jemandem. Sunny fragte sich, warum sie das hören konnte, aber mit einem vorsichtigen Blick um die Hausecke erkannte sie, dass die Tür nach draußen offen stand, als wollte Walter Drescher sich mit jemandem vor der Tür unterhalten. Der musste allerdings unsichtbar sein, denn sie sah niemanden, bemerkte jedoch etwas anderes. Walter trank aus einer Flasche, deren Etikett sie nicht erkennen konnte. Die Farbe der Flüssigkeit ließ auf Weinbrand, Cognac oder Whiskey schließen. Jochen hatte heute Morgen extra darauf hingewiesen, dass niemand Alkohol mitnehmen sollte. Er wolle nicht riskieren, dass eventuell schwelende Konflikte aufflackerten, wenn die Gruppe zu viel getrunken hätte. Das war die Version, die er ihr anvertraut hatte. Heute Morgen war sie trotzdem das Gefühl nicht losgeworden, er spräche hauptsächlich von ihr. Die Blicke ihrer Mitreisenden ließen dasselbe vermuten.

Sunny rutschte ein Stück vor und schob sich um die Hausecke. Das konnte sie riskieren. Dicht am Haus standen Holzbänke aus grob gehauenen Stämmen, gestützt auf Pflanzringe. Hoch genug, um ihre Gestalt zu verdecken, wenn sie in der Hocke blieb.

»Ich soll nicht reden«, sagte Walter in die Dunkelheit hinein. »Nichts sagen. Das ist der Dame nicht recht.«

Die Dame war in dem Fall vermutlich Helga. Kein anderer in der Gruppe hatte Walter den Mund verboten, zumindest nicht, solange Sunny in der Nähe war.

»Auf nichts verzichten will sie. Ob mich das kaputt macht? Ist ihr scheißegal. Interessiert keinen.«

Seine Stimme klang tranig und verwaschen. Sunny hörte das, obwohl der Wind stärker geworden war. Drescher war offensichtlich betrunken und nahm ihr damit die Möglichkeit, ihre Abscheu zu überwinden und ungesehen an ihm vorbei ins Haus zu gehen. Betrunken wollte sie Walter Drescher auf keinen Fall begegnen.

Sunny zog sich zurück und huschte an der Außenwand entlang. Sie konnte sich an eine Tür auf der Rückseite erinnern, die von der Küche hinter das Haus führte. Wenn sie Glück hatte, war der Rahmen in ähnlich morschem Zustand wie der der Fronttür. Sie sollte recht behalten. Ein kurzer Ruck mit einer an der Wand lehnenden Gartenharke brachte sie endlich wieder ins Haus.

Hatte der Sturm sie zuerst geweckt? Oder Patrick, den sie erkannte, weil die Zimmertür zum Flur aufstand und der Schein der Kugellampe ihr über die Lider streichelte? Sunny wusste es nicht.

»Ich glaube, er ist tot«, stammelte Patrick Friedmann und zerrte wie zur Bestätigung am Ärmel ihres Shirts. »Er ist tot!«

Sunny versuchte, sein Erscheinen in ihrem Zimmer mit der abstrusen Situation in Einklang zu bringen. Träumte sie? Ihre Hand fuhr vor – fast reflexartig –, um nach der Hand zu greifen, die sie an ihrer Kleidung festhielt und an ihr zerrte.

»Wer ist tot?«, fragte sie, fiel automatisch in sein Flüstern ein und versuchte, in den Schemen des Lichtes seine Augen zu sehen. Schöne graue Augen, das wusste sie, obwohl sie sie nicht richtig erkennen konnte.

»Ein Mann«, wisperte Patrick und schaute in den Flur, als vermute er, genau dort den Geist genau dieses Mannes zu sehen. »Die junge Frau hat ihn umgebracht.«

Es gab nur noch eine junge Frau in dieser Gruppe.

»Jessica?«, flüsterte sie ungläubig und ging gleichzeitig davon aus, dass er träume oder schlafwandle. Warum sonst sprach er von seiner Frau in der dritten Person?

»Natürlich nicht«, erwiderte Patrick und klang beleidigt, abgelenkt von dieser unwirklichen Situation. Sunny fühlte Erleichterung, da es vielleicht doch nur ein Scherz war, der in den nächsten Sekunden in kleine Tropfen zerstäuben würde, die sich in dem monotonen Singsang des Regens verloren.

»Eine andere Frau. Sie habe ich noch nie gesehen.«

»Wo ist sie?«, fragte Sunny, richtete sich auf und tastete nach ihren feuchten Schuhen. Diese würde sie offenbar brauchen.

»Draußen vor der Tür«, antwortete Patrick, der sich aufgerichtet hatte. Diesmal konnte sie ihm in die Augen sehen und erkannte Verwirrung und sogar ein wenig Angst.

»Das war ein gutes deutsches Nachkriegsstück«, murmelte sie vor sich hin und versuchte, den störrischen Stoff der klammen Leinenschuhe über ihre Füße zu ziehen. Irgendwie musste sie diese verdammten Schuhe trocken bekommen.

Im Rest des Hauses war es still. Sunny hörte jemanden hinter seiner Zimmertür dumpf schnarchen, wusste jedoch nicht, wer es war, da sie sich die Zimmeraufteilung nicht gemerkt hatte. Im Flur erkannte sie, dass Patricks Kleidung nass war. Er war draußen gewesen, soweit stimmte die Geschichte auf jeden Fall.

Die Außenbeleuchtung funktionierte nicht. Sunny versuchte, durch den schier undurchdringlichen Vorhang des Regens vom geschützten Bereich des Windfangs aus etwas zu erkennen, aber mit der Funzel in diesem Raum konnte sie nur eine blaue Silhouette sehen, fast unwirklich. Ein Geruch von Zigarettenqualm lag in der Luft. Derselbe, den sie vorhin in ihrem Bett an Patrick wahrgenommen hatte. Sie musste raus, raus in den Regen und zu den Schatten, von denen sie gehofft hatte, sie in dieser Nacht nicht wiedersehen zu müssen.

Der Sturm zerrte an ihren braunen Haaren, an

ihrem Shirt und ihrer Halskette. Er war deutlich stärker geworden als vorhin, als sie draußen war. Wann war dieses Vorhin gewesen? Auf jeden Fall zu einer Zeit, in der keine zwei Fremden vor der Tür standen oder lagen. Denn einer lag auf jeden Fall. Die Silhouette entpuppte sich wirklich als junge Frau in einem blauen dünnen Kleid, ungeschützt vor den Elementen dieser rauen Nacht, mit verwirrten Augen und zitternder Unterlippe. Vielleicht auch Tränen, aber die konnten vom Regen kommen.

Zu ihren Füßen lag ein Mann, als wäre das alltäglich, in brauner Cordhose und kariertem Hemd. Sunny konnte sein Gesicht nicht sehen, aber es war ein Mann. Manchmal wusste man das einfach. Sie trat ein Stück näher heran, ein Stück näher aus der Normalität eines weiteren verpfuschten Tages in den Sog der Ereignisse, die dieser Fund unweigerlich nach sich ziehen würde. Sie beugte sich gerade so weit vor, um den Fleck unter seinem Kopf zu sehen, der selbst in der Dunkelheit schwarz glänzend schimmerte.

»Hol die anderen«, flüsterte Sunny, jedoch war es anscheinend laut genug, dass Patrick sie trotz des Ächzens der Zweige und des nicht enden wollenden Regens verstand und so schnell im Haus verschwand, als habe er die ganze Zeit die Hoffnung gehabt, genau dieses tun zu dürfen, um der Szenerie zu entfliehen.

Sunny blickte wieder hoch zu der Frau in dem viel zu dünnen Fähnchen, als wäre sie eben erst auf die Erde gefallen und nicht an dem Ort gelandet, an den sie eigentlich hin sollte.

»Wer sind Sie?«, fragte Sunny. Diesmal flüsterte sie wirklich. Ihre Worte verschwanden ungehört in dem Gebrüll des Sturms. Einen Moment hatte sie das Gefühl, durch die fast mädchenhafte Gestalt durchsehen zu können, so schmal und zart wirkte sie.

»Honey«, sagte die mit einer Stimme, die genauso zerbrechlich und durchsichtig war wie ihre Trägerin.

»Ich bin Honey.«

Dann weinte sie tatsächlich, diesmal konnte es kein Regen sein, es sei denn, er machte solche Geräusche. Sunny konnte auf einmal ihr Gesicht besser erkennen. Herzförmig und kindlich mit diesen verlorenen Augen stand es im krassen Gegensatz zu dem weiblichen Körper, den makellos anmutenden Brüsten und den weichen Schultern. Es war nicht heller geworden, wie Sunny zuerst vermutet hatte, sondern im Haus waren weitere Lichter angegangen, die den Vorplatz in einen diffusen Schein tauchten, der für Sunny alles wirklicher machte. Genauso wirklich wie Leo und Jochen, die durch den Regen auf sie zueilten.

———

»Sie heißt Honey«, sagte Sunny.

»Ich bin Honey«, bekräftigte die Angesprochene, die sich Schutz suchend an Leos Brust presste, nachdem er sie auf den Arm genommen hatte, um sie ins Haus zu tragen.

»Ein schöner Name«, sagte Leo sanft und ließ sie auf einen der Stühle im Gemeinschaftsraum gleiten. Er strich ihr eine blonde Strähne aus der Stirn, die der Regen dort festgeklebt hatte. Er kniete sich vor sie und nahm ihre Hände in seine. Die zierlichen Finger wurden von seinen verschluckt und für einen Augenblick sah es für Sunny von der Seite aus, als hätte sie keine Hände mehr.

»Er ist tot«, sagte Jochen, der ebenfalls wieder hereinkam. »Kein Puls.«

»Wie lange?«, fragte Sunny. Irgendwie wollte diese merkwürdige Frage unbedingt raus.

»Bin ich Rechtsmediziner? Er fühlt sich kalt an. Wir haben nur acht Grad da draußen. Da wäre wohl jeder schnell kalt.«

Bei dem Wort kalt fing Honey wieder an zu weinen.

»Ruhig«, surrte Leo. »Es wird alles wieder gut.«

»Was soll da gut werden?«, fragte Jochen. »Ich habe eine verdammte Leiche auf meiner Tour.«

»Sunny, hol bitte ein Handtuch«, unterbrach Leo ihn und versah ihn mit einem warnenden Blick, den Sunny nicht deuten konnte. Jochens Nasenflügel vibrierten, aber er erwiderte nichts.

»Wir haben eine Leiche?«, hörte Sunny Ute Friedmann fragen, als sie in einem der beiden Badezimmer ein Handtuch vom Haken zog und mit diesem nach vorne hastete.

»Oh mein Gott«, sagte Jessica, während sie hilfesuchend zu Patrick blickte, der aber nicht dort war, wo sie ihn anscheinend immer vermutete – hinter ihr. Ihre Augen irrten durch den Raum, bis sie ihn am Fenster entdeckte, fast unsichtbar in seiner grauen Jogginghose, dem grauen Sweatshirt neben dem ebenso grauen Vorhang.

»Du bist ja ganz nass«, stellte sie fest und ihre Augen wurden noch dunkler, als sie es von Natur aus schon waren. »Hast du etwa ...«

»... die Leiche gefunden«, sagte Sunny schnell. Sie wusste nicht, warum es ihr so wichtig war, dass Jessica nicht das Falsche aussprach. Vielleicht war es die Angst vor dem Unauslöschlichen. Würde dieser Verdacht einmal ausgesprochen, wären ihre Worte real. Sie würden zwischen Jessica und Patrick hin- und hertanzen, bis schließlich einer der beiden mit dieser unwillkommenen Gesellschaft nicht mehr leben könnte und sich für immer verabschieden würde.

»Wo ist diese Leiche?«, fragte die Drescher und drehte sich in der Runde, als befände sich diese genau zwischen ihnen.

»Draußen«, sagte Jochen knapp, diesmal nicht bereit, weitere und umfassendere Auskünfte zu geben, damit die Mitglieder seiner Tour wohlinformiert und befriedigt waren.

Helga Drescher ging zur Außentür und öffnete sie. Ein scharfer Luftzug wirbelte herein und suchte seinen Weg durch die Gruppe ans andere Ende des Raums, um dort den Vorhang aufzubauschen. Ihr Mann und die Friedmanns folgten ihr.

»Wir müssen die Polizei rufen«, sagte Bernd Friedmann folgerichtig. »Ich hole das Telefon.«

Er drängte seine Frau vorsichtig, aber konsequent zurück und verschwand im Flur.

Sunny hörte Honey im Hintergrund immer noch weinen, drehte sich wieder vom Geschehen an der Tür weg und reichte Leo das Handtuch.

»Ich bring sie in eines der Zimmer«, raunte der ihr zu. »Sie sollte sich hinlegen.«

»Sie sollte hierbleiben. Immerhin kommt die Polizei gleich.«

»Weißt du das? Wir haben hier kein Funknetz mehr. Wahrscheinlich, weil der Sturm so stark geworden ist.«

»Ich kann die Polizei nicht rufen«, sagte Bernd in diesem Moment, der aus dem Flur kam. »Es gibt kein Netz.«

»Was machen wir denn jetzt?«, fragte Jessica, die endlich zu Patrick gefunden hatte und versuchte, mit ihren Händen sein Gesicht zu trocknen.

»Wer ist sie?«, fragte die Drescher, die sich offenbar gerade erst der Anwesenheit von Honey bewusst wurde.

»Sie stand bei der Leiche«, erwiderte Patrick, der aus der Anonymität eines Chamäleons vom Vorhang weggetreten war und nun im Raum wieder eine Präsenz einnahm, die das Geschehene realer erscheinen ließ.

»Dann muss sie die Mörderin sein«, sagte Helga folgerichtig. Sunny konnte sie zwar nicht leiden, musste ihr in dem Punkt allerdings recht geben.

»Erst einmal muss sie sich hinlegen«, entgegnete Leo unwirsch und half Honey auf. Obwohl ihr Kleid ebenfalls nass sein musste, klebte es ihr nicht am Körper. So kindlich sie auch war, der Körper war der einer erwachsenen Frau und erwies sich als durchaus geeignet, die Männer im Raum von der Leiche abzulenken.

»Was soll mit ihm passieren?«, fragte Walter und zeigte mit dem Finger auf die im Kies liegende Gestalt. »Was machen wir, wenn wir keinen erreichen können?«

»Wir müssen ihn hereinholen«, sagte Jochen. »Er kann dort nicht liegen bleiben. Vielleicht gibt es Wildtiere in der Gegend.«

»Das wissen Sie nicht?«, fragte die Drescher. »Und dann führen Sie uns durch diesen Wald?«

»Wir bringen ihn in eines der Zimmer«, unterbrach Bernd eine Diskussion, auf die sicher keiner außer Helga Lust hatte.

»Ich fasse ihn nicht an«, wehrte Walter ab.

Sunny stand leider nah genug, um seinen Atem zu spüren, der nach Menthol roch; nur noch unterschwellig nahm sie den Alkohol wahr. Wie viel Uhr mochte es wohl sein?

Bernd, Jochen und Patrick trugen den toten Unbekannten in das letzte Zimmer am Gang. Seinen Kopf hatten sie gnädigerweise mit dem Handtuch abgedeckt, das Sunny aus dem Badezimmer geholt hatte.

3

»Sunny, wach auf. Sie ist tot.«

So musste es sich anfühlen, wenn man ein Déjà-vu hatte. Sunnys Unterbewusstsein kämpfte sich von ganz tief unten an die Oberfläche, weigerte sich jedoch, den wohltuenden Schlaf zu verlassen und sich einer Realität zu stellen, in der Leichen im Stundentakt die Regel wurden.

Obwohl sie der Meinung gewesen war, den Rest der Nacht kein Auge mehr zuzumachen, war sie dennoch schnell in einen tiefen traumlosen Schlaf gefallen.

»Wir können doch jetzt nicht schlafen gehen«, hatte Jessica entsetzt gesagt, als Leo das für das allgemein Beste fand.

»Wir können sowieso im Moment nichts tun«, meinte der. »Wir können keinen anrufen und im Dunkeln wird sich keiner auf den Weg machen wollen.«

»Aber SIE ist auch hier«, sagte die Drescher, als ekle sie sich, Honeys Namen in den Mund zu nehmen. »Wer sagt, dass sie uns nicht im Schlaf ermordet?«

»Wer sagt, dass sie es überhaupt war?«, gab Leo zurück.

»Der Verdacht liegt leider ziemlich nah«, sagte Bernd ruhig. Sunny wusste ihn und seine Besonnenheit immer mehr zu schätzen. »Mal abgesehen davon beruhigen mich die Alternativen auch nicht gerade.«

»Was ist, wenn ein Serienmörder im Wald sein Unwesen treibt?«

Wenn Walter überhaupt etwas sagte, war es in der Regel dummes Zeug. Das bestätigte sich für Sunny immer wieder.

»Der nichts anderes zu tun hat, als nachts bei Sturm und Regen durch den Wald zu laufen, weil man dann eventuell jemanden findet, den man umbringen kann?«, fragte sie süffisant.

»Zugegeben, unwahrscheinlich«, sagte Bernd und lächelte Sunny an. Offenbar konnte er Walter auch nicht besonders leiden, was komisch war, wenn man zusammen Urlaub machte. »Trotzdem sollten wir bei der jungen Frau vorsichtig sein.«

»Ich schließe sie ein«, schlug Leo vor. »Sie ist zu schwach, die Tür einzutreten. Die Fenster lassen sich sowieso nicht ganz öffnen. Das dürfte sicher genug sein.«

Vielleicht hatten die anderen nichts gemerkt, aber Sunny hörte den Sarkasmus heraus und es ärgerte sie. Warum hatte Leo so viel Mitleid mit einer Mörderin?

»Ich werde aufbleiben und Wache halten«, sagte Jochen schnell. Wahrscheinlich wollte er Leo nicht die Möglichkeit geben, sich noch mehr in den Vordergrund zu spielen. »Dann können alle beruhigt schlafen gehen.«

»Schöne Beruhigung bei einer Leiche und einer Mörderin im Haus«, knurrte Helga Drescher, nahm Jochens Angebot dennoch an, indem sie ihren Mann Walter unsanft am Arm riss und in Richtung ihres Zimmers ging. Ihrem Vorbild hatten sich die anderen ebenfalls angeschlossen. Sollte die Drescher recht behalten haben?

»Komm, du musst mir helfen.«

Sunny war mittlerweile wach genug, um Jochens Stimme zu erkennen, aber ihre Augen öffneten sich nur widerwillig. Langsam tauchte Jochens sorgenvolles Gesicht vor ihr auf, angestrahlt von der Lampe im Flur. Er erlaubte sich keinen Scherz mit ihr, das war unschwer zu erkennen. Dafür sah er viel zu verstört aus.

»Wer ist tot?«, wisperte sie, in der Hoffnung, es wäre weniger wahr, wenn sie flüsterte.

»Dieses Mädchen ... Frau ... Honey.«

»Wie kann das sein?«, fragte Sunny leise. Falsche Leiche in einer ganz falschen Geschichte. Oder sie selbst am falschen Ort. Es war schwierig, das im Halbschlaf zu unterscheiden.

»Komm mit«, erwiderte Jochen statt einer Antwort.

Die Gefühle des Wiedererlebens verstärkten sich, nachdem sie zum dritten Mal in dieser Nacht den Flur entlangging, um etwas Außergewöhnliches zu tun. Sunny hoffte, dass ihr zukünftiges Leben noch etwas mehr zu bieten hatte als Tote und geheimnisvolle Fremde.

Sie hatte sich noch keines der übrigen Schlafzimmer näher angeguckt, zu groß war ihre Erleichterung gewesen, eines der geräumigeren Zimmer mit französischem Bett zu bekommen. Das Freizeitheim war ein L-förmiger Bau, in dem sich auf der rechten Seite neun Zimmer mit Etagen- oder Einzelbetten befanden. Ein Raum selbst maß nur ungefähr neun Quadratmeter. Dort standen Sunny und Jochen nun, um auf Honeys wachsbleiches Gesicht mit den offenen grauen Augen hinunterzublicken. Ein herzförmiges Gesicht, dessen Teint ahnen ließ, wie zart ihre Haut sein musste. Das war Sunny vorher noch nicht aufgefallen und löste in ihr einen undefinierbaren Zorn aus. Zorn auf alles, was sie nicht war und auch nie sein würde. Allerdings hoffte sie auch ebenso wenig, erwürgt zu werden, wie es Honey wohl geschehen war.

»Wann ist das passiert?«, fragte sie und zweifelte gleichzeitig, ob ihr Gegenüber in solch einer Situation eine solche Frage erwartete. Aber woher sollte sie wissen, was erwartet wurde?

»Ich weiß es nicht«, erwiderte Jochen. Er hatte immer äußersten Wert darauf gelegt, trotz der ergrauten Haare und seiner Falten jugendlich und vital zu wirken. Heute Nacht sah er allerdings nur alt aus.

»Ich kam vor ein paar Minuten herein und sie war tot. Den Rest weißt du.«

»Leo hatte doch abgeschlossen?«

»Den Schlüssel hat er trotzdem stecken lassen.«

Sunny blickte wieder auf Honey und den blauroten Streifen um ihren Hals und konnte nicht umhin, ihre Wange zu berühren. Sie war eiskalt.

»Sie muss schon länger tot sein. Sie ist bereits kalt«, sagte Jochen, als wüsste er genau, was ihr gerade durch den Kopf gegangen war. Sunny fragte sich, wie eine Leiche so schnell kalt sein konnte.

»Sunny, das hier kann mein Geschäft komplett vernichten. Wir sollten sie loswerden.«

Jochen hatte sie an den Schultern gepackt und schüttelte sie, um seine Worte zu unterstreichen. Sie fuhr zurück.

»Ich hole Leo«, sagte sie.

»Warum hast du den Schlüssel stecken lassen?«

»Warum hätte ich ihn mitnehmen sollen? Es ging doch nur darum, dass sie nicht rauskam.«

Leo saß zum zweiten Mal auf ihrem Bett, mit dem Unterschied, dass es Sunny dieses Mal nicht störte. Sie empfand große Erleichterung, die Ereignisse dieser Nacht mit Leo anstatt mit Jochen besprechen zu können. Sie fragte sich, ob das anders gewesen wäre, wenn Jochen bei Honeys Tod nicht zuerst an die Konsequenzen für sich gedacht hätte.

»Aber jetzt hast du ihn abgezogen?«

»Ja, natürlich.« Wie zur Bestätigung hielt Leo den

Zimmerschlüssel mit dem blauen Ring hoch. »Die Totenruhe sollte keiner stören.«

»Das wäre dir vielleicht besser mal vorher eingefallen. Dann säßen wir jetzt nicht hier.«

»Mehr fällt dir dazu nicht ein?«

»Was sollte mir denn einfallen? Außer dass erwürgt werden sicher nicht die Todesart ist, die ich mir für mich wünsche.«

»Sie wurde nicht erwürgt. Man hat sie erdrosselt.«

»Was macht das für einen Unterschied?«

»Einen sehr großen sogar. Jemanden erwürgen machst du mit den Händen. Beim Erdrosseln nimmst du ein Hilfsmittel, eine Schlinge, einen Schal oder so was in der Art.«

Sunny fragte sich, woher man als normaler Mensch so etwas wusste. Sie hatten noch nicht darüber gesprochen, womit Leo sich beschäftigte, wenn er nicht gerade wanderte.

»Das heißt, da werden auch Fingerabdrücke drauf sein. Dann müssen wir danach suchen.«

»Einen Versuch ist es wert. Obwohl ich befürchte, dass der Mörder es mitgenommen hat, was immer es ist.«

»Oder auch nicht. Das sollten wir nachprüfen, bevor ihm einfällt, dass er etwas vergessen hat.«

»Wenn es noch in ihrem Zimmer ist, kann er es nicht holen, ohne die Tür einzuschlagen. Das würden wir hören.«

»Wenn er keinen Dietrich benutzt«, entgegnete Sunny.

»Er müsste dann damit auch schon ins Haus gekommen sein.«

»Nein, nicht unbedingt«, sagte Sunny kleinlaut. »Ich habe heute Nacht die hintere Tür an der Küche aufgebrochen. Es war kein allzu großes Problem.«

»Wofür rennst du nachts herum und brichst Türen auf?«

»Weil ich jemanden draußen gesehen und verfolgt habe. Als ich zurückkam, stand dieser Walter an der Vordertür. Ich wollte nicht von dem gesehen werden.«

»Und warum nicht, um alles in der Welt?«

»Lange Geschichte«, murmelte Sunny. »Erkläre ich dir irgendwann mal.«

»Du wirst wohl deine Gründe haben. Was mich viel mehr interessiert: Du hast draußen einen Verdächtigen gesehen und uns nichts gesagt?«

»Weil er mir eigentlich dann gar nicht mehr verdächtig vorkam. Er wohnt hier in der Nähe in einem Holzhaus.«

»Trotzdem hättest du es uns sagen müssen. Wahrscheinlich hätten wir von dort aus Hilfe rufen können. Dann wäre Honey jetzt noch am Leben.«

»Versuch nicht, mir ein schlechtes Gewissen einzureden.«

»Sunny, wir reden hier nicht von einem schlechten Gewissen. Wir reden hier von Mord, von einem abscheulichen noch dazu.«

»Eigentlich finde ich jeden Mord ziemlich abscheulich.«

Sie schwiegen und schauten gleichzeitig zum Fenster, als ein Ast der Buche, die vor Sunnys Fenster stand, von einer heftigen Windböe geschüttelt wurde und erbost gegen die Scheibe schlug.

»Das bringt uns nicht weiter«, sagte Leo und seufzte. »Es ist unfair, dir das vorzuwerfen. Es tut mir leid. Eins kommt mir allerdings ebenso komisch vor. Ich weiß nur nicht, ob ich das erwähnen kann, ohne dass du dich aufregst.«

»Ich bleibe ganz ruhig. Ich verspreche es.«

»Warum war dein Jochen bei Honey im Zimmer?«

Sunny ignorierte das *dein*, obwohl ihr das gegen den Strich ging. Aber unnütze Diskussionen über sprachliche Ausrutscher brachten sie im Moment nicht weiter.

»Ich weiß es nicht«, sagte sie überrascht. »Wir haben nicht darüber gesprochen. Er sagte nur, dass er reingegangen ist und sie tot war.«

Jochen hatte abgelehnt, sich mit Sunny und Leo auf ihr Zimmer zurückzuziehen, obwohl ihn Sunny dringend darum gebeten hatte, um gemeinsam zu besprechen, was sie nun am besten tun sollten. Sie hätten einen neuen Status quo ihrer Beziehung gebraucht, sie wollte die Erinnerung an ihr letztes Gespräch ersetzen, in dem Jochen sie gebeten hatte, die Leiche zu entsorgen. Den faden Geschmack, den sie seitdem im Mund hatte, hätte sie gerne durch etwas anderes ersetzt. Aber Jochen war in sein Zimmer gegangen, das er nach ihrem Streit in der Küche bezogen hatte, und hatte ihnen mitgeteilt, dass sie ihn informieren sollten, sobald sie einen Entschluss gefasst hätten.

»Also müssen wir klären, ob jemand von draußen

hereingekommen ist oder der Mörder bereits drinnen war.«

»Du meinst, einer von uns war es? Jochen? Auf gar keinen Fall«, erwiderte Sunny. Sie weigerte sich, sich Szenarien auszumalen, in denen Jochen als Mörder eine Rolle spielte.

»Jochen habe ich nicht gesagt, aber wir können ihn nicht ausschließen.«

»Vielleicht warst es auch du.«

»Oder du. Alles möglich. Glaubst du mir, wenn ich dir sage, dass ich es nicht war?«

Merkwürdigerweise tat sie das. Sie blickte in die grünen Augen mit den braunen Sprenkeln und übersah zum ersten Mal seine roten Haare. Er konnte einfach kein Mörder sein, darin war sie sich absolut sicher.

»Ja, ich glaube dir«, sprach sie es auch aus. »Ich war es auch nicht.«

»Das würde ich auch nie glauben. Wir sollten gehen und die anderen wecken«, sagte Leo, während Sunny noch darüber grübelte, ob seine Bemerkung eine Beleidigung oder ein Kompliment war.

»Um Himmels willen, was ist denn hier bloß los?«

Ute weinte. Ihr Mann legte ihr den Arm um die Schulter. Sein Gesicht verriet keine Emotion, aber er gab ihr den Halt, ohne den ihr beinahe die Beine versagt hätten. Sein Arm hielt sie aufrecht und man sah ihm an, dass das Kraft kosten musste, obwohl Ute eine schlanke Frau war.

»Ich habe von Anfang an gesagt, wir sollten hier nicht mitmachen«, meldete sich Walter zu Wort.

Sunny bestätigte das in ihrer Ansicht, dass Walter Drescher selten etwas Nützliches zum Gespräch beizutragen hatte.

»Halt den Mund«, entgegnete Helga scharf. »An der Wanderung ist nichts auszusetzen. Das Problem ist diese verdammte Unterkunft.«

»Ich konnte nicht wissen, dass sie so heruntergekommen ist«, sagte Jochen.

»Wer sollte es sonst wissen? Der Heilige Geist? Und wenn, dem wird das schnurzegal egal sein. Von einem Wanderführer kann man wohl so was erwarten.«

»Frau Drescher, ich versichere Ihnen ...«

»Seien Sie still. Ihre jämmerlichen Ausreden will hier keiner hören. Das macht Ihre Unfähigkeit nicht besser.«

»Ich glaube nicht, dass uns das jetzt weiterbringt«, sagte Bernd ruhig.

»Dich vielleicht nicht, mich schon. Wir sollten zurückgehen, sobald es hell wird.«

»Ich glaube nicht, dass wir so bald hier rauskommen«, sagte Leo.

»Was reden Sie denn da? Wir haben jetzt fünf Uhr. Die Sonne dürfte in zwei Stunden aufgehen. Dann gehen wir zurück.«

Falls Leo darauf noch etwas zu erwidern hatte, behielt er es für sich.

»Ich glaube auch, dass es das Beste ist«, pflichtete Ute ihm bei, die sich scheinbar wieder gefangen hatte, aber Sunny bemerkte ihre unterschwellige Unruhe. Ihre Hände bewegten sich unstet über den Stoff ihrer Twillhose, als könne sie sich nicht entschieden, ob sie an dem Stoff entlangreiben sollte oder nicht. Zwei Tote hatten sie entschieden aus dem Konzept gebracht.

Sunny stand mit dem Rücken in der Tür zur Küche, als ihr ihre Vermutung wieder einfiel, der Täter könnte durch die beschädigte Hintertür gekommen sein. Sie trat vorsichtig ein paar Schritte zurück, sie wollte nicht auffallen, nicht solange sie sich nicht versichert hatte, wie groß ihr Anteil an Schuld an den Vorfällen war. Keiner bemerkte, wie sie durch den dunklen Ausschnitt der offenen Tür verschwand, um diese dann vorsichtig zu schließen. Der Schnapper tat ihr den Gefallen und glitt lautlos ins Schließblech. Sunny schaltete das Licht an. Die Starter der Neonröhren gaben ihren Impuls an die Röhren weiter, die erst ein paar halbherzige Versuche machten, dann aber ansprangen. So kalt und unbarmherzig ihr Licht auch in den Raum strahlte, jetzt war Sunny dankbar dafür. So würde ihr keine noch so kleine Spur entgehen.

Die Sorge war unbegründet. Auch mit weniger Licht hätte sie keine Spur außer ihrer eigenen entdecken können. Ihre Gummisohlen hatten sich des Gemischs von verfaulten Blättern, Tannennadeln und Dreck Stück für Stück bis zur Tür zum Speisesaal entledigt, eine chaotisch willkürliche Anordnung, die sich dennoch nur auf ein Paar Fußspuren reduzieren ließ.

Wer immer ins Haus gekommen sein mochte, hier war er nicht entlanggegangen, es sei denn, er wäre geschwebt.

Sunny wusste nicht, ob sie diese Feststellung beruhigend finden sollte oder nicht. Sie löschte das Licht und kehrte zurück in den Speisesaal, so vorsichtig und unbemerkt wie zuvor. Nur Leo hatte ihr Verschwinden bemerkt. Er blickte sie an und zog fragend die Augenbrauen hoch, offenbar wusste er, was sie gemacht hatte. Sie schüttelte fast unmerklich mit dem Kopf.

»Wir können unsere Sachen auch hierlassen, dann kommen wir schneller voran«, hörte Sunny Patrick sagen und drehte sich ein Stück nach links, um ihn besser sehen zu können. Er lehnte an der Wand und hatte lässig die Arme vor dem Körper verschränkt. Wenn ihn die Ereignisse der letzten Nacht zusetzten, konnte er es perfekt verbergen.

»Das könnte vernünftig sein«, sagte sein Vater. »In diesem Regen sind die Rucksäcke sofort durchnässt und werden dann noch schwerer. Die Polizei wird sie später sicher mitnehmen. Vielleicht sollten wir es so machen.«

Seine Schwiegertochter Jessica nickte eifrig und Sunny wurde das Gefühl nicht los, dass sie das während dieses Gesprächs nicht zum ersten Mal getan hatte. Jessica sah aus, als würde sie allem zustimmen, was sie möglichst schnell hier herausbrachte. Sie hatte sich in der kurzen Zeit, in der Sunny wieder im Raum war, bereits dreimal umgedreht und durch den Gemeinschaftsraum Richtung Flur gestarrt, der zu den

Zimmern führte, als erwartete sie, dass jeden Moment einer der Toten von dort kam.

»Vielleicht ist aber auch unser Organisator dieser Wanderung nicht in der Lage, einen Toten zu erkennen. Wir sollten uns davon ruhig mal selbst überzeugen.«

So viel Gift wie möglich zu verspritzen, war offenbar der Sprit, der Helgas Motor am Laufen hielt.

»Frau Drescher, ich war auch bei ihr. Sie ist tot«, sagte Leo.

»Wenn Sie kein Arzt sind, gebe ich auf Ihre Einschätzung nichts. Ich möchte die Leiche sehen. Ich denke, wir alle möchten das.«

»Ich nicht«, sagte Jessica prompt. Der Rest schwieg.

»Dann kommen Sie bitte mit«, sagte Leo und rutschte von der Kante des Tisches, auf der er bis jetzt gesessen hatte.

Die Gruppe drängte sich hinter ihm in den schmalen Flur, als er Honeys Zimmer aufschloss und die Tür aufstieß. Die Leiche von Honey war verschwunden.

»Gute Show, Kompliment.« Patrick, der als Erster hinter Leo an der Zimmertür stand, lachte. »Ihr meintet wohl, nur Wandern sei zu langweilig. Ihr hattet recht. Das hier ist viel besser.«

Leo blickte hilfesuchend über Patricks Kopf hinweg zu Sunny und Jochen. Das gelang ihm mühelos. Sunny zuckte mit den Schultern. Jochens Reaktion konnte sie nicht erkennen.

»Ist das Ihr Ernst? Sie scheuchen uns in dieser Nacht zweimal aus dem Bett, um uns hier solch ein Theater aufzuführen?«

»Seien Sie still«, erwiderte Leo ungewohnt unfreundlich. »Wir haben andere Probleme.«

»Sie können sicher sein, es ist kein Theater«, sagte Jochen, der sich mittlerweile an der Gruppe vorbei nach vorne geschoben hatte. »Ich habe sie gefunden. Sie können sicher sein, sie war tot. Sie ist erwürgt worden.«

»Erdrosselt«, erwiderte Sunny mechanisch, aber keiner der Anwesenden wollte ihr neu erworbenes Wissen abfragen.

»Aber wo ist sie dann bloß?«, fragte Ute.

Sunny glaubte, Panik aus ihrer Stimme herauszuhören. Sie hätte gestern nicht geglaubt, dass Ute ein Gefühl wie Panik überhaupt kannte, so stark und unerschütterlich hatte sie gewirkt.

»Wenn nur er den Schlüssel hatte, dann muss er auch wissen, wo sie ist.«

Sunny hätte Walter gerne gesagt, dass man nicht mit dem Finger auf andere Leute zeigte, dass er sich daran aus seiner Kindheit wohl noch erinnern sollte.

»Die Vermutung liegt natürlich auf der Hand«, erwiderte Leo ruhig. »Ich kann Sie nur bitten, mir zu glauben. Ich habe nichts mit ihrem Verschwinden zu tun.«

»Ich glaube Ihnen«, sagte Bernd und blickte

prüfend in die Runde. Seine Frau, sein Sohn und seine Schwiegertochter nickten folgsam.

»Wir alle glauben Ihnen«, stellte er fest. Befriedigung klang aus seiner Stimme. Sunny fragte sich, ob er diese aus der Tatsache erlangte, dass seine Familie sich seiner Meinung anschloss oder sie aus Sympathie für Leo teilte.

»Dann muss es noch andere Schlüssel für dieses Gebäude geben«, sagte Sunny.

»Natürlich gibt es noch andere. Ihr unfähiger Freund wird wohl nicht der Einzige sein, der welche hat.«

»Helga«, sagte Bernd warnend.

Die Drescher hielt den Mund, obwohl es ihr deutlich anzusehen war, dass sie es nicht aus Überzeugung tat. Sunny fing Leos Blick auf, der ihr riet, auf diese Provokation nicht zu reagieren.

»Wir gehen am besten wieder in den Speisesaal. Hier können wir sowieso nichts mehr tun«, sagte Bernd und schob Ute sanft, aber konsequent in Richtung Zimmertür. Die anderen folgten ihnen, zwar nicht ganz so überzeugt, aber wenigstens leerte sich das kleine Zimmer und Sunny wurde ihre aufkommende Beklemmung wieder los.

»Wir sollten auch nach dem Mann gucken«, flüsterte sie Leo zu. Irgendetwas sagte ihr, die Überraschungen in dieser Nacht waren noch nicht vorbei.

»Bleib hier, ich schau kurz nach«, flüsterte Leo, nicht ohne mit einem kurzen Blick zu kontrollieren, ob alle den schmalen Gang verlassen hatten.

Sunny beobachtete ihn, wie er den Flur entlangging, und sie hatte die Vision, die Wände dehnten sich nach vorne aus, weg von ihr, und trügen Leo für immer davon. Fast hätte sie gerufen, als sie merkte, dass ihr die eine flackernde Lampe an der Decke einen Streich gespielt hatte. Leo war in einem Moment von der Dunkelheit verschluckt worden, tauchte jedoch kurze Zeit später unbeschadet wieder auf, sodass sie fast geschluchzt hätte vor Erleichterung. Ihr für ihre Person ungewöhnliches Verhalten erinnerte sie an Honey. Sie spürte plötzlich die Schwere und Hoffnungslosigkeit, die diese junge Frau ausgestrahlt hatte. Wo kam diese Rührseligkeit auf einmal her?

»Er ist weg, nicht wahr?«

Diese Feststellung nahm sie vorweg, Leos Gesicht ließ keine andere Schlussfolgerung zu.

»Ja. Und damit ist die Sache jetzt ganz offiziell merkwürdig. Sunny, was geht hier vor?«

Sunny ehrte es, eine so elementare Frage von dem Mann gestellt zu bekommen, der gestern noch zu ihr gesagt hatte, sie könne keine Verantwortung für ihr Leben übernehmen. Leider brachte sie das der Antwort kein Stück näher.

»Das wird die Polizei schon noch herausfinden.«

»Was sollten sie denn herausfinden? Es gibt ja noch nicht mal Leichen.«

»Vielleicht war es wirklich ein schlechter Scherz.«

»Überleg doch mal, wie willst du zwei Leichen hier heraustransportieren, ohne dass es irgendeinem auffällt? Die von dem Mann vielleicht noch, wir wissen nicht, wie lange er schon weg ist. Das letzte Mal haben wir ihn gegen zwei Uhr gesehen. Aber die von Honey, unmöglich. Das muss einer aus dem Haus gewesen sein.«

Damit hatte er wohl recht. Die beschränkte Zeitspanne dezimierte die Summe der Möglichkeiten ganz beträchtlich. Und damit auch die der Verdächtigen.

»Das haut doch von der Zeit gar nicht hin. Von dem Moment, an dem Jochen mich geholt hat, ich dich und du die anderen, war keiner mehr allein. Außer Jochen in der Zeit, in der ich bei dir war, aber du hast Honey danach noch gesehen.«

»Also eine äußerst kurze Zeitspanne. Wäre das in der Zeit zu schaffen?«

»Vielleicht. Müssen wir mal überprüfen. Durch das Fenster wäre auch noch eine Möglichkeit.«

»Ich möchte dich sehen, wie du eine Tote als Frau allein durch ein Fenster schiebst, das nur einen halben Meter breit ist.«

»Unterschätz mich nicht. Sollten wir zumindest in Erwägung ziehen.«

»Erst sollten wir mal wieder zu den anderen gehen«, sagte Leo. »Wer weiß, was wir da noch erfahren.«

4

»Wir sollten keine Polizei verständigen«, hörte Sunny Bernd sagen, als sie und Leo ins Zimmer traten.

»Das kann doch nicht dein Ernst sein«, sagte Jessica, der deutlich anzusehen war, dass sie an dem moralischen Kompass ihres Schwiegervaters zweifelte.

»Leider ja. Als Unternehmer sollte ich nicht mit Toten in Verbindung gebracht werden, vor allen Dingen nicht mit solchen, deren Leichen verschwinden. Wir sollten das als Gelegenheit nehmen, unbehelligt aus der Sache herauszukommen.«

»Was sollte es uns schaden?«, fragte Patrick, von dem Sunny wusste, dass er ebenfalls bei seinem Vater arbeitete. »Schließlich haben wir sie nicht umgebracht.«

»Ich stimme deinem Vater zu«, sagte Ute, ohne aufzublicken. Sie saß an einem der Esstische und ihre Fingernägel kratzten in den Riefen des Furniers, in dem vergangene und gegenwärtige Generationen ihre Spuren hinterlassen hatten.

»Das können wir einfach nicht tun«, sagte Jessica. »Zwei Menschen sind tot.«

»Oder auch nicht. Wer weiß das schon?« Helga kam mit einer Banane aus der Küche. Ihr Appetit hatte offensichtlich nicht gelitten. »Verschwundene Leiche, von wegen. Wir wurden an der Nase herumgeführt. So einfach ist das.«

»Hältst du das für wahrscheinlich?« Utes Kopf schnellte hoch. Ihre Augen waren auf einmal fast schwarz. »Sag mir, glaubst du das wirklich?«

Helga wich ihrem Blick und einer Antwort aus.

»Wir sollten sehen, dass wir schleunigst hier abhauen, bevor dieser Komiker noch auf die Idee kommt, uns einen weiteren Toten zu präsentieren.«

Damit keine Missverständnisse darüber aufkommen konnten, wer der Komiker in dem Fall war, zeigte Walter mit dem Finger auf Jochen. Sunny hatte eine Vision von Walter im Sandkasten, der auf die Frage der Kindergärtnerin, wer heimlich die Schokolade aus dem Schrank gegessen hatte, mit dem Finger auf das Kind der Runde zeigte, das von jedem gemocht wurde.

»Ich finde auch, dass wir das tun sollten. Egal, was hier vorgeht, es gefällt mir genauso wenig wie Ihnen. Zumal ich nichts mit den Vorgängen hier zu tun habe.«

Jochens Lächeln war gewinnend und jeder, der ihn nicht näher kannte, sah das Bild eines beflissenen, freundlichen Mannes, an dem Beschuldigungen jeglicher Art abzuprallen schienen wie ein Gummiball vom Parkett. Sunny sah einen älteren Mann, dem das Leben nur deswegen übel mitgespielt hatte, weil er sich nicht an dessen Spielregeln gehalten hatte. Durch die permanente Einforderung persönlicher Vorteile war er wie die Frau des Fischers zurück zu seinen Wurzeln katapultiert worden, um wieder dort anzufangen, wo er einst begonnen hatte: als Speichellecker. Zwei Morde unter seiner Verantwortung würde sein neues Unternehmenskonzept nicht verkraften.

»Das interessiert uns nicht«, sagte Helga. »Hauptsache wir müssen diese abbruchreife Spelunke und Sie so schnell nicht mehr wiedersehen. Sobald es hell ist, sind wir hier weg.«

»Ich habe es Ihnen vorhin bereits gesagt: Ich glaube nicht, dass wir so bald hier weg sind«, sagte Leo. Er stand so dicht neben Sunny, dass die Wolle seines Pullovers an ihrem Arm kitzelte.

»Mann, was reden Sie da?« Walter versuchte offenbar, neben seiner Frau nicht allzu läppisch dazustehen.

»Hören Sie das nicht? Der Sturm ist deutlich schlimmer geworden. Vom Regen ganz zu schweigen. Ich halte es nicht für die beste Idee, bei solch einem starken Unwetter im Wald herumzulaufen.«

»Er hat recht, Bernd. Es ist gefährlich. Davor warnen sie immer wieder.«

Utes Fingernägel ritzten nun nicht mehr am Furnier des Tischs, sondern zupften nervös an einer Hautfalte ihres Handgelenkes.

»Wir schaffen das ohne Weiteres, keine Sorge«, sagte Jochen.

»Glauben Sie, der Sturm ist wirklich so stark?« Bernd ignorierte ihn und wandte sich Leo zu. Sunny sah, wie Jochen seine Hände hinter dem Rücken zu Fäusten ballte.

»Mein Windmesser zeigt Windstärke neun an. Die Geschwindigkeit hat sich seit gestern Abend fast verdoppelt.«

»Du trägst im Ernst ein Windmessgerät mit dir herum?«, fragte Sunny. Sie erinnerte sich, dass ihr Vater immer eins beim Segeln dabeigehabt hatte.

»Ja, ich brauche das für meine Studien. Hier im Wald ist solch eine Geschwindigkeit schon äußerst heftig.«

»Was soll das?«, keifte Helga. »Wir werden wohl nicht wegwehen.«

»Aber vielleicht werden Sie von einem herunterfallenden Ast im besten oder von einem umstürzenden Baum im schlimmsten Fall erschlagen.«

»Das Risiko gehe ich ein.«

»Aber ich nicht«, sagte Bernd. »Eine Strecke von 25 Kilometern ist zu lang für solch ein Himmelfahrtskommando.«

»Für uns auch keine Alternative«, meinte Patrick. »Jessica und ich bleiben auf jeden Fall hier, bis das Wetter sich wieder bessert.«

»Kann der Wetterprophet auch vorhersehen, wann das sein wird?«

»Schwer zu sagen«, erwiderte Leo. »Ein paar Stunden, würde ich schätzen, vielleicht auch länger. Wenn es über Mittag dauert, sollten wir nicht mehr losgehen. Die Dunkelheit kommt dann zu schnell.«

»Also noch eine Nacht in diesem beschissenen Loch«, sagte Helga.

»Wenn Sie es so ausdrücken möchten, ja, dann bedeutet es das wohl.«

»Allerdings kannst du dich gerne selbst auf den Weg machen«, sagte Ute, die mittlerweile wieder aufgestanden war und nicht mehr wirkte, als würde sie jeden Moment ohnmächtig werden. Sunny versuchte, diese plötzliche Verwandlung in Einklang mit der fahrigen Frau zu bringen, die sie vor fünf Minuten noch war. Ute Friedmann wechselte ihr Verhalten mit der beunruhigenden Geschwindigkeit eines Chamäleons.

»Dann ist das entschieden, wir bleiben hier. Vorerst«, sagte Bernd.

Sunny bekam wieder das Gefühl, ihren Vater vor sich zu haben.

»Was machen wir jetzt?«, fragte Sunny, nachdem sie und Leo die Gelegenheit genutzt hatten zu verschwinden, als sich die Gespräche erschöpft hatten.

»Das, woran wir direkt hätten denken sollen. Wir müssen den Vorplatz untersuchen.«

»Du willst doch nicht etwa jetzt noch nach Spuren suchen? Das hätte uns etwas früher einfallen müssen. Was sollte bei dem Regen da noch zu finden sein?«

»Auf jeden Fall können wir die Möglichkeit nicht ignorieren, dass wir vielleicht etwas finden.«

»Also gut, Spurensuche«, gab Sunny nach, die sich in ihrer Fantasie mit High Heels, einer Waffe im Holster und einem Spurensicherungsköfferchen auf dem Weg zum Tatort gehen sah. Es konnte nicht schaden, etwas weniger fernzusehen. Ihr Einsatz hier würde sich sicherlich nicht halb so brillant gestalten. Es spielte sowieso keine Rolle. Ihre Schuhe und ihre Kleidung waren immer noch feucht.

»Wie sollen wir es machen?«, fragte sie. »Ich habe keine Lust, vor den Augen aller draußen herumzuschleichen.«

»Wird sich nicht vermeiden lassen. Aus dem Speisesaal können wir sie schlecht hinausscheuchen. Was willst du machen? Sie auf ihr Zimmer schicken? Wir haben es hier nicht mit ungezogenen Kindern zu tun.«

»Wie man es nimmt«, antwortete Sunny vage, gab Leo aber insgeheim recht. »Wegen mir. Dann stellen wir uns einer Tatortuntersuchung mit Publikum. Wenn mir auch nicht wohl dabei ist.«

»Verstehe ich. Aber ich möchte dich daran erinnern, dass es noch deinen geheimnisvollen Fremden gibt, der nachts um unser Domizil herumschleicht und den du mir verheimlicht hast.«

»Er war nicht geheimnisvoll. Auf jeden Fall jetzt nicht mehr.«

»Warum? Weil du das so möchtest? Weil du ein schlechtes Gewissen hast, nicht vorher etwas gesagt zu haben, damit wir ihn nicht aufhalten konnten, ein Doppelmörder zu werden?«

Obwohl die Worte unversöhnlich und anklagend klangen, hatte Sunny nicht das Gefühl, bei Leo in eine Verteidigungshaltung gehen zu müssen. Er war einfach jemand, der wissen wollte, warum sie etwas getan hatte und nach ihrer Erklärung keinen Boykott über ihre komplette Beziehung verhängen würde.

Sie dachte an den Mann im Ledermantel, der in die Dunkelheit des Waldes geschaut hatte, bevor er ins Haus ging. Von seiner Haltung war etwas Beruhigendes ausgegangen. Er hatte es nicht eilig gehabt, sein Zuhause zu erreichen.

»Im Moment muss es dir einfach genügen, dass ich sicher bin, dass er nichts damit zu tun hatte«, sagte sie. »Und ich möchte dich bitten, dich auf meine Einschätzung zu verlassen.«

»Okay, das tue ich«, erwiderte Leo schlicht.

Sunny, die eine Welle von Rückfragen erwartet hatte, blickte zu ihm hinüber. Seine grünen Augen schienen die Farbe gewechselt zu haben – wie zuvor bei Ute Friedmann –, allerdings konnte sie dort nichts Bedrohliches entdecken. Alles was sie sah, war Vertrauen und Zuneigung.

»Ich danke dir«, sagte sie schlicht und schenkte ihm ein Lächeln. Eine weitere Diskussion, in der sie die wenig rühmliche Rolle einer Informationsverweigerin abgab, würde sie nicht mehr erwarten müssen.

»Was ist mit den Gelegenheiten der anderen aus unserer Gruppe?«, lenkte sie ab.

Sie spürte Tränen hinter ihren Lidern. Was war nur mit ihr los? Hatte sie die ungewohnte Situation aus der Bahn geworfen? Sunny glaubte nicht daran. Letztes Jahr hatte sie im Zuge einer Artikelserie ein Waisenhaus besucht. Die tragischen Geschichten hatten nicht annähernd die Gefühle in ihr ausgelöst, die diese Situation hier in ihr hervorbrachten. Ihr Redakteur hatte ihr damals fehlende Empathie vorgeworfen, die Sunny jedoch als Hauptkriterium für investigativen Journalismus ansah. Zu viel Empathie störte eine objektive Berichterstattung nur.

»Das ist in der Tat ein Problem«, sagte Leo.

Ihr erschien es, als hätte er erst Minuten später auf ihre Frage geantwortet, so sehr war sie in den Fäden ihrer Gedanken eingesponnen gewesen.

»Die Zeit, so etwas durchzuziehen, war mehr als knapp. Als einziger Fluchtweg bleibt das Fenster. Außerdem sind wir uns doch darüber einig, dass eine Frau das nicht allein schaffen konnte.«

»Also waren es entweder einer oder zwei. Das ist nicht gerade viel.«

»Besser als gar nichts. Was mich immer noch stört, ist die extrem kurze Zeitspanne von ein paar Minuten für das Verschwinden von Honey.«

»Das ginge nur, wenn der Täter sich von außen angeschlichen hätte, während du die anderen geweckt hast.«

»Das bringt mich zu einem weiteren Problem. Alle waren trocken, als sie sich im Flur einfanden. Wären welche von ihnen kurz zuvor draußen gewesen, müssten sie nass geworden sein.«

»Dann hat der oder die Täter vorher noch die Kleidung gewechselt.«

»Haben sie ihre Haare auch gewechselt?«, fragte Leo. »Dann sollten wir eventuell auch nach Toupets suchen. Ganz unmöglich, draußen zu sein und die Haare trocken zu behalten.«

»Und wenn es gar kein Toupet war? Die Täter könnten Mützen getragen haben.«

»Dann werden wir danach suchen. Der Sturm hat uns noch Zeit verschafft.«

»Also ist es doch nicht ganz so gefährlich, durch den Wald zu laufen, wie du das gesagt hast?«

»Doch. Das ist es. Trotzdem bin ich froh, dass wir die Gelegenheit haben, die Sache noch selbst zu untersuchen.«

Sunny blickte ihn an. Die glänzenden Augen und das entschlossene Gesicht, genau der Ausdruck, den sie immer gerne selbst gehabt hätte, wenn sie sich in etwas verbeißen wollte.

»Lass uns sehen, was wir noch finden können, bevor uns der Regen alles zerstört«, sagte sie.

Der Regen war dem Sturm zwar ein wenig gewichen, es regnete aber noch genug, um Sunny und Leo ihre Untersuchung so unangenehm wie möglich zu machen. Sie hatten ihre Regencapes übergezogen, sodass Sunny sich vorkam wie ein schwarzer Kegel, der immer dann Gewichtsprobleme zu haben schien, wenn der Wind unter das Gewebe fuhr, damit spielte und es aufbauschte. Sunny befürchtete, es war kein schmeichelhafter Anblick, der sich dem Rest der Gruppe bot, der vor den hohen Fenstern des Speisesaales stand und ihr Treiben beobachtete, so fest und unverrückbar wie die Steinstatuen auf den Osterinseln.

»Die halten uns für verrückt, im Regen nach Spuren zu suchen«, schrie Sunny gegen den Wind an, während sie versuchte, in dem hellen, grobkörnigen Quarzkies etwas Ungewöhnliches zu finden.

»Wer weiß«, erwiderte Leo, der mit einer Hand versuchte, seine Kapuze festzuhalten, während er sich dem Wind entgegenstemmte. »Vielleicht auch nicht. Das stört mich jetzt nicht.«

Sunny schaute zur Fensterfront, die Scheiben waren jedoch etwas abgetönt und sie konnte keinen ihrer Mitwanderer im Detail erkennen. Sie fühlte sich nicht wohl bei dem Gedanken, dass andere mehr von ihr sehen konnten als sie von ihnen. Sie wünschte sich ein Stück von Leos gelassener Unbefangenheit, zwang sich jedoch, sich wieder auf ihr eigentliches Vorhaben zu konzentrieren.

»Auf was außer Blut soll ich sonst achten?«, fragte sie, diesmal deutlich leiser. Sie war näher an ihn herangetreten, da sie nicht sicher war, wie gut man sie im Haus trotz des brüllenden Sturmes hören konnte.

»Auf alles, das nicht hierhin gehört«, erwiderte Leo.

»Das könnte alles Mögliche sein. Vielleicht sollten

wir das besser noch ein bisschen eingrenzen«, sagte Sunny, als sie auf dem Boden im Radius von 30 Zentimetern ein Kaugummipapier, einen Zigarettenstummel und einen Joghurtdeckel sah. Wahrscheinlich war der aus einer der Mülltonnen neben dem Haus geweht worden, deren Deckel aufstanden.

»Schau einfach, ob du etwas Ungewöhnliches siehst.«

Sunny drehte sich mehrmals an der Stelle, an der die Leiche des Mannes in der letzten Nacht gelegen hatte, und versuchte, den Kies mit ihren Augen zu scannen, ohne sich zu sehr von der Stelle zu bewegen, damit sie keine Spuren vernichtete. Das Wetter hatte hier sicher bereits sein Übriges getan.

Wenn es Blut gab, das vom Regen noch nicht abgewaschen war, müsste es auf dem gelblichweißen Kies gut zu sehen sein. Doch so sehr sie sich auch anstrengte, sie konnte nichts erkennen. Sie blickte zu Leo, der ein paar Meter von ihr weg stand, und hob fragend die Schultern.

»Nichts zu sehen«, sagte sie. »Wäre auch zu einfach gewesen. Lass uns etwas weitläufiger suchen. Von wo könnten sie gekommen sein?«

Sunny drehte sich erneut, konnte aber nur eine Richtung erkennen, die sie für sinnvoll hielt. Der einzige Pfad zum Gebäude war der, den sie selbst vor zwölf Stunden gegangen waren.

»Wenn wir davon ausgehen, dass Honey keine Schuhe anhatte, kann es eigentlich nur der Weg gewesen sein.«

Sie zeigte mit dem Finger in diese Richtung und wurde für ihre Erkenntnis direkt mit einem Schwall Regentropfen, der aus der Krone eines Baumes platschte, bestraft.

»Ohne Schuhe ist es auf dem aber auch schwierig. Ziemlich viele Steine. Versuch das mal barfuß.«

»Besser als sich durch das Dickicht zu kämpfen. Wenn wir nicht davon ausgehen, dass sie hierhin geflogen ist, bleibt da nicht viel.«

Sie gingen ein Stück den Weg entlang, nach vorne gebeugt und konzentriert wie zwei Wildschweine, die unter der Erde nach Trüffeln schnuppern. Doch hier war noch weniger zu finden als auf dem Kiesplatz vor dem Gebäude, auf dem Kinder spielten oder Jugendliche Zigaretten in eine Feuertonne warfen.

»Das bringt nichts«, sagte Sunny dann. »Lass uns zurückgehen.«

Sie liefen schweigend die leichte Steigung zurück nach oben, bis das Freizeitheim wieder in Sunnys Blickfeld kam. Erst konnte sie nur den Dachrand sehen, über dem ein Streifen einer unsauber verlegten Teerbahn hing, der sich der Windstärke zum Trotz nur träge, aber dafür unaufhörlich im Sturm bewegte. Jeder Schritt legte mehr vom Gebäude frei, bis es wieder komplett zu sehen war und trotz seines desolaten Zustandes wie eine willkommene Zuflucht vor dem Unwetter wirkte. Sie blickte wieder nach unten und betrachtete den Regen, der auf die Erde fiel und scheinbar willkürlich als Tropfen runter von den Steinen rann, um im Boden zu versickern. Etwas an diesem Anblick ließ sie einen Moment stoppen. Das könnte die Lösung sein.

»Wir müssen den Kies noch mal untersuchen«, sagte sie und schritt schneller aus, als wäre jeder Moment kostbar und brächte sie der Lösung ein kleines Stück näher.

»Haben wir doch getan, und das ziemlich gründlich, wenn ich mich richtig erinnere.«

»Nicht gründlich genug«, erwiderte Sunny, die normalerweise eine Antenne für Ironie besaß und entsprechend gekontert hätte. Allerdings wollte sie keine Zeit mit nutzlosen Diskussionen verschwenden. »Eine Stelle haben wir übersehen.«

Sie erreichten die Fundstelle. Ihre Zuschauer waren mittlerweile von ihren Beobachtungsposten verschwunden. Sunny ging in die Hocke und drehte die Kiesel vorsichtig mit Daumen und Zeigefinger. Leo stand neben ihr und schaute ihrem Treiben schweigend zu.

»Wir haben nicht unter dem Kies nachgesehen«, sagte sie plötzlich und hob triumphierend einen Stein auf. »Der Regen hat das Blut auf den Steinen abgewaschen, aber nicht das, was daruntergelaufen ist.«

»Was habt ihr gefunden?«, fragte Patrick, der in der Tür stand und versuchte, den Qualm seiner Zigarette gegen den Wind zu blasen. Das gelang ihm nicht und er sah aus, als rauchte es aus seinen Ohren.

»Blut«, antwortete Sunny knapp, während sie sich darauf konzentrierte, nichts von ihrem Fund von dem verbogenen Kehrblech rutschen zu lassen, das sie hinter den Mülltonnen gefunden hatte.

»Erstaunlich, bei dem Regen«, erwiderte Patrick und machte gerade so viel Platz, dass sie sich an ihm vorbeischlängeln konnte. »Lass mal sehen.«

»Nein«, entgegnete Sunny schärfer als gewollt, da sie sich rechtzeitig klarmachte, dass es sich bei Patrick ebenfalls um einen Verdächtigen handelte, unabhängig davon, wie gut sie ihn leiden mochte. Sie hatte die Befürchtung, das mühsam gesicherte Beweismaterial würde von ihm angefasst und sämtliche Spuren verwischt werden. Das würde ihn zwar auf den ersten Platz der Verdächtigen katapultieren, aber die Suche nach dem Täter auf keinen Fall einfacher machen.

»Tut mir leid, das sollte keiner von uns anfassen«, milderte Leo ihren harschen Ton ab.

»Was versprecht ihr euch denn davon? Es gibt doch nicht einmal mehr die Leiche.«

»Zumindest lässt sich damit wenigstens ein DNS-Profil erstellen, wenigstens hoffen wir das.«

»Dann ist immer noch nicht klar, wer der Tote ist. Falls er überhaupt tot ist.«

Die Möglichkeit war Sunny ebenfalls durch den Kopf gegangen und sie nahm sich vor, das nachher noch mal mit Leo zu besprechen. Wenn sie Glück hatten, tauchte seine DNS in einer Datenbank auf.

»Wer weiß«, sagte sie nur und war froh, endlich an

Patrick vorbeigekommen zu sein, ohne dass seine Finger nach dem Kehrblech griffen.

»Gib's mir.« Leo streckte die Hand aus. »Ich werde es wegschließen.«

»Also haltet ihr uns für verdächtig?«, fragte Jessica, die aus dem Speisesaal in den Gemeinschaftsraum trat. Wahrscheinlich, um nach ihrem Mann zu sehen, von dem sie anscheinend nicht länger als fünf Minuten getrennt sein konnte.

»Darum geht es nicht«, erwiderte Sunny und blickte in die Richtung, in der sie Leo vermutete, in der Hoffnung, dass er ihr diese unliebsame Diskussion abnehmen würde. Er war jedoch schon um die Ecke des Flures gebogen. »Wir verdächtigen keinen. Wir sollten nur sorgsam vorgehen. Das ist wichtig.«

»Natürlich werden wir verdächtigt«, keifte die Drescher, die mit den anderen jetzt ebenfalls den Speisesaal verließ.

»Dabei könnte sie es selbst gewesen sein.«

»Keiner wird verdächtigt«, sagte Bernd verärgert. Sunny war sich nur nicht klar, wer der Grund seines Ärgers war.

»Ich weiß trotzdem nicht, was das alles soll. Wir haben uns doch schon darauf geeinigt, dass wir die Sache auf sich beruhen lassen.«

»Das eine schließt das andere nicht aus. Wir sollten es in Ruhe weiter besprechen«, sagte Leo, der wieder hinter Sunny aufgetaucht war.

Die Gruppe schien nicht restlos überzeugt, aber wenigstens reichte das, dass sie den Rückweg antrat.

Patrick warf seine Zigarette in den Regen und schloss sich den anderen an.

»Ich gehe jetzt da rein und werde sie wieder ein bisschen beruhigen. Du solltest in der Zeit die Zimmer und den restlichen Teil des Hauses durchsuchen«, sagte Leo leise zu Sunny.

»Um was zu finden?«, fragte die ebenso leise zurück.

»Irgendetwas, was verdächtig ist. Was genau, weiß ich auch nicht. Ich hoffe, du erkennst es, wenn du es siehst. Ich lenke sie in der Zeit ab. Ich glaube, dafür bin ich besser geeignet als du.«

Mit dieser wenig schmeichelhaften Einschätzung ihrer Person ließ er sie stehen.

Sunny mochte zwar nicht die Diplomatie in Person sein, musste aber überrascht feststellen, dass sie sich für eine schnelle und konzentrierte Durchsuchung fremden Eigentums eignete. Nachdem sie ihre moralischen Zweifel verdrängt hatte, verschaffte die ihr interessante Erkenntnisse. Die figurformende Unterwäsche der Drescher zum Beispiel. Oder Patricks Hühneraugensalbe. Das könnte sich für einen vergnüglichen Abend der peinlichen Enthüllungen eignen, stempelte aber niemand zum Mörder ab.

Enttäuscht kehrte sie zurück in den Gemeinschaftsraum und lungerte eine Weile dort herum, während sie versuchte, aus dem Gemurmel hinter der geschlossenen Tür schlau zu werden. Ihre Augen schweiften an der Raufaser entlang, die genau in der Höhe der Stuhllehnen abgeschabt war, gebeutelt von unzähligen

Kindern, die unachtsam ihre Stühle an der Wand entlangrutschen ließen.

Auf der rechten Seite befand sich eine Tür, die bündig mit der Wand abschloss, der Einfachheit halber übertapeziert worden und deswegen Sunny vorher nicht aufgefallen war. Es konnte nicht schaden, dort ebenfalls einen Blick hineinzuwerfen.

Sunny drehte den Knauf, der ein wenig hakte. Erst im zweiten Anlauf ließ sich die Tür öffnen, die dafür lautlos aufschwang. Offenbar ein Vorratslager. Sunny tastete innen an der Wand entlang, rechts und links, rauf und runter, konnte jedoch keinen Lichtschalter finden, obwohl eine Lampe von der Decke hing. Nur im Schein des Gemeinschaftsraums war es schwierig, etwas zu erkennen. Sie ging hinein in der Hoffnung, dort eine Möglichkeit zu finden, das Licht anzumachen. Sie wurde fündig. Von der staubigen Birne ohne Schirm baumelte eine Kette. Sunny zog vorsichtig daran und das Licht erhellte den Raum und seine Regale mit Holzböden in Eisengestängen, die vollgestopft waren mit Bettwäsche und Handtüchern und etwas, das Sunny sofort ins Auge fiel. In einem Fach lag ein Ast, ungefähr achtzig Zentimeter lang. Er sah erschreckend dick aus und an ihm klebte Blut.

5

»Weißt du, was das heißt?«, fragte Leo, der auf Sunnys Fund starrte, als wäre ihm dabei eine ganz besondere Erkenntnis gekommen.

»Natürlich. Jetzt ist es ziemlich klar, dass es jemand aus dem Haus gewesen sein muss. Wem traust du so etwas zu?«, stellte Sunny endlich die Frage, die ihr unter den Nägeln brannte.

»Ehrlich? Eigentlich jedem hier. Aber auf der Liste steht ebenfalls noch dein mysteriöser Fremder.«

»Es gibt keine Hinweise, dass er ins Haus gekommen ist.«

»Es gibt nicht nur die Hintertür in der Küche.«

»Dann müsste irgendwo etwas aufgebrochen sein. War was?«

»Nein. Das habe ich bereits überprüft.«

»Na also.«

»Es gibt aber immer noch die Theorie, dass jemand

anderes Schlüssel von diesem Haus hat, der nicht unbedingt der Besitzer sein muss.«

»Möglich, allerdings sehr abwegig.«

»Findest du? Ich hielte es schon für ziemlich einleuchtend, wenn ein Nachbar einen Schlüssel zu dieser Hütte hätte. Du willst einfach nur nicht, dass er es war. Wieso nicht, ist mir ein ziemliches Rätsel.«

Sunny konnte Leo nicht erklären, warum sie letzte Nacht ein tiefes Vertrauen zu dem Fremden gefasst hatte. Sie verstand es ja selbst nicht.

Sie standen dicht aneinandergedrängt in dem mit Regalen und Kisten vollgepackten Raum, da Leo sofort die Tür hinter ihnen zugezogen hatte, sobald er die Bedeutung ihres Fundes erkannt hatte.

»Lassen wir das. Aber jetzt haben wir noch mehr Spuren. Wenn wir Glück haben sogar Fingerabdrücke.«

»Wenn man Fingerabdrücke auf Baumrinde überhaupt feststellen kann«, gab sie zu bedenken.

Sunny überlegte, von so etwas beim Tatort bereits einmal gehört zu haben, dazu fiel ihr allerdings beim besten Willen nichts ein. Dennoch wollte sie sachkundig klingen, jedoch kam ihr der leise Verdacht, dass mit Kenntnissen, die über das Niveau eines Fernsehkrimis nicht hinauskamen, nicht gerade der kompetenteste Eindruck zu hinterlassen war.

»Das werden wir herausfinden. Solange wir es nicht wissen, ist das hier auf jeden Fall unser wertvollstes Beweisstück.«

Sunny hörte, wie sich eine Tür öffnete, sicher die

vom Speisesaal. Sie hörte die Stimme von Ute Friedmann, konnte aber nicht verstehen, was sie sagte.

»Suchen die uns?«, wisperte sie. Sie konnte Leos
Rasierwasser riechen, obwohl er sich seit gestern
Morgen sicher nicht mehr rasiert hatte und auch nicht
danach aussah, als ob er das überhaupt jemals musste.
So glatt war seine Haut.

»Könnte schon sein«, flüsterte er zurück. »Ich würde
sicher auch mal nachschauen gehen, wenn jemand mit
›Teufel, du wirst es nicht glauben‹ aus dem Zimmer
geholt wurde.«

»Mir fiel auf die Schnelle nichts Besseres ein.«

»Hat ja auch gewirkt.«

Sie schwiegen, bis sie sicher waren, dass die
anderen den Raum wieder verlassen hatten.

»Wo können wir ihn verstecken?«, fragte Leo. Sunny
brauchte ein paar Sekunden, um zu verstehen, dass er
den Ast meinte.

»In einem unserer Zimmer vielleicht?«

»Halt ich nicht für vernünftig. Dem Täter wird das
bestimmt auffallen und er dann seinerseits das Haus
durchsuchen.«

»Wäre möglich«, sagte Sunny. Im Geiste ging sie die
Möglichkeiten durch. Leo tat anscheinend Ähnliches,
denn er schwieg ebenso wie sie.

»Draußen?«, fragte sie dann.

»Nicht die schlechteste Idee. Wo würdest du dort
einen Ast verstecken?«

»Im Wald zwischen anderen Ästen«, antwortete

Sunny mechanisch. »Ich glaube nur, das könnte sich ziemlich negativ auf die Spuren auswirken.«

»Wenn wir ihn irgendwie einpacken?«

»Falls es nicht gerade eine durchsichtige Verpackung ist, würde ich das lassen. Zu auffällig.«

»Dann in einem schwarzen Müllsack unter Blättern.«

»Und was machen wir, wenn Wildschweine drangehen?«

»Die haben bei dem Wetter sicher anderes zu tun.«

»Finde ich alles nicht überzeugend«, sagte Sunny.

»Dann mach einen anderen Vorschlag.«

»Wir bringen ihn zu meinem mysteriösen Fremden.«

»Bist du schon wieder betrunken?«

»Schön wär's. Damit schlagen wir zwei Fliegen mit einer Klappe, sogar drei, wenn man es genau nimmt.«

»Klär mich auf.«

»Wir haben entweder ein gutes Versteck für unser Beweisstück oder wissen endlich, was hier los ist.«

»Oder wir werden bereits an der Haustür um die Ecke gebracht.«

»Das ist dann die dritte Fliege. In dem Fall kennen wir den Täter wenigstens sofort, auch wenn wir keinem mehr davon erzählen können.«

»Freut mich, dass du es mit Humor nimmst.«

Sie stoppten ihre Unterhaltung, da sie es draußen rumpeln hörten. Sunny hoffte nicht, dass der Mörder in diesem Moment nach seiner Tatwaffe schauen wollte. Wenn jemand diese Tür öffnen würde, könnte das als

Beweis gelten, dass er es gewesen war? Sie hätte Leo gern danach gefragt, der hielt ihr jedoch den Finger an die Lippen, als sie sich anschickte, den Mund aufzumachen.

Dem Rumpeln folgte Geklapper und Sunny hörte wieder Stimmen. Offensichtlich versuchten die anderen gerade, die Tische aus dem Speisesaal über den Boden in den Gemeinschaftsraum zu schieben. Was auf dem Holzboden noch leidlich geräuschlos funktionierte, wurde auf den Fliesen im vorderen Raum beinahe zur körperlichen Qual.

»Was treiben die da bloß mit den Tischen?«, fragte sie Leo leise. Bei dem Lärm hielt sie die Gefahr, gehört zu werden, für überschaubar.

»Ich könnte mir vorstellen, dass sie die Tür verbarrikadieren möchten.«

»Wofür soll das gut sein? Der Mörder könnte schließlich ebenso durch das Fenster kommen.«

»Ich habe nicht gesagt, dass es vernünftig ist, sondern nur, was ich glaube.«

»Dann sollten wir überlegen, wie wir möglichst ungesehen hier herauskommen«, sagte sie.

»Du bist sicher, dass du da wieder hinfindest? Verdammt, pass doch auf.«

Leo wich einem Zweig aus, den Sunny unbedacht nach hinten hatte schnellen lassen. Der Wind schien unter der dichten Decke der Tannen nicht mehr ganz so stürmisch zu sein. Das täuschte. Stark und anklagend ächzten die langen Stämme ohne Zweige, jederzeit geneigt, der Kraft des Sturmes nachzugeben und sich mit tosendem Krachen in die Gruppe ihrer Leidensgenossen zu werfen, dennoch hoffnungsvoll, dass diese sie auffangen würden. So poetisch sich das auch anhörte, Sunny blickte von Zeit zu Zeit sorgenvoll nach oben. Sie war sich außerdem wirklich nicht so sicher, den Weg zur Hütte wiederzufinden. Umso erleichterter war sie, als plötzlich der wie abgeschnitten wirkende Waldrand vor ihr auftauchte.

»Siehst du«, sagte sie triumphierend, bereit, ihren kleinen Sieg zu verteidigen.

Am Tag wirkte das Holzhaus aus unregelmäßig nachgedunkelten Rundhölzern freundlich, obwohl die Lichtbedingungen aus dem wolkenverhangenen Himmel keinesfalls vorteilhaft waren. Auf der Veranda standen Weidenkörbe voller Äpfel, eine Zinkwanne war mit Blumen bepflanzt und eine Milchkanne wartete geduldig auf ihre weitere Verwendung. Dieses perfekte Unperfekte entzückte Sunny. Eine Laterne schwang ruhig gegen den Takt des Windes, fest entschlossen, sich nicht bei ihrer gemütlichen Gangart stören zu lassen.

»Sie wollen zu mir, nehme ich an«, hörte sie auf einmal hinter ihnen und drehte sich rasch um.

Eine Feststellung, keine Frage. Weder ihr noch Leo war bei dem Sturm aufgefallen, dass jemand hinter sie getreten war. Der mysteriöse Fremde, den sie nun zum ersten Mal von Nahem sah, schien silberne Augen zu haben. Der Eindruck täuschte sie nur einen Moment. Seine Augen waren nur dermaßen hellblau, dass die Farbe auf den ersten Blick kaum zu erkennen war. Mehr sah sie durch den dichten weißen Bart von seinem Gesicht nicht.

»Ich habe mich bereits gefragt, wann Sie zu mir kommen würden«, sagte er. Unter seinem speckigen Lederhut fielen dichte, fast weiße Haare auf seine Schultern.

»Sie wissen, dass wir hinten aus dem Freizeitheim kommen?«, fragte Leo.

»Natürlich. Hauptsächlich jedoch habe ich Sie heute Nacht hier gesehen«, erwiderte der Fremde und zeigte auf Sunny.

»Sie haben mich gesehen?«, fragte die fassungslos.

»Es war kaum möglich, Sie nicht zu bemerken.« Klang er etwa amüsiert? »Bei dem Lärm, den Sie veranstaltet haben, hatte sogar das Wetter Schwierigkeiten, Sie zu übertönen.«

»Sie waren bei uns am Haus«, versuchte Sunny abzulenken.

»Das stimmt.«

»In dieser Nacht hatten wir zwei Tote«, sagte Leo und versuchte, sein Gegenüber mit einem misstrauischen Blick aus der Reserve zu locken. Das gelang ihm nicht.

»Kommen Sie mit«, antwortete der Mann nur und ging an ihnen vorbei Richtung Haus. »Bei dem Sturm ist es nicht gut, sich im Wald aufzuhalten.«

Sie gingen über die Terrasse, die auch aus der Nähe

nichts von ihrem heimeligen Gefühl einbüßte, und betraten das Haus. Sunny atmete den Geruch von Kaminfeuer und Kohl. Sie verglich die Atmosphäre mit ihrer Unterkunft und wünschte sich, sie könnte bleiben.

»Erzählen Sie mir von den Leichen«, sagte der Fremde, der sich mittlerweile als Anton Albers vorgestellt hatte. Sunny wurde fast von der ausgeleierten Federung des karierten Polstersessels mit abgeschabtem Stoff verschluckt.

»Das fragen Sie so ruhig?«, wunderte sich Leo.

»Ich war Kommissar. Trotzdem beunruhigt es mich. Es ist nicht das erste Mal, dass es hier einen Toten gegeben hat. Allerdings ist das bereits dreißig Jahre her. Damals war es Mord.«

»Das ist es heute auch«, sagte Sunny. »Nur die Leichen sind verschwunden.«

»Leichen pflegen nicht selbsttätig zu verschwinden. Es könnte ein Streich gewesen sein.«

»Das haben wir ebenfalls schon gedacht«, sagte Sunny. »Aber wer rennt nachts im Wald herum, um Leute so an der Nase herumzuführen?«

»Möglich ist alles. Nur gibt es ohne Leichen keinen Mordfall.«

»Wir haben die Tatwaffe«, sagte Leo. »Und wir haben Blutspuren gesichert.«

Er öffnete den Plastiksack und ließ Albers einen Blick hineinwerfen.

»Wir können keine Hilfe rufen. Es gibt kein Netz«, sagte Leo. »Wir würden den Ast gern hierlassen.«

»Das sollten Sie. Wir werden nichts machen können, solange der Sturm tobt. Ich habe nachts nicht nur Sie gesehen«, wandte Albers sich an Sunny. »Gegen halb eins war ich noch mal dort, da stand ein Mann am Fenster, groß, kurzes dunkles Haar, Geheimratsecken.«

»Das müsste Bernd Friedmann gewesen sein«, sagte Leo. »Davon hat er gar nichts erzählt.«

»Können Sie als Kommissar nichts unternehmen?«, fragte Sunny.

»Ich bin auch von der Außenwelt abgeschnitten«, sagte der. »Wir können nur abwarten. Gehen Sie zurück, passen Sie auf sich auf und halten Sie die Augen offen. Es besteht immer noch die Möglichkeit, dass es ein Scherz ist.«

»Sie sagten was von einem früheren Mord.«

»Ja. Ich war damals der zuständige Kommissar. Diesen Fall konnte ich jedoch nicht aufklären.«

»Beruhigend«, sagte Sunny.

»Vor den Toten sollten Sie keine Angst haben. Es sind die Lebenden, die mir Sorgen machen.«

»Er verbirgt was«, resümierte Sunny, als sie und Leo sich auf den Rückweg begaben. »Ich kann nur noch nicht genau sagen, was.«

»Bis es dir einfällt, halten wir uns an seinen Rat. Die Augen offen halten und auf uns aufpassen.«

»Ich glaube eher, jetzt geht es erst richtig los.«

Mit diesen prophetischen Worten kehrten sie zurück, um nichts weniger als einen Mörder zu überführen.

»Warum interessiert er sich als ehemaliger Kommissar nicht mehr für die Morde?«

Sunny und Leo stemmten sich gegen den Wind in die Richtung, in der sich ihre Unterkunft befand.

»Kommt mir auch merkwürdig vor.« Leo wurde durch einen unvermittelten Windstoß fast der Atem genommen und er schluckte tief. »Beinahe hatte ich den Eindruck, er glaubte uns das nicht.«

»Geglaubt hat er uns schon, aber irgendetwas stimmt da nicht. Dieser Mord vor dreißig Jahren. Was hältst du davon?«

»Ja, nun, er hat ihn nicht aufgeklärt. Wahrscheinlich belastet ihn das. Und mehr als ein Mord an einem Ort ist schon ungewöhnlich.«

»Mehr als ungewöhnlich«, sagte Sunny, der der Gedanke nicht gefiel, an einem Ort zu sein, an dem ständig Morde passierten.

»Der eine ist immerhin schon lange her«, sagte Leo, als hätte er ihre Gedanken gelesen.

»Dann lass uns der Sache weiter nachgehen. Wenn wir sowieso hier warten müssen, bis der Sturm aufgehört hat, dann sollten wir ermitteln.«

»Meinst du, sie erzählen uns, was los war?«

»Kommt auf einen Versuch an. Wir müssen es nur subtil genug machen.«

»Na, dann bin ich gespannt«, erwiderte Leo trocken.

Der Weg zurück war kürzer, als Sunny ihn in Erinnerung hatte. Die Hütte von Albers lag von ihrer Unterkunft nicht so weit weg wie angenommen.

Der Gemeinschaftsraum war leer, die Tür zum Speisesaal geschlossen. Nach der kurzen Panikreaktion hatten ihre Mitwanderer das Verbarrikadieren der Haustür aufgegeben. Bernd Friedmann kam durch den Flur.

»Du warst gestern Nacht auf?«, fragte Sunny und hoffte, dass Bernd ihnen freiwillig Auskunft geben würde. Zwingen konnten sie ihn nicht.

»Es hilft wohl nicht, das zu leugnen. Anscheinend hat uns jemand gesehen.«

»Uns?«, fragte Leo.

»Ute und mich. Ich hatte Probleme mit meinem Magen. Sie wollte mir eine Tablette geben.«

»Man hat nur dich gesehen.«

»Dann war sie wahrscheinlich in der Küche, um ein Glas Wasser zu holen.«

»Ist dir etwas aufgefallen? Etwas Sonderbares?«

»Sonderbar kann alles Mögliche sein. Was im Speziellen?«

Sunny hätte ihn am liebsten nach verdächtigen Gestalten gefragt, die große Äste hinter sich hergezogen hatten auf der Suche nach jemandem, dem sie diese über den Kopf hauen konnten, aber das tat sie natürlich nicht.

»Etwas Ungewöhnliches.«

»Du willst wissen, ob ich den Mord gesehen habe? Nein. Das habe ich nicht. Und ich habe ihn auch nicht begangen. Das ist doch deine nächste Frage, oder?«

Das stimmte zwar, aber es konnte nicht schaden, dergleichen abzustreiten.

»Natürlich nicht«, erwiderte sie daher. »Ich will nur Licht in die Sache bringen.«

»Dann frag meine Frau. Die wird euch das bestätigen.«

»Das tun wir. Danke, Bernd.« Leo lächelte ihn an und schob Sunny aus der Tür in den Flur.

»Sehr subtil«, sagte er.

»Dann mach es besser.«

»Schlimmer kann es ja wohl nicht werden.«

Sie gingen in den Speisesaal, wo Helga, Walter, Patrick und Jochen am Tisch saßen und verärgert, lustlos, gelangweilt und gekränkt wirkten. Genau in dieser Reihenfolge. Jochen fand sicher, Sunny verbrachte zu viel Zeit mit Leo.

»Natürlich stimmt das, was Bernd gesagt hat«, bestätigte Ute in der Küche. »Aufregung schlägt ihm auf den Magen. Als das Mädchen ermordet worden sein musste, schliefen wir beide wieder fest.«

»Wir wissen nicht, wann Honey ermordet worden ist«, stellte Leo fest.

»Offensichtlich ja irgendwann danach. Fest steht, als wir auf waren, hat es noch keinen Mord gegeben. Wenigstens lag zu dieser Zeit noch kein Toter vor dem Haus.«

»Es war dunkel und die Außenbeleuchtung funktioniert nicht. Das konnte man in dem hellen Raum gar nicht sehen.«

»Zu welcher Zeit war das?«, nahm Leo Sunny das Gespräch ab.

»Gegen halb eins.«

»Das war es fürs Erste«, sagte Leo und zog Sunny nachdrücklich aus der Küche, obwohl sie gerne weitergebohrt hätte.

»Was ist?«, zischte sie leise, schwieg aber, als sie bemerkte, dass sie die Aufmerksamkeit der anderen auf sich lenkte.

»Sunny, was treibt ihr hier?« Jochen wirkte deutlich älter als sonst. Sie ignorierte ihn.

»Patrick, kommst du mit zum Rauchen?«, fragte Leo.

Patrick Friedmann, offenbar für jede Abwechslung dankbar, sprang auf und folgte ihnen vor die Tür.

»Du rauchst doch gar nicht«, sagte er dann fest.

»Was weißt du noch von gestern Nacht?«

»Nichts was ihr nicht auch wisst. Ich bin rausgegangen, um zu rauchen. War dunkel wie im Affenarsch da draußen. Aber das helle Kleid dieser Honey konnte ich erkennen. Deswegen bin ich näher rangegangen.«

»Hat dich vielleicht einer gesehen?«

»Keiner. Schlecht, so ohne Alibi. Soll ich eins erfinden?«

»Natürlich nicht«, sagte Sunny und lächelte ihn an. »Das tut man nur, wenn man etwas zu verbergen hat.«

»Bei der nächsten Leiche werde ich daran denken.«

»Die wäre Honey«, sagte Leo.

»Davon weiß ich nichts. Ich habe es tatsächlich geschafft, nach dem Zirkus noch etwas zu schlafen.«

»Das stimmt«, sagte Jessica, die auf einmal neben

ihnen aufgetaucht war. Die zerzausten Haare deuteten darauf hin, dass sie sich hingelegt hatte.

»Ich könnte genauso verdächtig sein. Ich habe ebenfalls kein Alibi. Ich habe aber auch nicht gemerkt, dass Patrick aufgestanden ist.«

»Können wir sie von der Liste streichen?«, fragte Sunny, als sie den beiden hinterhersah.

»Schwer zu beurteilen. Lass uns erst einmal hören, was die anderen zu sagen haben.«

Sunny dachte an Jochen und die Dreschers. Die Zeit der angenehmen Unterhaltungen war vorbei.

»Kommen Sie rein, Walter«, sagte Leo und zog den Drescher in den Vorratsraum hinter der Tapetentür. Sunny hätte sich zwar einen weniger intimen Raum gewünscht, da sie nicht weit genug von ihm weg sein konnte, aber die Möglichkeiten in ihrer Unterkunft waren beschränkt. Leo hatte ihr zwar angeboten, Walter alleine zu befragen, aber Sunny schalt sich selbst töricht. Außerdem würde sie es auf gar keinen Fall zulassen, eine Befragung zu versäumen.

»Was wollen Sie?«, fragte Walter Drescher. Er blickte sich nervös um, als erwarte er jeden Augenblick, Helga zu sehen. Sunny war sich allerdings nicht sicher, ob er seine Frau herbeisehnte oder nur Angst hatte, dass sie ihn mit Leo und ihr zusammen sehen würde.

»Wir brauchen Ihre Hilfe bei ein paar Dingen«, antwortete Leo und schaffte es tatsächlich, dass Walter sich ein wenig entspannte. Als er die Tür schloss, hatte Sunny das Gefühl, gefangen zu sein. Alleine mit Walter hätte sie es gar nicht so weit kommen lassen, aber ein Blick von Leo beruhigte sie wieder. Wenn er in ihrer Nähe war, würde ihr nichts passieren.

»Verrückte Sache«, sagte Leo. »Erst haben wir eine Leiche, dann zwei und auf einmal gar keine mehr.«

»Ja, da freut man sich auf einen normalen Wander-ausflug und dann so was«, stimmte Walter ihm zu.

»Wissen Sie, Walter, wenn die Polizei diese Sache hier untersucht, wird sie viele Fragen stellen. Das könnte unangenehm werden.«

»Aber ich habe nichts getan.«

»Das behaupte ich auch nicht. Das wird aber der Polizei egal sein. Die wird uns alle überprüfen, bis aufs Letzte. Das sage ich Ihnen.«

»Das können die ruhig machen, ich habe nichts Unrechtes getan.«

Sunny fragte sich, ob ihm bewusst war, dass er schuldbewusst aussah und sich auch so anhörte.

»Das weiß ich doch«, beruhigte ihn Leo. »Aber weiß das auch die Polizei? Für die ist erst einmal jeder verdächtig.«

»Ich kann nicht mehr als sagen, dass ich es nicht war.«

»Natürlich. Sie könnten uns aber erzählen, was Sie wissen. Dann können wir unsere Geschichten besser aufeinander abstimmen.«

»Was gibt es da zu erzählen? Ich habe die ganze Nacht im Bett gelegen. Ich kann gar nichts wissen.«

Sunnys Kopf fuhr hoch und sie starrte Walter an. Am liebsten hätte sie ihn angebrüllt, dass er ein verdammter Lügner war, konnte sich aber noch im letzten Augenblick zurückhalten. Es würde besser sein, diesen Joker erst dann zu ziehen, wenn man ihn bei einer anderen Gelegenheit nötiger brauchen könnte. Aber wenn Walter es wirklich nicht war, was hatte er zu verheimlichen? Warum sagte er dann nicht einfach die Wahrheit? Genau das fragte Sunny Leo, als Walter den Raum verlassen hatte.

»Er wird kein Risiko eingehen wollen. Wenn er zugibt, dass er nachts auf war, dann steht er natürlich ganz oben auf der Liste.«

»Oder auch nicht. Gerade dann würde ich davon erzählen, um zu zeigen, dass mein Gewissen absolut sauber ist.«

»Diese Spekulationen bringen uns aber nicht viel weiter. Lass uns hören, was seine Frau dazu zu sagen hat.«

Helga Drescher kam ihnen zuvor, indem sie unvermittelt die Tür aufriss.

»Ich höre, Sie führen hier laienhafte Befragungen durch?«

»Kommen Sie doch rein«, sagte Leo gelassen. Dafür bewunderte Sunny ihn.

»Kommen Sie gefälligst raus. Was ich zu sagen habe, kann jeder hören.«

Sie verließen das Zimmer fast schuldbewusst, da sich mittlerweile alle Bewohner im Gemeinschaftsraum eingefunden hatten und dort standen wie eine kämpfende Armada gegen die gute Seite. Sunny hatte sich in der Gruppe noch nie so unwohl gefühlt.

»Wir versuchen nur, etwas Licht in die Sache zu bringen«, sagte Leo. Er schien im Gegensatz zu Sunny nicht besonders beeindruckt zu sein.

»Wofür? Sie sind nicht die Polizei. Es geht Sie also rein gar nichts an«, sagte Helga.

»Zwei Menschen sind tot. Es sollte jeden von uns etwas angehen.«

»Sie fühlen sich moralisch auf der richtigen Seite, nicht wahr? Das gibt Ihnen das Recht, sich alles zu erlauben?«

»Ich bedauere, dass Sie das so sehen.«

Immer noch diese fast unnatürliche Gelassenheit.

»Ich sage Ihnen, was ich sehe. Sie bohren so lange in unseren Alibis rum in der Hoffnung, dass eines von ihnen platzt.«

»Das ist der natürliche Lauf einer Befragung und wäre der Idealfall. Das stimmt.«

»Dann gebe ich Ihnen jetzt mal etwas zu kauen. Ich habe kein Alibi. Fertig. Das interessiert mich aber nicht. Ich brauche auch keins. Ich habe ein reines Gewissen.«

Hatte sich hinter Sunnys Rücken gerade jemand geräuspert? Sie war nicht sicher.

»Sehen Sie, damit ist unsere Befragung schon beendet.«

Sunny hatte den Eindruck, dass Leo sich amüsierte.

»Was hat Ihnen mein idiotischer Mann denn erzählt?«

»Warum fragen Sie ihn nicht selbst?«

»Das brauche ich nicht. Er sagt sowieso nicht die Wahrheit. Er hat heute Nacht auf jeden Fall das Zimmer verlassen.«

»Weil ich auf der Toilette war«, entgegnete der Beschuldigte sofort.

»So lange? Von wegen. Mir brauchst du nichts zu erzählen.«

»Ich dachte, Sie waren nicht auf?«, fragte Leo, der sich zu Walter herumgedreht hatte.

Sunny hielt den Atem an. Sollten sie ihren Mörder so schnell gefunden haben?

»Ich war auf der Toilette, das habe ich ja gesagt. Das ist doch nicht verboten?«

»Erzähl nichts. Du stehst auf, weil du ein Spanner bist.« sagte Helga.

6

»Hättest du das gedacht?«

»Wenn du mich so fragst, es überrascht mich zumindest nicht«, sagte Sunny, nachdem Leo und sie in ihr Zimmer verschwunden waren, um das bis jetzt Gehörte zu rekapitulieren.

»Warum?«

»Weil er mich am Abend vor unserer Tour schon mal befingert hat. Dazu passt Spanner ganz wunderbar. Außerdem hat er gelogen.«

»Vielleicht hat auch seine Frau gelogen.«

»Nein, hat sie nicht. Ich habe ihn nachts gesehen. Er mich aber nicht. Warum lügt er also?«

»Um sich zu schützen natürlich. Es war letzte Nacht allgemein keine gute Idee, draußen herumzustreifen, wenn man nicht als Täter in Betracht kommen wollte.«

»Ich war auch draußen.«

»Und was sagt mir das?«

»Ich weiß es nicht«, antwortete Sunny, die sich verzettelt hatte. Eigentlich wollte sie Walter schlecht dastehen lassen, aber im Moment sah es eher so aus, als wollte sie ihm die Absolution erteilen.

»Siehst du«, erwiderte Leo. »Du warst draußen und bist keine Mörderin. Das hoffe ich wenigstens. Nachts aufgestanden zu sein, macht Walter auch nicht direkt zum Mörder. Selbst wenn er tatsächlich ein Spanner ist, macht ihn das noch lange nicht zum Mörder.«

»Wegen mir«, sagte Sunny mürrisch, die sich erhofft hatte, den Fall schnell und effektiv aufgeklärt zu haben.

»Nicht gleich aufgeben. Wir werden es schon herausfinden. Wir müssen noch mit Jochen sprechen.«

»Mein Favorit ist immer noch der Drescher.«

»Weil du nicht möchtest, dass es Jochen ist, vermute ich.«

»Ich hole ihn einfach«, sagte Sunny statt einer Antwort und ging ihren Freund suchen.

Sie fand ihn in seinem Zimmer. Er kam widerspruchslos mit.

»Von dem Tod dieses Mannes weiß ich nichts«, sagte er, noch bevor Leo oder Sunny ihm eine Frage gestellt hatten.

»Aber etwas über den Tod von Honey?«, fragte Sunny im Umkehrschluss.

»Nichts was du nicht auch weißt. Ich habe sie gefunden. Das ist alles.«

»Warum warst du auf?«, mischte Leo sich ein.

»Stehe ich hier unter Aufsicht? Ich wollte unsere

Tourenplanung überdenken und neu planen. Das wird wohl erlaubt sein.«

»Ist es«, antwortete Leo gutmütig und schwieg.

Jochen stand deutlich unter Spannung, da er weitere Fragen erwartete, Leo ihm aber keine Angriffsfläche bot.

»Vor allen Dingen, was kann ich dafür, dass ich kein Alibi habe? Wenn ich bei dir hätte schlafen dürfen, dann hätte ich diese Sorgen jetzt nicht.« Das ging in Sunnys Richtung.

»Wenn du dich nicht wie ein Idiot verhalten hättest, wäre das eine Option gewesen«, konterte sie.

»Deiner Ansicht nach bin ich das ja scheinbar immer.«

Damit hatte er nicht unrecht, wenn Sunny auch ihre Kriterien, die sie für diese Skala ansetzte, nicht besonders anspruchsvoll fand. Sie hatte bereits öfter in ihrer kurzen Zeit mit Jochen den Verdacht gehabt, dass ihre Liebe nicht ganz so exklusiv war, wie sie sich das erhoffte, obwohl sie nie über einen Anfangsverdacht hinausgekommen war. Allerdings war da immer dieser eine verstohlene Blick zu viel, das zu schnell beendete Telefonat oder ein plötzlich stockendes Gespräch, wenn sie einen Raum betrat, in dem sich Jochen und eine weitere Frau befanden. Sunny brauchte keine Beweise wie Lippenstift am Hemd oder den Geruch eines fremden Parfüms, um zu erkennen, dass ihre Beziehung nicht das war, was sie sich vorgestellt hatte. Aber sie hatte die Brücken zu ihrer Familie so weit abgebrochen, dass ihr eigener Vater sogar die Wohnung hatte räumen lassen. Wie konnte sie da nur zurück? War es nicht alleine deswegen wichtig, für diese Beziehung zu kämpfen, da Sunny überhaupt nicht wusste, wie es weitergehen sollte, wenn das hier an diesem Ort mit Jochen in die Brüche gehen würde? Sie blickte ihn an, fand jedoch in seinen Augen nicht die Beruhigung, die sie sich erhofft und in diesem Moment auch gebraucht hätte.

»Was hattest du eigentlich bei Honey im Zimmer verloren?«, fragte sie stattdessen unvermittelt.

»Was soll das denn jetzt? Ist es nicht ein wenig albern, die Eifersuchtsmasche durchzuziehen?«

»Beantworte einfach ihre Frage«, sagte Leo. »Hier geht es keineswegs um Eifersucht, sondern um Aufklärung zweier besonders perfider Morde.«

Sunny sah ihn dankbar an, denn Eifersucht gab es wirklich in ihrem Tonfall, die Leo offenbar bemerkt hatte und ihr dafür Rückendeckung bot. Wären da nur nicht diese roten Haare.

»Ich wollte nach ihr sehen. Was sonst?«

»Warum? Hat sie gerufen oder sonst wie auf sich aufmerksam gemacht, was nahelegte, dass sie Hilfe brauchte?«

»Nein. Das halte ich allerdings auch nicht für wichtig. Ich wollte nach ihr sehen und fertig. Wofür muss ich mich rechtfertigen? Für meine Fürsorge etwa?«

»Mit deiner Fürsorge ist es nicht weit her«, erwiderte Sunny. »Auf jeden Fall habe ich bislang nicht viel davon gemerkt.«

»Dann würde ich mir an deiner Stelle mehr

Gedanken über mich selbst machen. Was sagt das wohl aus?«

»Dass du ein unsensibler Arsch bist.«

»Ich würde eher sagen, dass du längst nicht die tolle Frau bist, für die du dich hältst. Ein bisschen mehr Selbstdisziplin, was deinen Lebensstil angeht, dann könntest du dich eventuell noch zu einer Frau entwickeln, die man toll finden kann.«

»Die Befragung ist beendet«, fiel Leo ihm ins Wort. »Ich glaube, da kommt nichts mehr, was man wissen müsste.«

»Die Wahrheit kann sie sich ruhig anhören«, erwiderte Jochen, obwohl Leo ihn sehr konsequent aus dem Zimmer schob.

———

Es war längst nicht so, dass Sunny zum ersten Mal in ihrem Leben von einem Mann gedemütigt worden war. Allerdings hatte sie sich mit dem Erwachsenenleben von vielen Dingen freigemacht, die sie in ihrer Jugend noch belastet hatten. Aus dem wonnigen Kind war ein pummeliger Teenager geworden und dann eine mollige Erwachsene, die frühere Witze über ihr Gewicht mittlerweile mit Verachtung strafte oder scharfe Bemerkungen machte, die ihr Gegenüber in die Knie zwangen. Ja, vieles war besser geworden für Sunny Meyer, nachdem sie sich ein ganz eigenes Selbstbewusstsein zugelegt hatte. Aber manche Dinge tief innen blieben leider immer so, wie sie waren, ganz egal, wie alt oder abgeklärt man wurde.

Sunny hatte immer schon einen Hang für gut aussehende Männer gehabt. Leider waren schöne Männer genau das, was ihr nicht guttat, da diese in der Regel Ansprüche an ihre Partnerin stellten, die sie nicht erfüllen konnte, was meist im Verlassenwerden und mit vielen heimlichen Tränen endete.

Daher hatte Sunny beschlossen, ihre Strategie zu ändern und nach älteren schönen Männern Ausschau zu halten in der Hoffnung, damit das zu erreichen, wonach sie sich immer gesehnt hatte. Jochen war der aussichtsreichste Kandidat gewesen, da er anfangs nicht den Eindruck erweckt hatte, als würden ihn ihre Fehler und Pölsterchen hier und da stören, was weniger an seiner brennenden Liebe lag, wie Sunny vermutete, sondern eher an seinen vielfältigen Optionen, doch noch genau die Frau zu finden, von der er insgeheim wirklich träumte. Obwohl Sunny das bereits die ganze Zeit geahnt hatte, tat es doch mehr weh, als sie zugeben wollte, jedoch war es auch nicht so schlimm, dass es sie kreuzunglücklich gemacht hätte. Vielleicht war genau diese Situation hier die richtige, die alles wieder ins Lot brachte.

Mehr Gedanken machte ihr dann schon die Tatsache, dass ihr Vater nun doch seine Drohung wahr gemacht hatte und ihr die finanzielle Zuwendung sowie die Nutzung einer seiner Mietwohnungen in der Stadt gestrichen hatte. Gregor Meyer war nie kleinlich gewesen, aber seine Tochter ging ihm mit ihrer Ziellosigkeit, ihr Leben zu vertrödeln, mittlerweile dermaßen auf den Wecker, sodass er darin die einzige Möglichkeit sah, ihr etwas über das Leben beizubringen. Was das genau sein sollte, darüber hatte er sich ausgeschwiegen. Sunny hätte es gerne gewusst, würde jedoch den Teufel tun, ihn danach zu fragen, weil sie befürchtete, dabei noch mehr Dinge zu erfahren, die sie nicht hören wollte. Es reichte ihr auch so schon. Ihrer Mutter, die ihr die Nachricht ihres Vaters übermittelt hatte, offenbar auch.

»In dem Fall bin ich ganz auf seiner Seite«, hatte Verena Meyer am Telefon gesagt, genau in dem Moment, in dem Sunny noch hoffte, sie würde ihre Tochter sicher nicht im Stich lassen. »Du bist jetzt über dreißig. Willst du wirklich den Rest deines Lebens so weitermachen?«

Sunny fand ihre Mutter ein wenig kleinlich. Schließlich hatten ihre Eltern beileibe Geld genug und sie keine Geschwister, die ebenfalls darauf Anspruch gehabt hätten. Sie hielt es aber für keinen klugen Schachzug, genau jetzt davon anzufangen. Diesen Gedanken hatte sie bereits als Teenager einmal ausgesprochen, was ihr Ferienarbeit in einer Fabrik und drei Wochen Handyverbot einbrachte. Gerade als sie noch überlegt hatte, ob das überhaupt eine Rolle spielte, da sie nun sowieso schon ohne Geld und Wohnung dastand und das Handy konnte sie ihr wohl nicht abnehmen, redete ihre Mutter bereits weiter.

»Dabei spreche ich noch nicht mal von diesem vermurksten Journalismus-Studium ohne Abschluss.

Ganz ehrlich, wie ist es überhaupt möglich, bei so etwas Unqualifiziertem zu versagen?«

Sunnys Mutter war ein Snob sondergleichen. Selbst wenn Sunny Medizin studiert hätte, wäre sie von ihr gefragt worden, ob es für eine Ausbildung zur Astronautin nicht gereicht hatte.

»Dann schaffst du es noch nicht einmal, wenigstens deinen kleinen Freelancer-Job am Seligenwalder-Kurier vernünftig zu machen. Und da dir das anscheinend immer noch nicht reicht, um mich zu kränken, vergnügst du dich auch noch mit einem Mann, der dein Vater sein könnte und im Leben genauso versagt hat.«

»Jochen hat nicht versagt«, hatte Sunny aufgebracht entgegnet. »Er orientiert sich nur neu.«

»Mit Mitte fünfzig sich neu orientieren zu müssen, halte ich für äußerst armselig. Auch das ist ein Grund, dass dein Vater dir die Mittel streicht. Hast du dir mal überlegt, warum dieser Mann sich ausgerechnet dich ausgesucht hat?«

»Ich denke doch, weil er mich liebt«, antwortete Sunny patzig.

»Herrgott, Sunny. Der Mann sieht gut aus, Versager oder nicht. Er hat sicher noch andere Optionen. Was sollte er da an dir finden, wenn es nicht ums Geld geht?«

»Komisch, bislang war ich der Meinung, ich wäre durchaus liebenswert.«

»Das bist du auch, versteh mich nicht absichtlich falsch. Dennoch müsste dir klar sein, dass man immer nur in seiner eigenen Liga spielen sollte, damit eine Beziehung halbwegs gut läuft.«

»Ich bin in keiner Liga«, erwiderte Sunny. Ihr fiel auf, dass sie ihre Situation mit diesem Ausspruch nicht verbessert hatte.

»Eben«, sagte ihre Mutter. »Deswegen nimm wieder Verstand an und komm heim. Wohnen kannst du bei uns. Dann überlegen wir gemeinsam, wie es mit dir weitergehen soll.«

»Auf keinen Fall«, hatte Sunny gesagt.

Heute kamen ihr Zweifel an ihrer Entscheidung und sie fragte sich, ob sie in ihrem Jugendzimmer nicht doch besser aufgehoben wäre.

»Es wird nicht einfach sein, die Aussagen zu bewerten«, hörte Sunny Leo plötzlich sagen.

Sie hatte sich in eines der anderen leeren Zimmer begeben, um eine Weile alleine zu sein. Seltsamerweise fand sie Leos plötzliches Auftauchen wesentlich beruhigender, als sie vermutet hätte.

»Trotzdem bleibt der Drescher mein Favorit«, sagte sie, froh, von ihren Problemen abgelenkt zu werden.

»Weiß ich«, erwiderte Leo gutmütig. »Würde vieles einfacher machen. Es wäre immer schön, wenn der Unsympathischste der Mörder wäre. Leider ist das selten so.«

»Aber er könnte ein Motiv haben.«

»Klär mich auf. Bis jetzt habe ich nämlich noch keins entdeckt.«

»Er hatte es auf Honey abgesehen und ihr Vater wollte ihn zur Rechenschaft ziehen. Dann hat er ihn erschlagen. Damit Honey nicht wieder zu sich kommt und quatscht, musste sie dann leider auch sterben.«

»Das ist die mit Abstand abenteuerlichste Theorie, die ich jemals gehört habe.«

»Aber möglich.«

»Möglich ist so ziemlich alles. Die Frage ist nur, wie wahrscheinlich kann so eine Theorie sein.«

»Morde sind in den meisten Fällen Beziehungstaten, habe ich mal gelesen.«

»Kann schon sein. Aber glaubst du wirklich, dass Honeys vermeintlicher Vater im Dunkeln hier zur Hütte kommt, um den Drescher zur Rechenschaft zu ziehen?«

»Wenn er sie vielleicht vorgestern Abend im Hotel schon belästigt hat?«

»Und dann wartet der den ganzen Tag, um im Wald zuzuschlagen? Das kann nicht dein Ernst sein. Außerdem beantwortet es keineswegs eine wichtige Frage. Wo sind die Leichen?«

»Das ist die Frage«, sagte Sunny. »Darauf fehlt mir leider die Antwort. Sicher fällt mir dazu noch etwas ein.«

»Es wäre mir lieber, etwas zu finden, was die Sache beweist.«

Er setzte sich neben sie auf den schmalen Mauervorsprung des Kaminschachts, ein großer Kerl, der auf dem Sims zwar nicht den nötigen Platz fand, dennoch neben ihr sitzen wollte, um ihr Gesellschaft zu leisten.

»Ich hätte nicht geglaubt, dass er so ein Widerling ist.«

»Ich schon«, erwiderte Leo, der auf Anhieb verstanden hatte, von wem sie redete. Sunny rechnete ihm das hoch an. Kein anderer Mensch, den sie erst so flüchtig kannte, hätte das so schnell verstanden.

»Wie kommst du darauf?«

»Das habe ich dir doch gestern schon gesagt. Mir ist das in dem Moment klar geworden, als ich hörte, wie er mit dir in der Küche gesprochen hat. Sei froh, dass du ihn los bist, der hat dich nicht verdient.«

»Ein wirklicher Trost ist das nicht. Anscheinend gibt es keinen, der mich verdient. Könnte man auf jeden Fall glauben.«

»Du brauchst keinen, der dich verdient, du brauchst jemanden, der deiner würdig ist. Das ist die Schwierigkeit.«

»Ich habe schon bessere Komplimente gehört.«

»Ach, hör auf. So schlecht war das gar nicht. Du bist ein Mensch, mit dem ein Partner Schritt halten muss, der dich aber gleichzeitig bremst, wenn du durch die Decke gehen willst. Der Mann, der dich bekommt, muss ein gewaltiges Selbstbewusstsein haben. Die sind nicht leicht zu finden.«

»Hast du das Problem auch? Oder gibt es da jemanden?«

Sunny wusste selbst nicht genau, warum sie hoffte,

dass er diese Frage verneinen würde. Ihr Wunsch wurde erfüllt.

»Nein, ich bin ein netter Kerl. Frauen stehen nicht auf nette Kerle. Als guten Freund, aber nicht als den speziellen Freund. Das ist ein Fluch. Kannst du mir glauben.«

»Ich kann mir das gar nicht vorstellen. Ist das tatsächlich so?«, fragte Sunny, aber mehr, um ihm etwas Nettes zu sagen. Leo hatte recht. Wenn man dann noch ein netter Kerl mit roten Haaren war, dann blieb nicht mehr viel übrig.

»Hör auf. Du weißt sehr gut, dass es so ist. Sieh doch dich und Jochen an. Da läuft es genauso. Je schlechter ein Mann eine Frau behandelt, desto mehr wirft sie sich ihm an den Hals.«

»Ich werfe mich nicht«, erwiderte Sunny empört.

»Zumindest jetzt nicht mehr. Das nennt man wahrscheinlich eine Blitzheilung.«

»Dann war die ganze Sache immerhin für etwas gut. Also ist es mit euch vorbei?«

»Ich glaube ja.«

»So überzeugt klingt das aber nicht.«

»Ist auch keine einfache Entscheidung. Ich muss halt drüber nachdenken. Ob ich das hier in unserer jetzigen Situation schaffe, weiß ich nicht. Dafür sollte ich den Kopf frei haben. Ist leider gerade nicht der Fall.«

»Wenn ich eins gelernt habe, Sunny, dann ist es immer besser, solche Angelegenheiten schnell zu erledigen. Je länger du darüber nachdenkst, desto verwaschener wird deine Erinnerung an das, was wirklich passiert ist. Nachher siehst du wieder nur noch die guten Sachen. Mach es schnell und mach es kurz.«

»Hör auf mit dieser Westentaschen-Philosophie.«

»Diese Ansicht ist sehr populär. Das stimmt. Das macht sie aber nicht weniger richtig.«

»Außer dass der Rest unseres Ausflugs ziemlich unangenehm wird.«

»Das ist er ohnehin schon. Und er wird schnell beendet sein. Ich glaube nicht, dass wir diese Hütte noch mal verlassen werden, um woanders hinzugehen.«

»Also willst du es der Polizei sagen?«

»Sunny, das müssen wir. Die Leichen sind weg, aber es hat trotzdem zwei Tote gegeben. Das können wir nicht einfach ignorieren.«

»Also sollten wir zusehen, dass wir der Polizei ebenfalls den passenden Täter präsentieren können.«

»Ich wünschte, ich wäre da so optimistisch wie du.«

Leo hielt ihr die Hand hin und zog sie hoch.

»Lass uns besser überlegen, was wir mit dem bereits Herausgefundenen anfangen können«, sagte Leo. »Immerhin haben wir so einiges erfahren. Was hältst du von den Friedmanns?«

»Ich mag sie, das weißt du.«

Sunny hoffte, mit einer ausweichenden Antwort davonzukommen. Gerade Ute und Bernd Friedmann hatte sie als Elternfiguren verherrlicht, sie konnte sie nicht als Verdächtige den Löwen zum Fraß vorwerfen, auch nicht, wenn der Löwe in dem Moment passenderweise Leo hieß.

»Ich auch«, erwiderte Leo schlicht. »Aber das darf uns nicht den Blick aufs Wesentliche versperren. Wir müssen sie ebenso genau unter die Lupe nehmen.«

»Na gut«, sagte Sunny lustlos, nahm sich dann jedoch zusammen. Leo hatte recht. Sie mussten objektiv sein. »Bernd war irgendwann vor dem ersten Mord wach. Seine Frau bestätigt das. Sonst hat sie keiner gesehen.«

»Was könnten sie für ein Motiv haben?«

»Das ist die Frage. Was kann passiert sein, dass ein Mann und eine junge Frau tot sind. Eifersucht?«

»Eigentlich immer der Klassiker bei so etwas. Meinst du, Ute könnte ein Verhältnis mit dem Mann gehabt haben?«

»Warum ausgerechnet sie? Vielleicht war es genau umgekehrt.«

»Bernd hatte ein Verhältnis mit Honey? Das ist Quatsch.«

»Warum, weil sie sich wie eine verdammte Jungfrau benommen hat?«

»Weil es keinen Sinn ergibt. Warum musste der Mann dann sterben?«

»Warum dann Honey, wenn es Ute war, die eine Liebschaft gehabt hat?«

»Liegt mehr auf der Hand. Bernd hat den Mann

umgebracht und weil Honey ihn dabei beobachtet hat, musste sie ebenfalls sterben.«

»Sie hat im Gemeinschaftsraum auf keinen der Anwesenden negativ reagiert.«

»Das stimmt«, sagte Leo. »Das ist mir noch gar nicht durch den Kopf gegangen. Sie war verwirrt und verstört, zeigte aber keine Reaktion auf irgendwen.«

Sie schauten eine Weile aus dem Fenster auf die sich biegenden Baumkronen. Der Sturm war unvermindert stark, merkwürdigerweise hatte seine Lautstärke abgenommen, als wäre er vom Wald dazu verdonnert worden, leise zu sein.

»Patrick hat den ersten Toten entdeckt. Dass er aufgestanden ist, um zu rauchen, kann keiner bestätigen.«

»Doch, ich«, sagte Sunny. »Er ist zu mir ans Bett gekommen und roch nach Rauch.«

»Gut, das spricht für seine Aussage. Kann natürlich auch nur ein Ablenkungsmanöver gewesen sein.«

»Du meinst, er hat sich nach dem Mord seelenruhig eine Zigarette angezündet, um danach zu mir ans Bett zu kommen? Warum sollte er? Dann wäre es logischer, er hätte die Leiche entdeckt, bevor er anfing zu rauchen.«

»Trotzdem hat er kein Alibi.«

»Das hat wohl keiner von uns so richtig.«

»Was ich erstaunlicher finde, dass Jessica nicht wenigstens versucht, ihm ein Alibi zu geben.«

»Sie ist halt nicht der Meinung, dass er eins nötig hat. Spricht sogar eher noch mehr für seine Unschuld.«

»Oder für ein gekonntes Ablenkungsmanöver.«

»Und das Motiv?«, fragte Sunny erneut genervt. Sie hatte die komplette Familie Friedmann bereits von der Liste der Verdächtigen gestrichen.

»Schwierig. Für das müssen wir das Wesen dieses Mordes verstehen.«

»Sprich nicht in Rätseln.«

»Die Mordmethoden. Warum wurden gerade die gewählt?«

»Weil hier Motiv auf Gelegenheit trifft. Jemanden zu erschlagen deutet auf eine Tat im Affekt hin. Kann ein Mann oder eine Frau gewesen sein. Jemanden zu erwürgen halte ich allerdings nicht für die Tat einer Frau.«

»Erdrosseln«, erwiderte Leo. »Sonst könntest du recht haben. Obwohl Honey natürlich sehr zart und schwach war.«

»Natürlich«, erwiderte Sunny mit steinerner Miene. Sie schwiegen erneut.

»Dreschers?«, fragte Leo dann. Es klang vorsichtig, als wäre er sich nicht sicher, ob Sunny wieder bereit war, mit ihm zu sprechen.

»Du weißt, wie ich darüber denke.«

»Ja. Lass es uns dennoch nur mal kurz diskutieren. Walter war nachts auf, verheimlicht es aber.«

»Stimmt. Offensichtlich, um heimlich zu trinken und über das Leben zu lamentieren.«

»Verständlich bei der Ehefrau. Wundert mich, dass er nicht permanent betrunken ist.«

»Wer weiß«, sagte Sunny. »Besagte Ehefrau fällt ihm auf jeden Fall in den Rücken.«

»Kein besonders feiner Zug, das ist richtig. Fakt ist jedoch, dass sie die Wahrheit sagt. Die Frage ist nur: Macht ihn das automatisch zum Mörder?«

»Nicht die Tatsache allein, dass er nachts auf war. Das ist eher ein Zusammenspiel verschiedener Komponenten.«

»Das Zusammenspiel beruht allerdings fast ausschließlich auf der Tatsache, dass du ihn nicht magst.«

»Ja«, sagte Sunny. »Das ist dann wohl so.«

»Wir müssen ebenfalls über Jochen reden.« Leo klang behutsam und Sunny war ihm dankbar dafür.

»Kein Problem«, erwiderte sie tapfer. »Ich habe auch daran zu kauen, dass er in Honeys Zimmer war. Seine Erklärung dafür hat mich nicht überzeugt.«

»Was glaubst du?«

»Ich denke, dass er sich an sie ranmachen wollte. Hübsche Mädchen lösen da wohl irgendetwas in ihm aus. Wäre nicht das erste Mal.«

»Ist er schnell wütend? Jähzornig oder unberechenbar?«

»Nein, im Gegenteil. Er ist eher subtil gemein.«

»Würde er jemanden umbringen?«

»Schwer zu sagen.« Sunny merkte auf einmal, wie wenig sie nach sechs Monaten wirklich über Jochen wusste. »Ihm ist es auf jeden Fall wichtig, seine Interessen durchzusetzen. Ob das für Mord reicht? Ich weiß es ehrlich nicht.«

»Also können wir ihn noch nicht ausschließen.«

»Das können wir offensichtlich bei keinem hier.«

»Wir sollten noch mal Albers besuchen. Vielleicht hat er jetzt nach den Verhören neue Ideen.«

»Ja. Das sollten wir tun.«

7

»Ist noch keinem aufgefallen, dass ihr schon wieder verschwunden seid?«

Der Wasserkessel pfiff zwar nicht, aber das sprudelnde Kochen des Wassers war deutlich zu hören.

»Es interessiert anscheinend keinen. Sie hocken in Grüppchen zusammen in einem Raum, aber niemand hat ernsthaftes Interesse an einer Unterhaltung, wie es aussieht.«

»Also machen sie sich Sorgen.«

Anton goss dampfendes Wasser in drei übergroße Tassen mit angeschlagenen Ecken und fehlenden Henkeln. Sie waren automatisch zum vertraulichen Du übergegangen.

»Das sollten sie. Jeder sollte sich Sorgen machen, wenn es zwei Tote gegeben hat, die darüber hinaus noch verschwunden sind«, sagte Sunny, die dankbar ihre klammen Finger um die ihr angebotene Tasse schloss.

»Ja, ein echtes Rätsel. Und weitaus beunruhigender, als es auf den ersten Blick scheint. Denn wo sind die Leichen?«

»Der Mörder hat sie weggeschafft«, antwortete Sunny leichthin. »Weiter sind wir noch nicht gekommen.«

»Das ist so ziemlich das Wichtigste, was ihr untersuchen müsst«, sagte Anton. »Euch ist doch hoffentlich klar, dass die Aufklärung des Falles entscheidend mit dem Verbleib der Leichen zusammenhängt.«

»Im Haus sind sie auf jeden Fall nicht, das wäre Sunny aufgefallen. Sie hat das Gebäude durchsucht. Auf jeden Fall das meiste davon.«

»Es würde mich sehr wundern, wenn jemand die Toten im Haus deponiert hätte. Sie lassen sich schlecht verstecken.«

»Wahrscheinlich auch nicht, weil man sie ziemlich schnell riechen würde.«

»Das mit dem Geruch wird überschätzt. In diesem Fall wäre der Täter nur von einer Nacht ausgegangen, wenn der Sturm nicht gewesen wäre. Jetzt wird es wohl auf zwei Nächte hinauslaufen, wenn das draußen so weitergeht. Dann sollte es allerdings auch gut sein. In der Zeit riechen Leichen meistens auch bei Zimmertemperatur noch nicht.«

»Ob die Leichen nicht im Haus sind, kann ich nicht beschwören«, sagte Sunny. »Ich habe schließlich nicht alle Räume durchsucht, sondern nur die, die von den anderen bewohnt werden. Durchaus möglich, dass sie noch im Haus sind.«

»Dann sollten wir das schnellstmöglich klären. Ihr müsst die bewohnten Zimmer erneut durchsuchen und die anderen ebenfalls.«

»Warum? Eine Leiche wäre mir bestimmt aufgefallen«, entgegnete Sunny beleidigt. Sie fühlte sich behandelt wie ein Kind, auf das man sich nicht verlassen konnte.

»Da bin ich sicher«, erwiderte Anton beruhigend. »Ich will auf etwas anderes hinaus. Wonach hast du das letzte Mal gesucht?«

»Nach der Tatwaffe.«

»Das habe ich mir gedacht. Das hast du sicher gründlich gemacht.«

»Ich habe sie immerhin gefunden.«

»Richtig. Jetzt sollst du jedoch nach anderen Dingen Ausschau halten. Das menschliche Gehirn macht sich in der Regel Vorstellungen von dem, was es will. Als du nach der Tatwaffe gesucht hast, existierte bereits eine ungefähre Vorstellung davon in deinem Kopf. Es musste etwas sein, womit man gut zuschlagen konnte. Der Rest wurde von deinem Gehirn rausgefiltert.«

»Du meinst, wenn ich nach Wattebäuschen gesucht hätte, wäre mir der Ast nicht aufgefallen?«

»Wahrscheinlich doch. Aber du hättest diesen Fund in deinem Kopf unter der Kategorie Merkwürdiges abgelegt und wieder vergessen.«

»Wonach suche ich diesmal, außer den Leichen?

Obwohl mein Gehirn die mit Sicherheit nicht aussortiert hätte.«

»Die wären auch ein sehr großer Reiz, zugegeben, und absolut nichts Alltägliches gewesen. Nein, diesmal geht es darum, ob du Spuren der Toten auf der Kleidung der anderen findest.«

»Von was sprechen wir denn da so?«

»Haare zum Beispiel. Was hatte die junge Frau für eine Haarfarbe?«

»Blond«, sagte Leo, bevor Sunny antworten konnte. Sie schüttelte mit dem Kopf und verdrehte die Augen.

»Ja, blond«, sagte sie wie zur Bestätigung und warf Leo einen vernichtenden Blick zu. »Bis zu den Schultern. Offen getragen.«

»Siehst du, du hast verstanden, worauf es ankommt. Gerade Haare sind dankbar. Sie fallen leicht aus und bleiben an der Kleidung haften. Was für eine Farbe hatte ihre Kleidung?«

»Ein blaues Kleid«, sagte Sunny schnell, um Leo zuvorzukommen. »Helles Blau, dünn, kurze Ärmel. Keine Jacke. Im November. Das verstehe ich sowieso nicht.«

»Blau ist gut. Vielleicht finden wir eine Faser an der Kleidung des Mörders.«

»Dreckspuren?«

»Selbstverständlich. Wenn du welche findest.«

»Woher wissen wir, dass die nicht von der Wanderung gestern sind?« fragte Leo.

»Das können wir so natürlich nicht wissen. Es wird aber in dem Moment wichtig, wenn wir die Leichen finden. Decken sich die Bodenproben dann genau mit diesen Spuren, muss der Verdächtige zumindest am Ablageort der Leichen gewesen sein.«

»Das ist clever«, sagte Sunny und konnte ihre Bewunderung nicht unterdrücken, obwohl sie ganz lässig klingen wollte, als wüsste sie über solche Dinge genau Bescheid.

»Das ist Kriminaltechnik«, entgegnete Anton. »Gehört heute einfach dazu.«

»Sollen wir auch draußen nach den Toten suchen?«, fragte Leo.

»Das wäre natürlich angebracht. Ich werde es jedoch nicht zulassen. Bei diesem Sturm ist jeder Aufenthalt draußen eine tödliche Gefahr. Deswegen solltet ihr eigentlich auch gar nicht hierherkommen. Wir sollten das Schicksal nicht zu sehr herausfordern. Beschränkt euch auf das Gebäude.«

»Diesmal werde ich die persönlichen Sachen unserer Wandergruppe genauer unter die Lupe nehmen. Das habe ich vorher nicht getan.«

»Gut. Manchmal vermitteln einem solche Dinge wichtige Erkenntnisse, im idealsten Fall entdecken wir eine Beziehung zwischen dem Täter und einem der Opfer. Darauf sollten wir uns aber nicht verlassen. Der Täter scheint ziemlich unerschrocken zu sein, sonst hätte er nicht so gehandelt, wie er es getan hat.«

»Woran machst du das fest?«

»Nun, es zeugt schon von einer großen Unverfroren-heit, nach dem Fund der zweiten Toten in einem so kurzen Zeitfenster beide Leichen wegzuschaffen. Fast unmöglich, würde ich behaupten.«

»Daher sind wir auch der Meinung, dass es nur ein Mann oder ein Pärchen gewesen sein kann. Wir haben uns mal die Zimmerfenster angesehen. Alleine schaffst du das nicht.«

»Sicher nicht, weil eine Leiche alles andere als leicht zu handhaben ist, da die Körperspannung fehlt.«

»Das mit den verschwundenen Leichen ist das größte Rätsel«, sagte Sunny. »Ich versuche, mir die ganze Zeit ein Szenario vorzustellen, wie der oder die Täter das gemanagt haben wollen.«

»Theoretisch kann er oder sie nicht mehr in ihren Zimmern gewesen sein«, gab Leo zu bedenken. »Dann hätten sie uns im Flur entgegenkommen müssen.«

Sunny versuchte, sich die Reihenfolge der auftauchenden Gruppenmitglieder in den Sinn zu rufen, da sie jedoch nicht darauf geachtet hatte, gelang ihr das nicht. Wenn sie zu diesem Zeitpunkt nur geahnt hätte, dass es wichtig gewesen wäre, sich das zu merken.

»Was ist mit der Theorie, dass es Fremde gewesen sein müssen?«, fragte sie dann.

»Ich dachte, die hättest du schon abgehakt?«, warf Leo ein.

»Eigentlich ja. Aber je mehr ich darüber nachdenke, desto mehr wird mir bewusst, dass es fast keine andere Möglichkeit gibt.«

»Wir haben am Haus alles abgesucht. An keiner Tür und keinem Fenster gibt es Hinweise, dass jemand sich Zutritt verschafft hat.«

»Bleibt nur noch die Option mit dem Zweitschlüssel.«

»Stimmt, dann haben wir unseren Täter ja schon.«

»Klärt mich auf«, bat Albers.

»Du warst dafür der passende Verdächtige«, sagte Leo und grinste. »Du bist ein Nachbar, könntest also vom Besitzer einen Zweitschlüssel erhalten haben, um drüben mal nach dem Rechten zu sehen. Außerdem bist du nachts um das Gebäude geschlichen, daher per se schon verdächtig.«

»Dann können wir den Fall ja abschließen«, erwiderte Anton trocken. »Den Besitzer kenne ich gar nicht. Kommt irgendwo aus Köln. Hat sich meines Wissens noch nie hierhin verirrt.«

»Ist es derselbe, dem das Freizeitheim vor dreißig Jahren schon gehörte, als damals dieser Mord passierte?«

»Nein, der hat es seinerzeit kurz nach dem Vorfall verkauft. Glaubte an schlechtes Karma. In den Jahren hat das Gebäude insgesamt drei Besitzerwechsel gehabt.«

»Dann ist es mit dieser Theorie auch Mist«, sagte Sunny betrübt.

»Dir schwebte sicher etwas in der Art Norman Bates wie in Psycho im Kopf herum, wie ich dich kenne.«

»Ihr seid ein schönes Paar«, sagte Anton. »Zieht euch immer gegenseitig auf. Das ist eine gute Basis für eine lange Partnerschaft.«

»Wir sind kein Paar«, erwiderte Sunny und fühlte, wie sie rot wurde. Leo nicht. Sunny fand das unfair. Mit seinen roten Haaren wäre er für so etwas wesentlich prädestinierter gewesen. Anton ließ ihre letzte Bemerkung unkommentiert, dem Himmel war Dank.

»Dennoch müssen wir die Möglichkeit eines geheimnisvollen Unbekannten zumindest im Auge behalten«, knüpfte Leo wieder an ihr eigentliches Gespräch an. »Denn es wäre die vernünftigste Erklärung für alles.«

»Und die am wenigsten unangenehme«, stimmte Sunny ihm zu. »Ich bin zwar kein Feigling, aber eventuell mit einem Mehrfachmörder unter demselben Dach zu schlafen, wirkt sich nicht gerade positiv auf meine kommende Nachtruhe aus.«

»Bis dahin ist es noch lang«, sagte Anton. »Im Moment brauchen wir dich jedenfalls ausgeschlafen und ermittelnd. Ich würde auch vorschlagen, ihr verschwindet jetzt, bevor die anderen euch vermissen und Verdacht schöpfen.«

»Wir sagen in dem Fall einfach, wir haben getan, was Pärchen so tun«, bemerkte Leo frech. »Die sauberste Erklärung.«

»Und die am wenigsten wahrscheinliche«, sagte Sunny schnell.

»Können wir ihn wirklich ausschließen?«, fragte sie Leo ein wenig später, als sie versuchten, sich die Kleidung nicht von den Dornen im Dickicht aufreißen zu lassen.

»Du magst ihn«, erwiderte Leo, als würde das alles erklären.

»Sehr sogar. Trotzdem. Du hast mich verunsichert. Schließlich hast du sofort gemeint, dass der Gedanke naheliegend ist.«

»Ist er immer noch. Doch irgendwann muss man sich entschließen, ob man auf die Logik oder den gesunden Menschenverstand hört. In diesem Fall habe ich mich zu Letzterem entschlossen. Was bleibt uns anderes übrig?«

»Die Alternativen sind überschaubar.«

»Sieh mal, egal wer es war, unsere Lage ist nicht gerade die beste. Ich hoffe sehr, dass wir die nächste Nacht ohne einen neuen Mord überleben.«

»Du glaubst, es stirbt noch jemand?«

»Ich hoffe nicht. Aber hier stimmt was nicht, ich kann es förmlich riechen.«

»Vielleicht sind das bereits die Leichen von heute Nacht. Wahrscheinlich sollten wir uns doch auf die Suche begeben.«

»Sehr witzig. Ich meine es ernst. Egal wo ich bin, spüre ich was. Ich kann nicht mit dem Finger darauf zeigen oder es beim Namen nennen, aber hier ist etwas ganz und gar nicht in Ordnung.«

Sunny war versucht, ihn aufzuziehen, seine Bedenken wegzulachen, aber es gelang ihr nicht. Sie dachte an ihre schwankende Stimmung, die absolut untypisch für sie war, aber dafür allgegenwärtig und die sich wieder verstärkte, jetzt, wo sie auf das Freizeitheim zugingen. In Antons Hütte hatte sie sich glücklich und geborgen gefühlt.

»Ich werde noch mal die Zimmer durchsuchen«, sagte sie in einem Ton, der keine Widerrede zuließ. Anton hatte das schließlich empfohlen.

»Ich habe nichts anderes erwartet«, erwiderte Leo.

Im Freizeitheim war die Stimmung mittlerweile so hochgekocht, dass ihr Fehlen nicht weiter aufgefallen war.

»Es ist mir vollkommen egal, ob du dagegen allergisch bist oder nicht. Das kann man sich auch einbilden«, hörte Sunny Ute zu Helga sagen. »Wie oft hast du schon Kapern gegessen und da war keine Rede von allergisch.«

»Dinge ändern sich halt«, erwiderte die Angesprochene.

»Manche leider nicht«, giftete Ute.

Sunny hätte bis jetzt gar nicht geglaubt, dass sie so aggressiv sein konnte.

»Das solltest du dir auch nicht wünschen.«

Nach dieser merkwürdigen Drohung tauchte die Drescher vor Leo und Sunny auf, als beide gerade den Aufenthaltsraum betreten wollten. Sie wichen automatisch zurück, so bösartig und verzerrt war Helgas Gesicht. Obwohl Sunny nie Sympathie für sie empfunden hatte, bei diesem Gesichtsausdruck konnte man Angst bekommen.

Sie betraten den Raum und stellten fest, dass die Diskussion zwischen Ute und Helga nicht der einzige Krisenherd im Haus war, wenn auch – zumindest im Augenblick noch –der lauteste. Bei Patrick und Jessica war ebenfalls längst nicht mehr alles im Reinen. Sie hatten am Tisch bei Patricks Eltern Platz genommen, der am nächsten an der Tür zum Ausgang lag, so weit weg wie möglich von Walter Drescher, der hinten saß, und Jochen, der aus dem Fenster schaute und somit wahrscheinlich ihre Ankunft beobachtet hatte. Wenn ihn das verwunderte, erwähnte er es nicht.

»Du hast nicht nur mir versprochen, es zu lassen, sondern auch deinen Eltern«, hörte Sunny Jessica noch zischen, bevor diese ihre Lippen zusammenpresste, als sie Sunny und Leo eintreten sah. Sunny hätte zu gerne gewusst, worum es in diesem Fall ging.

Wenn sich Helga irgendwo im Haus herumtrieb, war an eine Zimmerdurchsuchung nicht zu denken. Das sollte jedoch nicht lange so bleiben. Helga kam zurück. Sunny vermutete, sie würde umgehend wieder Gift verspritzen, aber Helga setzte sich bewundernswert gelassen zu Walter und klappte ein Buch auf, das sie wohl aus ihrem Zimmer geholt hatte. Es gab keine bessere Gelegenheit. Leo trat vor, während Sunny begann, sich unauffällig zurückzuziehen.

»Ich möchte mit euch über das Geschehene sprechen«, hörte Sunny ihn noch beginnen, während sie vorsichtig die Tür zuzog. Dieses Ablenkungsmanöver hatten sie vorher besprochen. Somit konnte Leo die

Gruppe so lange zusammenhalten, bis Sunny die Zimmer erneut durchsucht hatte.

Sunny rief sich die Aussagen der Einzelnen wieder ins Gedächtnis. Demzufolge mussten Utes Magentabletten irgendwo in ihrem Zimmer liegen, es sei denn, sie würde sie in der Hosentasche mit sich herumtragen. Das vermutete Sunny allerdings nicht. Ute trug Jeans auf Figur und eine schmal geschnittene Bluse ohne Taschen. Ein Tablettenblister würde sich bei ihrer Kleidung abzeichnen.

Tabletten sollten in einem kleinen Zimmer mit wenig Gepäck zu finden sein. Die Habe der Friedmanns war überschaubar. Ute interessierte sich offenbar nicht für komplizierte modische Experimente. Auf jeden Fall nicht bei einer Wanderung durch den Wald. Bernds Gepäck führte ebenfalls in eine Sackgasse. Beider Gepäck war fast beunruhigend neutral. Sunny fragte sich, ob das bereits etwas ganz Eigenes zu bedeuten hätte. Aber das Wichtigste war: Die erwähnten Magentabletten waren nicht da. Somit war dieses Alibi zumindest fragwürdig.

So aufgeräumt und organisiert Patricks Eltern waren, ihr Sohn hatte offensichtlich nichts davon geerbt. Es sah so aus, als hätte Jessica anfangs noch versucht, der Unordnung Herr zu werden und es dann auf halber Strecke einfach aufgegeben. So war der Bereich, in dem sie schlief, akkurat und aufgeräumt. Die Untersuchung ihrer persönlichen Besitztümer gestaltete sich so, wie Sunny das bereits vermutet hatte. So aufgeräumt wie ihr Leben war auch ihre Seite des

Zimmers. Sunny fand nichts Persönliches, was ihr Einblick in Jessicas Innerstes hätte geben können. Sunny drängte sich das Bild einer leeren Hülle auf und Vergleiche mit den Frauen von Stepford kamen ihr ganz automatisch in den Sinn. Jessica lebte und existierte nur für Patrick. Sunny hoffte für sie, dass es nur eine Phase war und sie diese Einstellung in der Zukunft wieder ablegen würde.

Bei Patrick wurde es wieder interessanter, wenn auch unübersichtlicher. Sunny horchte regelmäßig Richtung Flur, aber sie konnte aus der Entfernung die Stimmen hinter der geschlossenen Tür murmeln hören. Leo leistete ganze Arbeit. Keiner zeigte Ambitionen, den Raum zu verlassen.

Ihre Finger griffen flink in die Fächer seines Rucksackes, zogen gezielt Bahnen zwischen den Anziehsachen und umschlossen ein Bündel Papier, das Sunny aus der Tasche fischte. Das Gewirr aus Kästchen und Linien sagte ihr im ersten Augenblick nichts. Außerdem war das Licht unzureichend. Sie musste näher zur Lampe gehen, um etwas lesen zu können. Sunny verstand nicht viel davon, da sie selten Geld zum Verprassen hatte, aber das hier waren eindeutig Wettscheine für Pferdewetten. An vielen Tagen in Folge, manchmal mehrere an einem Tag mit einer konstanten Einsatzhöhe von 500 Euro. Patrick Friedmann war ein Spieler. Ob er auch ein erfolgreicher war, würde sich noch herausstellen. Sunny fragte sich, warum er Wettscheine mit auf eine Wanderung nahm.

Die unangenehmste Aufgabe war das Zimmer der

Dreschers. Sunny glaubte fest daran, dass die Mitglieder der Familie Friedmann ihr eine kleine Schnüffelei verzeihen würden, bei den Dreschers sah sie dafür keine Chance. Sie hielt im Flur kurz inne, bevor sie in deren Zimmer verschwand. Aber leider Fehlanzeige, sie fand nichts.

Interessanter wurde es wieder bei Jochen.

»Er betrügt mich offensichtlich schon länger«, sagte Sunny später zu Leo, nachdem sie ihn aus seiner Rolle erlöst hatte, die anderen abzulenken. »Ich habe Nachrichten auf seinem Handy gefunden. Nicht die feine Art, aber was soll ich tun? Er schreibt mit verschiedenen Frauen, aber auf jeden Fall mit einer blonden. Das ging aus dem Inhalt der Nachricht hervor.«

»Was soll ich mir unter dieser Aussage vorstellen?«

»Er beschreibt ihr honigfarbenes Haar und möchte Schokoladensoße auf ihrer vanillefarbenen Haut verteilen. Ziemlich schwülstiges Zeug, wenn du mich fragst. Zu mir hat er so etwas noch nie gesagt. Ich frage mich, warum er überhaupt mit mir zusammen war, wenn ich in keiner Weise seinem Bild einer Traumfrau entspreche.«

»Hast du ihm Geld gegeben?«

»Nie. Ich komme ja gerade selbst nur dürftig durch. Und mittlerweile noch nicht mal das.«

»Dann müssen es andere herausragende Fähigkeiten sein.«

»Die wären?«

»Die möchte ich nicht laut benennen, sonst klebst du mir eine.«

Sunny musste lachen. Obwohl ihre Beziehung mit Jochen den endgültigen Todesstoß bekommen hatte, fühlte sie keinesfalls die Trauer, die sie erwartet hätte.

»Das mit der blonden Frau ist interessant«, sagte Leo.

»Ja, nicht wahr? Das dachte ich auch. Natürlich war die Wahrscheinlichkeit bei ihm sehr hoch, dass er auch eine blonde hat, bei der Anzahl an Frauen. Ist nur die Frage, wie bewerten wir das?«

»Es besteht zumindest die Möglichkeit, dass das Honey gewesen sein könnte.«

»Dann war der Tote vielleicht ihr Mann, der sich rächen wollte. Der wurde von Jochen erschlagen, Honey blieb traumatisiert daneben stehen, bis wir sie reinholten. Weil sie nicht bei Sinnen war, reagierte sie nicht auf Jochen. Oder sie wollte ihn dennoch schützen. Jochen wusste, dass sie ihm in dem Moment gefährlich werden konnte, wenn sie wieder zu sich gekommen wäre, und ermordete sie. Und wir hätten auch eine andere Frage geklärt.«

»Welche?«

»Wer die Leichen aus dem Haus geschafft hat. Schließlich blieb er vorne, als wir überlegt haben, was wir tun sollten, und dann die anderen holten.«

»Trotzdem ist das arg eng.«

»Wieso? Erst natürlich Honey. Als wir dann alle entsetzt in dem leeren Zimmer standen, ließ er ihren

Mann verschwinden. Hast du in dem Trubel auf Jochen geachtet?«

»Nein. Aber vielleicht hat ihn einer der anderen gesehen.«

»Das kriegen wir sicher raus. Aber du weißt, dass solche Erinnerungen immer trügerisch sind. Man ist fest überzeugt, man hätte dies oder das gesehen, weil es einfach so sein muss.«

»Trotzdem können wir sie danach befragen. Außerdem geht es ja auch noch um die Tabletten von Bernd und Ute. Also waren Magenschmerzen nicht der Grund, warum sie auf waren.«

»Offenbar nicht. Was auch für eine Fremdgeh-Theorie spricht. Wie war das mit den Verbrechen aus Leidenschaft?«

»Verbrechen aus persönlichen Gründen, das war eher der Tenor.«

»Könnte auch auf Patricks Wettleidenschaft zutreffen.«

Sunny fröstelte plötzlich, obwohl es im Haus warm war. Die Heizung funktionierte zuverlässig. Sie zog ihren Ärmel hoch und beobachtete, wie sich alle ihre Härchen aufstellten.

»Bei den Dreschers war wirklich nichts?«, fragte Leo.

»Leider nicht das, was ich mir erhofft habe.«

»Was hast du dir denn erhofft?«

»Ich hätte mir gewünscht, Schundliteratur oder Snuff-Filme bei Walter zu finden. Irgendetwas, was mir bewiesen hätte, dass dieser Jammerlappen eine zutiefst sadistische Ader hat, aber nichts.«

»Warum sollte er so was mitnehmen? Womit sollte er hier solche Filme abspielen?« Leo lachte.

»Was weiß ich. Vielleicht damit sie bei ihm zu Hause die Putzfrau nicht findet.«

»Du hältst eine ominöse Putzfrau für gefährlicher als Helga?«

»Lass mich in Ruhe«, sagte Sunny genervt. »Er hatte ja auch keine Schmuddelheftchen mit. Nur Helga hat merkwürdig wertvollen Schmuck dabei.«

»Was ist an wertvollem Schmuck merkwürdig?«

»Am Schmuck selbst nicht. Nur warum schleppt sie den mit auf eine Wanderung?«

»Auch da kann man Wert auf Chic legen.«

»Das ist auch so was. Ihre Kleidung ist ebenfalls teuer. Designermode. Meine Mutter trägt Ähnliches. Daher kenne ich mich ein wenig aus.«

»Ich sehe immer noch nicht das Problem.«

»Ist Walter nicht Sachbearbeiter für den Vertrieb von medizinischen Instrumenten? Sicher kein Job, in dem man Reichtümer anhäuft. Und Helga ist Hausfrau. Wohl schon immer gewesen, obwohl sie keine Kinder haben.«

»Da würde ich nicht so viel hineininterpretieren. Sie können auch eine Erbschaft gemacht haben. Ich glaube nicht, dass Helga Honey und den Unbekannten umgebracht hat, weil diese von einem Inkassobüro waren.«

»Warte, das könnte ...«

»Nichts könnte«, schnitt Leo ihr das Wort ab. »Humbug. Bevor wir uns jetzt in kruden Vermutungen verhaspeln, sollten wir uns wieder den ernsthafteren Ermittlungen zuwenden.«

Sunny merkte, dass sie sich verrannte. Das war weit entfernt von der Besonnenheit, die sie so gern an den Tag gelegt hätte.

»Du hast recht«, gab sie zu.

»Also befragen wir sie alle noch mal einzeln?«

»Wäre das Vernünftigste. Wir konfrontieren sie mit dem, was wir jetzt wissen, und hoffen, dass irgendeiner einknickt. Allerdings, die Tat zeigt so starke Züge einer absoluten Ignoranz vor dem Pech, der Täter muss äußerst kaltblütig sein.«

»Ich weiß nicht, ob mich das beruhigt«, sagte Leo.

»Soll es auch nicht. Wir müssen wachsam sein. Solche Leute sind in der Regel Psychopathen und besitzen kein Gewissen.«

»Beruhigende Worte am Nachmittag«, sagte Leo nur und folgte Sunny ins Haus.

8

»Wir müssen noch mal mit euch reden«, sagte Sunny zu Ute und Bernd, als sie und Leo das Ehepaar in ihr Zimmer geholt hatten, nicht ohne die misstrauischen Blicke der anderen im Nacken zu haben.

»Um was geht es jetzt wieder?«, fragte Bernd, wirkte allerdings entkräftet und strahlte längst nicht mehr diese ruhende Stärke aus, die ihn von Anfang an ausgezeichnet hatte und weswegen er von Sunny bewundert worden war.

»Ihr habt uns belogen«, sagte Sunny. »Angeblich hast du gestern Nacht Tabletten genommen.«

»Warum sollte ich darüber lügen?«

»Das fragen wir uns auch. Nur leider gibt es diese Tabletten nicht.«

»Woher willst du wissen, welche Medikamente wir dabeihaben?«, mischte Ute sich ein.

»Weil ich euer Zimmer durchsucht habe«, sagte

Sunny und gab ihrer Stimme einen extra harten Klang, damit Friedmanns nicht auf die Idee kamen, sie könnte ein schlechtes Gewissen haben.

»Du durchsuchst unser Zimmer? Wer hat dir das erlaubt?«

»Ich mir selbst.« Sunny blieb hart. »Die Lage erforderte es. Es sind immerhin zwei Morde in einer Nacht geschehen. Dann kann ich auf solche Kleinigkeiten keine Rücksicht nehmen.«

»Das hat ein Nachspiel«, sagte Bernd. »Das müssen wir uns nicht bieten lassen.«

»Wenn du meinst, dass das nötig ist. Wir werden sehen, was die Polizei dazu sagen wird. Eventuell sind die da nicht so engstirnig.«

»Das wird sich noch herausstellen.«

Sunny war sich ziemlich sicher, dass sie nicht mehr zu den gern gesehenen Leuten in Friedmanns Dunstkreis gehörte. Das war bedauerlich, aber Verbrechensaufklärung forderte halt ihre Opfer.

»Kommen wir lieber noch mal zum Thema«, sagte Leo, der wahrscheinlich verhindern wollte, dass Sunny irgendwelche Zugeständnisse machte, weil sie sich schlecht fühlte. »Wir waren bei den fehlenden Tabletten stehen geblieben.«

»Wieso? Die Packung war leer. Ich habe sie weggeworfen«, erklärte Ute.

»Tut mir leid, aber das kann nicht stimmen.« Leo blieb gnadenlos. »Da ich mit so etwas gerechnet habe, habe ich bereits sehr gewissenhaft drinnen und draußen den Müll durchsucht. Keine leere Tablettenpackung zu finden und auch nichts, was damit in Zusammenhang zu bringen wäre.«

Sunny hatte das Gefühl, dass Bernd einiges von seiner Selbstsicherheit verloren hatte. Utes innerer Kampf war schon viel früher beendet worden.

»Ich habe die Packung aus dem Fenster geworfen«, sagte sie.

»Wollen wir nachschauen gehen?«, fragte Leo freundlich.

»Der Sturm wird sie wohl weggeweht haben.«

»Ute, bitte. Du bist eine sehr kluge und sicherlich effiziente Frau. Dann willst du uns hier ernsthaft erzählen, dass du Müll in den Wald wirfst und dafür extra noch die Tür oder ein Fenster öffnest, obwohl eine Mülltonne fast direkt neben dir steht?«

Ute Friedmann schwieg, und das sogar ziemlich beharrlich. Sunny blickte zu Bernd, aber der hatte sich abgewendet und schaute aus dem kleinen Fenster in das Dickicht des Waldes. Ganz offensichtlich wollten sie zu dem Thema nichts mehr sagen, allerdings noch zu einem anderen.

»Dann darf ich sicher davon ausgehen, dass du ebenfalls im Zimmer von Patrick und Jessica warst?«

»Selbstverständlich«, antwortete Sunny unerschrocken.

»Was hast du dort gefunden? Nein, sag's mir nicht, lass mich raten. Wettscheine?«

»Ja«, sagte Sunny nur. Was sollte sie darauf auch sonst antworten?

»Unser Sohn hat ein Suchtproblem, nein, lass, Ute«,

unterbrach er seine Frau, die gerade den Mund öffnete. »Er ist spielsüchtig. Wir haben gehofft, er wäre auf einem guten Weg. Daher haben wir ihn auch auf diese Wanderung mitgenommen, damit er etwas abgelenkt wird. Wir hätten ihm besser ebenso sein Telefon abgenommen. Leider kann man auch damit seiner Spielsucht frönen.«

»Deswegen ist er sicher auch gestern Nacht aufgestanden«, sagte Leo behutsam.

»Ja. So viel raucht Patrick nämlich nicht. Er steht dafür nachts auf keinen Fall extra auf. Jessica sollte nichts mitkriegen, daher musste er das Zimmer verlassen.«

»Danke für diese ehrliche Erläuterung«, sagte Sunny. »Wir wissen das zu schätzen.«

»Wir schätzen trotzdem nicht die unerlaubte Durchsuchung unseres Eigentums.«

»Zur Kenntnis genommen«, sagte Leo anstatt Sunny. Er wollte höchstwahrscheinlich kein Risiko eingehen, dass ihr Vorgehen noch eine Diskussion anzettelte. Das war gut so, da Sunny sich über die erlaubte Notwendigkeit ihrer Durchsuchung längst nicht so sicher war, wie sie tat. Wenigstens verließen Bernd und Ute ohne weitere Diskussion das Zimmer.

»Ist dir was aufgefallen?«, fragte Sunny.

»Sie haben sich ziemlich brüskiert gefühlt.«

»Das auch. Aber sie haben uns keine Erklärung dafür geliefert, warum sie jetzt tatsächlich auf waren.«

»Verdammt, du hast recht. Bernd hat uns ganz geschickt mit der Geschichte von Patrick abgelenkt.«

»Versucht zumindest. Ich habe nicht weiter nachgefragt. Wir hätten sowieso keine wahrheitsgemäße Erklärung bekommen.«

»Also gehören sie jetzt auch zu den Top-Kandidaten?«

»Ich fürchte ja. Obwohl ich das kaum glauben kann. Die Friedmanns sind keine Menschen, die ihre Probleme nur mit Mord lösen können. Dafür sind sie zu integer.«

»Dann sollten wir Jochen noch mal auf den Zahn fühlen.«

»Fällt mir schwer, aber es nützt ja nichts.«

»Sunny, ich kann das auch allein machen, wenn es dir unangenehm ist.«

»Nein, jeder muss selbst durch seine persönliche Hölle. Vielleicht genieße ich es sogar.«

Wie zur Bestätigung, um ihre Unerschrockenheit und ihren Elan zu beweisen, riss sie die Zimmertür auf und trat auf den Flur. In diesem Augenblick schlug die Klappe zum Kriechboden nach unten. Sunny konnte sich im letzten Moment wegducken.

»Mich interessiert kein bisschen, dass sich keiner angesprochen fühlt«, sagte Leo. Seine Stimme wurde eine Oktave höher, wenn er laut wurde oder wirklich aufgebracht war. So ganz vermochte Sunny das nicht zu unterscheiden.

»Sie wäre fast getötet worden, und ich will wissen, wer das war.«

»Warum sollten wir jemanden umbringen?«, fragte Helga.

»Fragen Sie das im Ernst? Nachdem wir hier schon zwei Tote in einer Nacht hatten?«

»Unbewiesen«, entgegnete Helga. »Wo sind denn Ihre Toten?«

»Das wüsste ich auch gerne. Aber das bekomme ich noch raus, da können Sie sicher sein.«

»Wir«, warf Sunny dazwischen, aber keiner achtete auf sie.

»Was haben wir damit zu tun, wenn diese Klappe herunterfällt?«, fragte Jessica verständnislos.

»Weil sie manipuliert wurde«, sagte Leo. »Jemand hat eine Schnur daran gebunden und das andere Ende an der Klinke festgemacht. So wurde sie schlagartig heruntergerissen, als Sunny die Tür aufmachte.«

»Das ist doch dummes Zeug. Oder hast du eine Schnur gefunden?«

»Das zwar nicht, aber ich vermute, dass die in der allgemeinen Hektik vom Täter schnell entfernt wurde. Keiner hat darauf geachtet.«

»Natürlich, das macht man mal gerade so nebenbei. Diese Attentat-Theorie ist kompletter Schwachsinn.«

Das kam von Patrick. Er war längst nicht mehr freundlich wie noch vor ein paar Stunden. Offensichtlich hatte ihm sein Vater schon von Sunnys Aktion erzählt.

»Dann hat einer den Verschluss gelockert. Schließlich lässt die Leichtbauweise der Wände alles bis zur Decke wackeln, wenn hier die Türen auf- und zugemacht werden.«

»Werden Sie nicht langsam ein wenig paranoid?«, fragte Walter und klang mehr interessiert als ironisch. Sunny fragte sich nicht zum ersten Mal, was wohl in seinem Kopf vorging.

»Sunny wäre fast erschlagen worden. Ich weigere mich zu glauben, dass das ein Zufall war. Nicht, wenn wir im Moment Nachforschungen anstellen. Irgendeiner hier im Haus will uns daran hindern.«

»Oder uns antreiben, damit wir nicht aufhören zu ermitteln«, sagte Sunny, aber erneut hörte keiner auf sie. Irgendwie hatte nach diesem Schock ihre Stimme gelitten, sie schaffte es kaum, eine nennenswerte Lautstärke hervorzubringen.

»Ich will genau wissen, wer in der Zeit wo war, nachdem Bernd und Ute das Zimmer verlassen hatten.« Leo dachte nicht daran, Ruhe zu geben.

»Entschuldigen Sie mal, aber das geht Sie gar nichts an. Ich glaube nicht, dass Sie das Recht haben, hier irgendwelche Fragen zu stellen.« Walter führte sich seit ein paar Minuten mal als richtiger Mann auf. Sunny fragte sich, woher er diesen Elan nahm.

»Wenn Sunny und ich in Gefahr sind, habe ich alles Recht der Welt. Also bitte, sonst berichte ich der Polizei von Ihrer grenzenlosen Kooperation.«

»Ich schätze, wir haben uns alle auf unsere Zimmer zurückgezogen«, sagte Ute zögerlich und ignorierte den ungehaltenen Blick ihres Mannes. »Ich konnte an der

Ecke durch den kleinen Flur und den Gemeinschaftsraum in den Speisesaal blicken und dort saß keiner
mehr.«

»Patrick und ich waren in der Küche«, erläuterte
Jessica. »Du konntest uns gar nicht sehen.«

»Was habt ihr da gemacht?«, fragte Leo.

»Ist das wichtig? Ich wollte ein Glas Saft trinken.
Patrick hat mir Gesellschaft geleistet.«

»Beim Safttrinken.«

»Ja.« Jessica klang trotzig. Sunny konnte es ihr
nachfühlen.

»Kann das einer bestätigen?«

»Patrick natürlich.«

»Außer Patrick?« Leo seufzte.

»Nein«, antwortete Jessica einsilbig.

»Und Sie?«, wandte Leo sich an Helga Drescher.

»Ich habe es schon mal gesagt und sage es noch
mal: Es geht Sie nicht das Geringste an.«

»Sie waren auch in ihrem Zimmer«, erklärte Ute
müde. »Ich habe sie im Vorbeigehen miteinander reden
gehört.« Sie ignorierte Helgas giftigen Blick.

»Jochen?«, fragte Leo.

Jochen schwieg. Sunny rechnete fest damit, dass er
überhaupt nichts sagen würde, aber er tat es doch.

»Ich war in meinem Zimmer. Kann natürlich keiner
bezeugen.«

Ein verletzter Blick traf Sunny. Wahrscheinlich war
das ihre Schuld.

»Das bedeutet, jeder hier hielt sich in Zweier-
gruppen auf, genau genommen mit seinem Partner,

außer Jochen«, konstatierte Leo. »Sieh mal einer an. Wie ungemein praktisch.«

»Wenn ich gewusst hätte, dass ich des Mordes beschuldigt werde, hätte ich natürlich darauf geachtet, auf keinen Fall alleine zu sein«, sagte Jochen. »Das kannst du mir glauben.«

»Dann wäre ich nämlich sein Alibi gewesen«, dachte Sunny bei sich. Hätten diese Morde in dem Fall stattgefunden? Sie wusste es nicht.

»Ich glaube immer noch, dass das mit Sunny ein Unfall war«, sagte Ute, ohne die Angesprochene anzublicken. Sie war offenbar immer noch sauer. Sunny konnte es ihr nicht verübeln. Sie waren so nahe dran gewesen, Freunde zu werden. Sunny bedauerte einen Verlust von etwas, das sie nie besessen hatte.

»Natürlich, was sonst?«, sagte Bernd. Er schien immer noch verärgert zu sein. »Wir werden hier langsam alle komplett paranoid. Dieser verdammte Sturm und dann diese verschwundenen Toten.«

»Falls die überhaupt tot sind. Hat das eigentlich jemand Kompetentes überprüft?«, fragte Helga.

»Der Mann hatte keinen Puls und Honey wurde unübersehbar erwürgt«, erwiderte Jochen.

»Stranguliert«, sagte Sunny.

»Wegen mir auch das. Auf jeden Fall waren sie tot.«

»Sagt wer?«, fragte Helga. »Die studierten Ärzte dieser Gruppe? Ich wusste nicht, dass wir davon welche hier haben.«

»Wenn das eine Hinterlist war, dann hätten wir jetzt weniger Sorgen«, sagte Patrick.

»Oder noch mehr«, erwiderte Bernd düster.

»Du meinst, nichts passiert ohne Grund?«, fragte Ute. In ihren Augen stand Angst.

Da Sunny mit dem Schrecken davongekommen war und es heute nichts mehr für alle zu tun gab, kehrte so etwas wie Ruhe im Haus ein. Die einbrechende Dunkelheit hatte ihr Übriges getan, die Gemüter zu beruhigen und die Systeme herunterzufahren. Der Sturm hatte nichts von seiner Kraft verloren. Er war sogar noch stärker geworden, so sehr brüllte er draußen vor Zorn und riss an den Schindeln der Fassade und des Daches.

Sunny versuchte, sich Bratkartoffeln zu machen. Der Wille, gemeinsam zu kochen und zu essen, hatte sich verflüchtigt. Keiner wollte mehr in der Nähe des anderen sein, selbst die Partner schienen sich aus dem Weg zu gehen, jeder in der Sorge, ein falsches Wort würde die Ruhe zerstören, die sich über das Haus gelegt hatte und die so einlullend wie trügerisch war.

Walter Drescher hatte sich zurückgezogen, um ein Bad zu nehmen, nicht ohne es alle Bewohner wissen zu lassen. Die Badezimmertüren besaßen kein Schloss, sondern waren mit einem Schieber ausgestattet, der anzeigte, ob der Raum frei oder besetzt war. Wahrscheinlich wollte er verhindern, dass jemand den Raum versehentlich betrat.

Jochen saß im Speisesaal und blätterte in seinen

Unterlagen. Obwohl die Tür zur Küche offen war und er Sunny zwar nicht sehen, dafür aber hören konnte, richtete er kein Wort an sie. Sunny überlegte, ob ihr das etwas ausmachen sollte, im Moment störte es sie allerdings mehr, dass ihr die Bratkartoffeln nicht gelingen wollten. Es wäre schön gewesen, sich mit Leo zu unterhalten, aber er befand sich ebenfalls in seinem Zimmer, weil er ›irgendwas untersuchen‹ wollte.

Sunny drückte auf den Knopf der Dunstabzugshaube, als das Licht anfing zu flackern, um dann ganz auszugehen. Ihre Finger ließen den Schalter sofort los, als könne sie damit das Unglück noch abwenden, jedoch das Licht blieb aus. Das hatte ihr noch gefehlt, in der allgemein ungemütlichen Lage auch noch für einen Stromausfall verantwortlich zu sein. Von den Fenstern kam ein fahles Licht in den Raum, es war zu früh, als dass es der Mond sein konnte. Sunny fragte sich im Augenblick allerdings nicht, wo es herkommen könnte, zu froh war sie, mit dem schwachen Schein den Weg heil aus der Küche zu finden. Im Gemeinschaftsraum mit seinen bodentiefen Fenstern wurde es noch mal besser. Jochen hatte sich ebenfalls erhoben.

»Was zum Teufel ist jetzt los?«, fragte er.

»Ich konnte ja nicht wissen, dass die Abzugshaube eine Macke hat«, sagte Sunny entschuldigend und ärgerte sich im selben Moment darüber. An den maroden Leitungen dieser Bude hatte sie bestimmt keine Schuld.

»Was? Welche Abzugshaube?«

»Die ich gerade anmachen wollte. Ein Kurzschluss, vermute ich.«

»Dann müssen wir den Sicherungskasten in dieser Bude finden. Dafür muss ich erst einmal meine Taschenlampe holen.«

Dieses Vorhaben wurde ihm abgenommen, da ihnen am anderen Ende des Flurs bereits ein Licht entgegenkam. Leo war schneller gewesen.

»Wo ist der Sicherungskasten?«, fragte er Jochen.

»Woher soll ich das wissen? Ich bin auch das erste Mal hier.«

»Über so was informiert man sich«, erkannte Sunny die keifende Stimme von Helga Drescher. Sie konnte sie aber nicht sehen, das Licht von Leos Taschenlampe blendete sie.

»Über was noch alles«, knurrte Jochen so leise in sich hinein, dass nur Sunny ihn hören konnte. Sie überkam eine Welle der Sympathie für ihren alternden, am Leben gescheiterten Freund.

»Was riecht hier so verschmort?«, fragte Helga. »Das ist ja ekelhaft.«

»Werden wohl die alten Leitungen sein. Irgendwoher muss der Kurzschluss ja schließlich kommen.«

»Wenn so die alten Leitungen riechen, dann halten wir uns ab nun vielleicht besser draußen auf, sonst stürzt uns die Bude noch über dem Kopf zusammen.«

»Wo sind die anderen, Frau Drescher?«, fragte Leo.

»Bernd und Ute wohl noch in ihrem Zimmer, die wollten sich etwas hinlegen. Mein Mann lümmelt sich in der Badewanne herum.«

»Gehen Sie bitte auf Ihr Zimmer«, sagte Leo. »Sunny, du auch.«

Seine Stimme hatte sich verändert, das hörte Sunny sofort, obwohl sie ihn noch nicht so lange kannte. Normalerweise hätte sie umgehend widersprochen, aber das wollte sie plötzlich nicht mehr. Am liebsten wollte sie sich in ihrem Bett verkriechen, die Decke über den Kopf ziehen und in einen langen traumlosen Schlaf fallen. Hier war etwas nicht in Ordnung. Helga hatte dieses Gefühl definitiv nicht.

»Ich lasse mich nicht auf mein Zimmer schicken.«

»Jochen, schau bitte nach den Friedmanns, sie sollen kommen.«

»Wir sind hier«, hörte Sunny die Stimme von Ute aus dem stockdunklen Flur.

»Ich möchte, dass die Frauen auf ihr Zimmer gehen.«

»Leo, was ist los?«, fragte Sunny, nun offiziell beunruhigt.

»Was ist das für ein Geruch?« Bernd, der mit seiner Frau mittlerweile in den Lichtkegel von Leos Lampe getreten war, rümpfte die Nase.

»Jochen«, Leo winkte mit der Lampe nach Jochen, der seiner Aufforderung nachkam und sich an Sunny und den anderen vorbeizwängte, um mit Leo in den hinteren Flur Richtung der beiden Badezimmer zu gehen. Hier war der Geruch stärker. Sunny versuchte, an Bernd, Jochen und Leo vorbei nach vorne zu kommen, es gelang ihr aber nicht. Die Tür zum Männerbadezimmer schwang auf. Der

Gestank wurde fast unerträglich. Leo leuchtete in den Raum.

»Mein Gott«, sagte Jochen, rannte in das Bad daneben und erbrach sich in die Toilette.

Sunny hatte im Fernsehen bereits verkohlte Leichen gesehen. Das hatte sie nicht darauf vorbereitet, wie ein durch Stromschlag getöteter Mensch in der Wirklichkeit aussah. Wenigstens übergab sie sich nicht wie Jochen.

»Was ist los? Was ist mit Walter?«, kreischte ihr Helga schmerzhaft ins Ohr. Sie wich zurück und stolperte beinahe. Leo schloss die Tür des Badezimmers.

»Ihr geht jetzt alle in den Speisesaal«, sagte Leo.

Diesmal widersprach niemand.

»Wer hat noch eine Taschenlampe?«, fragte Leo in die Runde.

»Ich hole eine«, antwortete Bernd. Er klang inzwischen nicht mehr verärgert, nur mutlos und erschöpft. Leo leuchtete hinter ihm her den Flur entlang, damit Bernd sich im Schein der Lampe in seinem Zimmer besser zurechtfinden konnte.

»Bring bitte alle nach vorne«, bat ihn Leo, als er wieder zurückkam. »Sunny?«

»Ich bleibe hier«, sagte die umgehend. Er nickte nur, er schien damit gerechnet zu haben.

Die anderen hegten diese Ambitionen nicht, sondern verließen den Flur ohne Murren. Leo blickte ihnen hinterher, bis auch der Letzte verschwunden war.

»Erstaunlich, dass Helga einfach so mitgegangen ist«, sagte Sunny. »Ihrem Schrei nach zu urteilen hätte ich erwartet, dass sie sich weigert zu gehen.«

»Meinst du, sie steht unter Schock?«

»Schwer zu sagen. Sie ist vielleicht nicht ganz so hart, wie sie aussieht. Oder sie hing mehr an Walter, als sie zugeben will.«

»Wäre möglich. Es erschien mir nur übertrieben. Sie lässt bereits die ganze Zeit kein gutes Haar an ihm. Jetzt die trauernde Witwe zu spielen, halte ich für ziemlich scheinheilig.«

»Der Tod des Ehemanns macht sie halt nicht sympathischer. Hätte mich auch gewundert.«

»Genau den Tod sollten wir jetzt untersuchen.«

»Du glaubst doch nicht im Ernst, ich ginge da rein? Ich möchte hier draußen bleiben.«

»Das wollte ich sowieso gerade vorschlagen. Ich habe mal bei der Feuerwehr gearbeitet, mir macht das nicht so viel aus.«

Sunny lehnte sich gegen die Wand im Flur und versuchte, nicht daran zu denken, was Leo im Badezimmer jetzt gerade sah. Es reichte schon, das gefiltert als Kommentar zu hören.

»Der Klassiker«, sagte Leo. »Das Kassettenradio liegt im Wasser. Davon hat er einen Schlag bekommen.«

»Ich dachte, diese Methode funktioniert heute nicht mehr?«

»Wie kommst du denn da drauf? Das ist das gleiche

Ammenmärchen wie das, sich mit Schlaftabletten nicht mehr umbringen zu können. Strom und Wasser sind auch heute noch eine tödliche Kombination.«

»Erzähl mir bloß keine Einzelheiten. Wo kam dieses Radio überhaupt her?«

»Das stand hier schon. Ein altes Teil mit herausgebrochenem Kassettenfach. Das Radio ging aber noch.«

»Ist er wirklich tot?«

»Das kannst du mir schon glauben. So sehen keine Leute aus, wenn sie noch leben.«

»Ich dachte nur, bevor es nachher wieder diskutiert wird.«

»Wenn Walter sich wieder auf die Socken macht, glaub mir, dann mache ich mich auch hier weg. Sturm hin oder her.«

»Kannst du rauskommen? Der Geruch ist schlecht auszuhalten.«

»Glaubst du, hier drin ist es besser? Aber eins ist merkwürdig. Das Radio stand viel zu weit von der Badewanne weg, um da reinzufallen.«

»Vielleicht hat er es nach vorne geholt, weil er es nicht zu laut machen wollte, um besser hören zu können. Ist das Kabel lang genug dafür?«

»Muss ja wohl, sonst wäre er jetzt nicht tot.«

Leo kam wieder heraus und schloss die Tür sorgfältig. Man sah ihm das Bedauern an, die Tür nicht abschließen zu können. Sie gingen schweigend zu den anderen.

»Und – was ist?«, fragte Helga und stand auf, als sie in den Raum traten, wo mittlerweile ein paar Kerzen brannten, die einer wohl in irgendeinem Schrank gefunden hatte.

»Stromschlag«, erwiderte Leo knapp. »Das Radio ist ins Wasser gefallen.«

»Daran glaube ich nicht«, sagte Bernd. »Ich halte es für ein Schuldeingeständnis. Walter hat sich umgebracht.«

»Wer bitte bringt sich denn freiwillig so um?«, fragte Sunny entsetzt.

»Wenn die Schuld groß genug ist ...«, sagte Ute unbestimmt.

»Walter war für diese Morde hier verantwortlich? Dieser miese kleine Mistkerl.«

Helga hatte ihre Trauer offensichtlich schnell überwunden.

»Freut mich, dass es Sie nicht allzu sehr belastet.«

»Warum sollte es? Mein Mann war ein Schmarotzer und jetzt noch ein Mörder. Damit ist wohl alles gesagt.«

»Dann müssen wir nur noch die anderen Leichen finden«, ging Leo nicht näher auf diese Erkenntnis ein.

»Darum kann sich dann die Polizei kümmern«, sagte Jochen. »Die werden sie schon schnell finden. Ich gehe jetzt erst einmal nach den Sicherungen sehen, damit wir wieder Licht bekommen.«

Sunny störte sich an dieser Theorie, wenn sie auch nicht sagen konnte, wieso. Schließlich war Walter die ganze Zeit ihr Favorit gewesen.

»Was tun wir jetzt?«, fragte Jessica plötzlich. »Wir müssen doch irgendetwas tun?«

»Heute sicher nicht mehr«, sagte Patrick und zog sie

zur Beruhigung enger an sich heran. »Wir können aber auch nicht weg. Warum hört dieser verdammte Sturm nicht auf? Noch eine Nacht in dieser Hütte überlebe ich nicht.«

»Schön gesagt. Aber ich hoffe, doch«, antwortete Leo trocken. Sunny fand das lustig, sonst allerdings niemand.

Als die Lampen wieder aufflackerten, ging Sunny nachdenklich durch den Flur, schnell am Badezimmer vorbei, in dem der tote Walter lag, bevor sie die Tür zu ihrem Zimmer öffnete.

Honey und der Mann standen in der Mitte des Raumes und blickten sie vorwurfsvoll an.

9

»Wir müssen zurück zum Ursprung«, sagte Leo, als er sich auf Sunnys Bett setzte.

Die war so geistesgegenwärtig gewesen, trotz des gewaltigen Schrecks nicht schreiend zu den anderen zu laufen. Sie hatte die Tür hinter sich zugezogen, nicht zugeschlagen, dafür war sie zu paralysiert gewesen, und war eine Weile davor stehen geblieben, bis sie sich eine Gans schimpfte und diese vorsichtig wieder öffnete. Das Zimmer war leer. Sie war mit wackeligen Beinen nach vorne gegangen und hatte Leo geholt.

Erst hatte sie mit sich gerungen, ihm zu erzählen, was passiert war. Sie hatte zwar Vertrauen zu ihm, aber wollte auf keinen Fall, dass er sie für übergeschnappt hielt. Jedoch brauchte sie nicht nur eine Erklärung, warum sie ihn von den anderen weggeholt hatte, sie musste ihre Erfahrung auch dringend mit jemandem teilen. Leo hatte sie nicht ausgelacht. Das hatte Sunny zwar auch nicht vermutet, aber die Ernsthaftigkeit, mit der er ihre Schilderung entgegennahm, überraschte sie dennoch.

»Was meinst du mit Ursprung?«

»Bist du überzeugt von Walters Selbstmordtheorie?«

»Nein, du?«

»Warum glaubst du nicht daran?«, fragte Leo, ohne auf ihre Frage einzugehen.

»Überleg doch mal. Möchtest du so sterben? Wenn er sich schuldig fühlte, warum hat er sich dann nicht die Pulsadern aufgeschnitten? Das ist doch viel schmerzloser. Kann ich mir auf jeden Fall vorstellen. Aber sich mit Strom zu töten? Nein, das weigere ich mich zu glauben.«

»Ich fühle mich auch nicht gut damit. Aber was ist dann passiert?«

»Es könnte wirklich ein Unfall gewesen sein.«

»Möglich. Auf jeden Fall nicht auszuschließen. Oder es war Mord.«

»In dem Fall wäre der Mörder ja immer noch im Haus.«

»Davon könnten wir dann ausgehen. Ich glaube nicht, dass mich das besonders beruhigt.«

»Dito. Dann müssen wir alle erneut befragen.«

»Ich möchte erst etwas anderes machen. Daher habe ich gesagt, wir müssen am Ursprung wieder anfangen.«

»Was hast du vor?«

»Wir werden die Zimmer wieder untersuchen, in

denen Honey und der Mann gelegen haben. Aber diesmal mache ich eine andere Art von Untersuchung.«

»Du sprichst in Rätseln. Was für eine Untersuchung meinst du?«

»Das wirst du noch früh genug erfahren. Deine Aufgabe ist es, mir die anderen vom Hals zu halten.«

»Also Schmiere stehen?«

»So ist es. Ich will nicht, dass die anderen sich fragen, was ich da tue.«

»Das frage ich mich eigentlich jetzt schon.«

»Du wirst früh genug deine Antworten bekommen. Im Moment stellst du ganz gegen deine Gewohnheit einfach mal keine Fragen. Können wir uns darauf einigen?«

»Ja«, antwortete Sunny und folgte Leo aus dem Zimmer in seins.

Die Sorge, der Rest der Gruppe würde an allem regen Anteil nehmen, was Sunny und Leo taten, verflüchtigte sich rasch. Es war, als wäre der Rest des Gebäudes außer dem Speisesaal mit einem Bann belegt. Keiner ließ sich blicken. Leo kramte in seinem Rucksack und holte ein schwarzes Gerät heraus, das ein wenig aussah wie eine überproportionale Salmiakpastille mit LED-Leuchten.

»Was ist das?«, fragte Sunny prompt.

»Du wolltest deine Fragen doch zurückstellen?«

»Ja, entschuldige.« Sunny wusste nicht, was sie davon abhielt, nicht neugierig zu sein. Vielleicht einfach, weil sie Leo zutraute, genau das Richtige zu tun, wie er es in den letzten zwei Tagen mehrfach eindrucksvoll unter Beweis gestellt hatte.

Sie gingen den Gang entlang ins letzte Zimmer, in dem sie den unbekannten Toten untergebracht hatten. Das Zimmer war zwar leer, Sunny hatte dennoch das Gefühl, sie würde beobachtet. Sie fröstelte und rollte die Ärmel ihrer Bluse herunter.

Leo stand vor dem Bett, in dem der Mann gelegen hatte, und fuhr mit dem Gerät die Bettdecke entlang. Sunny stellte sich auf die Zehenspitzen, konnte so aber noch weniger sehen und bückte sich dann ein wenig, um unter seiner Armbeuge entlangschauen zu können. Die Dioden an dem komischen Gerät leuchteten auf, erst nur flackernd, dann waren die Ausschläge deutlich. Wenn er sich vom Bett entfernte, leuchteten die ersten roten ganz schwach, je näher er wieder kam, blitzten erst die orangefarbenen und dann die grünen auf.

»Hab ich es mir doch gedacht«, murmelte er, was offensichtlich nicht für Sunny eine Aufforderung zum Sprechen sein sollte, denn sie hatte ihn kaum verstehen können. Ganz gegen ihr Naturell schwieg sie weiter.

Leo drehte sich um und sie ließ ihn vorbei. Er ging wieder ein Stück den Flur hoch und betrat das Zimmer, in dem Honey in den frühen Morgenstunden noch gelegen hatte. An ihrem Bett wiederholte er das, was er vorher im anderen Zimmer gemacht hatte.

Sunny hatte sich schon öfter gefragt, was Leo in seinem Leben eigentlich tat. Von ihr wusste er bereits eine ganze Menge, aber über sich selbst hatte er bis jetzt fast nichts erzählt. Allmählich begann Sunny zu glauben, er sei ein durchgeknallter Wissenschaftler. Das würde wenigstens erklären, warum er mit dieser seltsamen Salmiakpastille Messungen durchführte.

Leo verließ Honeys Zimmer und ging schweigend in sein eigenes, um das Messinstrument wieder zu verstauen.

»Was machen wir jetzt?«, fragte Sunny, die sich nun an ihr Schweigegelübde nicht mehr gebunden fühlte.

Leo sah sie an, schien sie dennoch nicht richtig zu sehen, guckte dann über sie weg, wieder den langen Flur entlang.

»Ich denke, das Wesentliche wird uns jetzt erst mal Anton erklären müssen«, sagte er.

»Ich glaube, du hast uns Wesentliches verschwiegen«, sagte Leo zwanzig Minuten später zu Anton.

Nach den Vorfällen im Freizeitheim war Sunny doppelt froh, diesen Ort wieder betreten zu können, der voll Licht, Wärme und Behaglichkeit war. All das, was sie vermisste. Sie hätte nie gedacht, wie gut es sein konnte, einen Ort wie diesen zu finden.

»Kommt rein«, sagte Anton statt einer Antwort und ging voraus in sein Wohnzimmer, das mit dem bunten Teppich und den karierten Sesseln alles hatte, was ein Heim gemütlich machte. Er erwartete, dass sie ihm folgten und sah nicht zurück.

»Wir hatten heute Abend den nächsten Toten.« Leo hielt sich nicht mit Begrüßungsfloskeln auf.

»Du sagst es so, als hättest du damit gerechnet.«

»Vielleicht habe ich das. Und wenn es so wäre?«

»Dann würde ich sagen, du weißt mehr, als du zugibst.«

»Ich komme ganz nach dir«, konterte Leo freundlich.

»Aber ich weiß nicht, von was ihr redet«, fiel Sunny ihnen ins Wort. Die Männer ignorierten sie.

»Ich habe die Zimmer, in der wir die beiden Toten untergebracht hatten, mit dem K2-Meter untersucht.«

»Ich kann mir ungefähr denken, was es ist, wäre trotzdem für eine weitere Erklärung dankbar.«

»Ich messe damit elektromagnetische Felder. Auf den Betten dieser beiden Hot Spots hatte ich eine beeindruckende Aktivität.«

»Ich weiß zwar nicht genau, was dieses K2-Meter kann, aber die Aktivität an diesen Hot Spots wundert mich in dem Zusammenhang wenig.«

»Das dachte ich mir«, sagte Leo schlicht.

»Wollt ihr wissen, was ich denke?«, fragte Sunny schon mal vorbeugend gekränkt, weil die Männer sie eindeutig ignorierten. Keiner wollte wissen, was sie dachte.

»Taugt die Methode etwas, die du da anwendest?«, fragte Anton Leo.

»Es ist zwar eine simple Messung, erweist sich aber für den ersten Eindruck als enorm nützlich.«

»Soweit ich das weiß, sind elektromagnetische Stör-felder dabei kritisch.«

»Stimmt. Besser wäre es, es gäbe in der ganzen

Unterkunft keinen Strom mehr. Dann wären die Ergebnisse zuverlässiger, weil die Alternativen fehlten. Diese Idealbedingungen findest du in der Praxis allerdings selten.«

»Kann ich mir vorstellen«, sagte Anton.

Sunny sah zwischen den Männern hin und her, die über ein Thema redeten, von dem sie keine Ahnung hatte, fand es aber spannend, es war wie ein Film, bei dem man nicht erwarten konnte, wie er weiterging.

»Warum bist du hier?«, fragte sie dann, an Leo gewandt. Dass er aus Vergnügen an dieser Tour teilnahm, daran glaubte sie jetzt keinen Moment mehr.

»Ich bin Geisterjäger.« Leo wandte sich ihr zu. »Ich habe von dem früheren Mord hier gehört. Es interessierte mich. Deswegen bin ich gekommen.«

»Du glaubst, dass diese beiden Geschichten zusammenhängen?«, fragte Anton.

»Du nicht?«, erwiderte Leo. Anton schwieg.

»Sunny und ich hatten die ganze Zeit das Gefühl, dass du etwas verbirgst. Jetzt wäre die Gelegenheit, damit rauszurücken.«

»Ich habe gestern die Leiche des Mannes erkannt«, sagte Anton schließlich.

»Was heißt erkannt?«, fragte Sunny. »Wer ist er denn?«

»Der Tote, der vor 30 Jahren schon hier im Wald lag.«

»Das kann nicht sein«, entfuhr es Sunny.

»Weißt du, wer die Frau ist?«, fragte Leo, den Antons Aussage offensichtlich nicht besonders überraschte.

»Nein. Die habe ich nie gesehen.«

»Können wir noch mal zu dem Teil zurückkehren, an dem der Tote von gestern Nacht bereits 30 Jahre tot ist?«, fragte Sunny.

»Das schockt dich?«

»Nicht so sehr wie du denkst«, erwiderte Sunny. Sie hatte sich nie über paranormale Dinge Gedanken gemacht, aber sie erinnerte sich an das merkwürdige Gefühl, das sie die ganze Zeit schon hatte.

»Aber was tut er jetzt hier?«, fragte sie dann.

»Mir kommt es vor, als hätte er noch nicht abgeschlossen«, sagte Leo. »Wahrscheinlich möchte er seinen Mord gesühnt wissen.«

»Ich habe euch noch etwas verheimlicht«, gab Anton zu.

»Nur raus damit, heute schockt mich nichts mehr.« Sunny hatte das Gefühl, ein Glas Wein würde ihr guttun.

»Ich bin nicht von der Außenwelt abgeschnitten«, sagte Anton. »Ich habe ein Funkgerät. Das funktioniert auch dann, wenn das Mobilfunknetz ausfällt.«

»Das bedeutet, du hättest schon längst Hilfe holen können?«, fragte Sunny entgeistert.

»Ja. Aber ich hatte den Toten gesehen und wollte wissen, was los ist.«

»Dann könnten wir hier also in kürzester Zeit verschwinden«, sagte Sunny.

»Es ist nur die Frage, ob wir das wollen«, erwiderte Leo.

»Was willst du denn bitte jetzt noch ermitteln? Wer war der Tote überhaupt?«

»Lutz König. Er war mit seinen beiden Kindern hier im Urlaub. Der Junge ist in dieser Nacht, als sein Vater getötet wurde, verschwunden. Wir vermuteten damals, er sei von einem Tier verschleppt worden. Die Kinder waren eine ganze Nacht auf sich alleine gestellt.«

»Schrecklich.« Sunny schüttelte sich. »Kein Wunder, dass er hier noch herumgeistert.«

»Ja, ich denke auch, dass das der Grund ist. Ist er schon früher mal erschienen?«

»Nein«, sagte Anton. »Nicht dass ich wüsste. Und ich treibe mich schon verdammt lange in diesem Wald herum.«

»Also hat es etwas mit unserer Gruppe zu tun«, überlegte Leo.

»Die Vermutung liegt nah. Ich denke, sein Mörder ist unter euch.«

»Dann fallen Patrick und Jessica raus«, sagte Sunny. »Sie sind nicht alt genug.«

»Ist die Frage, ob jetzt, wo Walter tot ist, Ruhe einkehrt.«

»Das werden wir herausfinden«, sagte Sunny. »Wir ermitteln weiter.«

Der Wind pfiff um die losen Holzschindeln des Daches und Sunny bekam einen Moment das Gefühl, der Sturm hätte in mühevoller Kleinarbeit jede einzelne Schindel gelockert, damit er das Dach nun einzeln zerpflücken konnte. Ihr drängte sich das Bild auf, dass die Schindeln wie herausgerissene Klaviertasten nach oben fliegen würden. Sie wusste nicht, woher das Bild kam.

»Das mit dem Sturm ist ebenfalls merkwürdig«, sagte Leo. »Einen, der so lange dauert, habe ich noch nie erlebt. Fast als ob uns eine Macht unbedingt hier festhalten will.«

»Du meinst, wenn mit Walter die Sache jetzt erledigt wäre, hätte der Sturm aufhören müssen?«

»So in der Art. Vielleicht reicht es aber nicht, dass Walter tot ist, denn die Wahrheit ist immer noch nicht ans Licht gekommen.«

»Wie finden wir sie heraus?«, fragte Anton dazwischen.

»Indem wir weiterermitteln natürlich. Nichts anderes, als du damals gemacht hast.«

»Nicht sehr erfolgreich, zugegeben«, seufzte Anton. »Aber es ist beruhigend zu wissen, dass Gerechtigkeit in der Geisterwelt ähnlich funktioniert wie in der realen.«

»Warum sollte es nicht? Schließlich waren es auch einmal reale Menschen.«

»Dann sollten wir Walters Tod vielleicht unter einem anderen Aspekt sehen«, warf Sunny dazwischen. »Gehen wir mal davon aus, dass er es nicht war, warum musste er dann sterben?«

»Wahrscheinlich weil er etwas wusste, das dem Mörder von damals gefährlich werden konnte.«

»Dann wäre er ja der Gute. Damit könnte ich nicht leben«, sagte Sunny.

»Nein, wäre er nicht. Er hätte ja längst die Wahrheit sagen können.«

»Und wenn es ihm erst hier aufgefallen ist?«

»Dann wäre es erst recht besser gewesen, es laut zu sagen. Uns alle gleichzeitig kann der Mörder dann doch nicht umbringen.«

»Das macht ihn zum Trottel, aber nicht weniger zum Guten der Geschichte.«

»Mörder gehorchen nicht den Gesetzen der Sympathie und Antipathie, Sunny«, sagte Anton.

»Das ist schlimm genug. Es würde vieles vereinfachen. Trotzdem könnte er doch der Mörder von damals sein.«

»Du meinst, irgendeiner der anderen hat das herausgefunden und ihn gerichtet? Müsste der Sturm dann nicht aufhören? Leo?«

»Nicht unbedingt. Lutz König will vielleicht trotzdem noch, dass der Name seines Mörders bekannt wird.«

»Also drehen wir uns nach wie vor im Kreis«, sagte Sunny verdrossen.

»Ein wenig. Aber da kommen wir auch wieder raus. Ob Walter Täter oder Opfer war, ist also noch nicht eindeutig geklärt. Ebenfalls ist es bisher ungewiss, ob er sich selbst getötet hat oder ermordet wurde. Sind wir uns bis hierhin einig?«

»Passend zusammengefasst«, sagte Anton. »Aber

wesentlich interessanter finde ich die Frage: Wer ist diese junge Frau?«

»Auf jeden Fall kann sie nicht die Mörderin von Lutz König sein«, sagte Sunny. »Das haut vom Alter her nicht hin.«

»Vielleicht war sie auch eine Wanderin, die den Geist von König da hat liegen sehen. Dadurch hat sie dann einen Schock erlitten«, sagte Leo.

»Deine Theorie hat zwei Haken«, erwiderte Sunny. »Würdest du tatsächlich so gekleidet auf eine Wanderung gehen? Und warum musste sie dann sterben? Sie konnte den Täter doch wohl nicht überführen.«

»Panikreaktion des echten Mörders? Er hat Lutz König erkannt, ist natürlich dementsprechend von der Rolle, schließlich ist der ja seit 30 Jahren tot. Vielleicht hat der Geist Honey etwas erzählt? Die Gefahr bestand. Das würde in meinen Augen einen weiteren Mord an Honey rechtfertigen.«

»Ich kann nicht glauben, dass wir hier sitzen und tatsächlich darüber konferieren, was sprechende Geister gesagt haben. An diesen Gedanken muss ich mich tatsächlich erst noch gewöhnen.«

»Nur weil du es nicht kennst, bedeutet nicht, dass es das nicht gibt«, sagte Leo sanft.

»Das weiß ich selbst, Schlaumeier«, erwiderte Sunny nicht unfreundlich. »Trotzdem darf ich doch wohl eine Weile brauchen, um mich in einer Umgebung mit Geistern zu akklimatisieren?«

»Hört auf. Das bringt uns nicht weiter«, sagte Anton. »Geist hin oder her, bei einem Mord geht es um Fakten.

Das ist in der Geisterwelt sicher auch nicht anders. Fakt ist, dass wir vermuten, den Mörder von Lutz König in eurer Gruppe zu finden.«

»Einverstanden.« Leo und Sunny nickten unisono.

»Also schränkt das den Verdächtigenkreis auf fünf Personen ein, wenn ich richtig gezählt habe.«

»Helga, Walter, Ute und Bernd«, zählte Sunny auf. »Und Jochen natürlich«, sagte sie, nachdem ihr Leo einen Blick zugeworfen hatte. »Jessica und Patrick sind einfach zu jung.«

»Gut. Lutz Königs Leiche ist verschwunden. Leicht zu erklären. Er ist ein Geist und verschwindet einfach, wenn ihm danach ist. Die junge Frau wurde erst in dieser Nacht erdrosselt und verschwand auch.«

»Eine Leiche in der kurzen Zeitspanne wegzuschaffen ist sicherlich machbarer als zwei«, sagte Leo. »Schwierig, aber wenigstens nicht mehr unmöglich.«

»Walter Drescher ist entweder der Mörder oder kennt den Mörder. Bis hierhin sind wir uns doch ebenfalls einig?«

»Im Prinzip ja. Aber es besteht auch die Möglichkeit, dass der Tod von Walter einfach nur ein Unglück ohne jeglichen Bezug zum gesamten Geschehen ist.«

»Das möchte ich an dieser Stelle mal aus Gründen der Wahrscheinlichkeit ausschließen. Mit drei Toten in einer Nacht konfrontiert zu werden, wäre schon mehr als ungewöhnlich.«

»Wo alles andere an dieser Sache ja so gewöhnlich ist.« Sunny lachte.

»Ich schlage vor, ihr nehmt euch mit diesen neuen

Erkenntnissen die anderen jetzt noch mal vor. Irgendeiner muss etwas wissen.«

»Wir werden euch alle noch einmal befragen«, sagte Sunny, als sie später wieder im Speisesaal auftauchten.

»Mit welchem Recht?«, fragte Helga. »Vor allen Dingen würde es uns alle interessieren, wohin Sie dauernd im Wald verschwinden.«

»Wir müssen sicher sein, dass wir von keinem von euch belauscht werden«, sagte Sunny und notierte sich in Gedanken, beim nächsten Besuch bei Anton etwaige Verfolger abschütteln zu müssen.

»Ihr schwingt euch ganz schön zu Sittenwächtern von Recht und Unrecht auf«, monierte Bernd. »Wer garantiert uns, dass ihr nicht an den ganzen Vorkommnissen hier schuld seid?«

»Ich nehme an, wenn ich dir sage, wir wissen, dass wir es nicht waren, das wird dir wohl nicht genügen?«

»Keineswegs«, antwortete Bernd mit versteinerter Miene.

»Dennoch muss euch das vorläufig genügen«, entgegnete Leo, bevor Sunny sich auf weitere Diskussionen einlassen konnte. Er hatte damit sicher recht.

»Was gibt es jetzt wieder zu besprechen. Ich dachte, das mit Walter war ein Unfall?«, fragte Jessica, der man deutlich ansah, dass sie die Tage mit ihrem Ehemann lieber anders verbracht hätte als mit Leichen. Wer konnte es ihr verübeln?

»War es das?«, fragte Sunny und kam sich unglaublich subtil vor.

»War es nicht?«, fragte Patrick zurück.

»Wir sind nicht davon überzeugt«, erwiderte Sunny und hoffte, dass sie keiner fragen würde warum nicht. Sie hatte Glück.

»Also lassen wir es hinter uns bringen«, sagte Ute, die sich bis dahin noch gar nicht geäußert hatte.

»Ich weiß nicht, Mama. Irgendwie riecht das danach, einem von uns etwas anhängen zu wollen.«

»Das wollen sie so oder so. Egal ob wir ihnen Antworten geben oder nicht. Lassen wir es hinter uns bringen, etwas anderes haben wir sowieso nicht zu tun.«

»Wo war jeder Einzelne von euch, als das mit Walter passiert ist?«, fragte Leo.

»Ich saß im Speisesaal«, antwortete Jochen als Erster, für Sunny sogar ein wenig zu schnell, obwohl es stimmte, was er sagte.

»Sunny hat mich gesehen.«

Leo blickte zu ihr rüber. Sunny nickte.

»Ja, das stimmt. Wenn ich auch nicht die ganze Zeit auf dich geachtet habe. Ich stand eine Weile am Herd. Von der Stelle aus kann ich nicht ins andere Zimmer sehen.«

»Du lieber Himmel, Sunny«, sagte Jochen.

»Was? Ich sage doch nur die Wahrheit. Nachdem der Strom ausgefallen ist und ich mich in den Speisesaal tastete, warst du auf jeden Fall da. Das ist richtig.«

»Dennoch könnte er in der Zeit, die du dafür im

Stockdunklen gebraucht hast, schnell zurückgekommen sein«, gab Leo zu bedenken.

»Möglich. Wäre aber ziemlich knapp. Ich war schließlich nicht zur Salzsäule erstarrt, bis ich endlich aus der Küche herauskam.«

»Zeit spielt uns manchmal einen Streich«, sagte Leo milde. »Aber gut. Was ist mit euch?« Er wandte sich direkt an Ute und Bernd.

»Wir waren auf unserem Zimmer. Wo sonst?«, erwiderte Bernd. »So viele Möglichkeiten gibt es hier nicht.«

»Das ist richtig. Wir haben die beiden die ganze Zeit durch die Wand sprechen gehört.«

Die Zimmer der Familie Friedmann lagen nebeneinander.

»Wir die Kinder auch«, sagte Ute.

Es war klar, dass die Familie sich hier nicht gegeneinander wenden würde. Deswegen hätte Sunny eine weitere Einzelbefragung bevorzugt. Die Möglichkeiten, sich zu widersprechen, waren da besser. Leo hatte die Idee gehabt, die Alibis in der Gruppe zu überprüfen. Er hatte die Hoffnung, sie würden mehr Überraschungseffekte haben, die ihnen nutzen würden.

»Natürlich«, sagte Sunny und seufzte. Sie glaubte nicht, dass sie hier groß weiterkamen.

»Was ist mit Ihnen, Frau Drescher?« Leo wandte sich zu der Angesprochenen.

»Was soll mit mir sein? Ich habe natürlich kein Alibi. Wie auch? Mein Mann war schließlich in der Badewanne. Und der kann mir wohl keins mehr geben.«

»Das macht Sie nicht automatisch zur Täterin«, erwiderte Leo ruhig.

»Meinen Sie, das wüsste ich nicht?«, fragte Helga. »Aber natürlich bin ich als Ehefrau bei den Verdächtigen ganz vorne mit dabei.«

»Es ist richtig, dass 60 Prozent Beziehungstaten sind«, sagte Sunny. »Aber der Tod Ihres Mannes könnte durchaus noch eine andere Komponente haben.«

»Ach, und welche?«

»Wir sind der Meinung, dass sein Tod mit den Geschehnissen vorher hier im Haus zu tun hat.«

»Sein Tod hat was mit den Morden vorher zu tun?«, fragte Jessica.

»Wir vermuten es, ja«, antwortete Sunny.

»Was für ein fürchterlicher Blödsinn«, sagte Bernd. Mit seiner inneren Ruhe war es offensichtlich vorbei. Er hörte sich wütend an. »Wie viel Quatsch müssen wir noch ertragen, bevor wir endlich hier wegkommen?«

»Auf jeden Fall wird jetzt die Polizei anrücken. Walters Tod können wir nicht einfach wegdiskutieren«, erwiderte Ute.

»Es sei denn, seine Leiche verschwindet ebenfalls«, sagte Patrick und grinste. Sunny musste das auch, denn so tragisch die Situation war, so bizarr war sie auch.

»Ich glaube nicht, dass wir darauf hoffen können«, entgegnete Leo. Er lächelte nicht. Sunny wünschte ihm manchmal ein wenig mehr Humor.

»Was macht Sie so sicher?«

»Der Tod Ihres Mannes ist anders. Glauben Sie mir das einfach.«

»Was bedeutet anders? Sagen Sie es mir, ich habe ein Recht darauf, es zu erfahren.«

»Das werden Sie, wenn die Zeit reif dafür ist.«

»Helga hat ihn nicht getötet«, sagte Ute plötzlich.

»Woher wissen Sie das?«, fragte Leo.

»Weil sie ihr Zimmer die ganze Zeit nicht verlassen hat. Ich hatte sie eingeschlossen.«

10

»Das bringt uns offensichtlich nicht weiter«, sagte Sunny enttäuscht, als sie die Tür von Leos Zimmer hinter sich zugezogen hatte. »Außerdem weiß ich nicht, was ich mit der Information anfangen soll, dass Ute Helga eingeschlossen hat, damit sie mal Ruhe vor ihr hat.«

»Ich hatte mir auch mehr von einem Überraschungsmoment erhofft«, erwiderte Leo. »Dann sollten wir das Problem jetzt von einer anderen Seite angehen.«

»Du meinst von der paranormalen?«

»Ja. Das erscheint mir im Moment noch am erfolgversprechendsten. Vielleicht bekommen wir hier über die Geister im Haus etwas heraus.«

»Du redest von Lutz König und Honey?«

»Unter anderem. Es kann durchaus sein, dass das Gebäude auch noch andere Geister beherbergt.«

Sunny sah sich unwillkürlich um, als stünde der erste der erwähnten Geister bereits hinter ihr. Das ganze Gespräch kam ihr unwirklich vor, ebenso wie die Ereignisse hier.

»Ich hoffe, nur gute«, sagte sie.

»Das hoffe ich auch. Aber es ist durchaus möglich, dass sich eine negative Präsenz im Haus eingenistet hat. Das werden wir herausfinden.«

»Ich fühle mich die ganze Zeit hier schon nicht richtig wohl«, sagte Sunny. »Ich habe immer ein merkwürdiges Gefühl.«

»Merkwürdig kann alles Mögliche sein. Was genau meinst du?«

»Ich spüre Blicke, dann öfter Kälte. Aber hauptsächlich Blicke.«

»Keine Übelkeit?«

»Bis jetzt noch nicht.«

»Das ist ein gutes Zeichen. Negative Präsenzen lösen gerne Übelkeit aus.«

»Wie beruhigend«, erwiderte Sunny und hoffte, dass sie sich hier nicht noch den Magen verdarb. Sie hatte keine Lust, darin einen dämonischen Angriff vermuten zu müssen, was nach dieser Unterhaltung zwangsweise aufs Tapet kommen würde.

Leo begann Stück für Stück seinen Rucksack auszupacken. Offenbar hatte er solche Dinge wie Kleidung und Hygieneartikel auf ein Minimum begrenzt.

»Was ist das alles?«, fragte Sunny neugierig, kniete sich neben ihn und griff nach der Salmiakpastille, die sie nach der Untersuchung der Zimmer schon kannte.

»Das ist das K2-Meter«, antwortete Leo, als sei damit alles gesagt. Aber er deutete Sunnys Gesichtsausdruck richtig und gab eine weitere Erklärung ab.

»Erinnere dich, elektromagnetische Energie.«

»Hat man die nicht überall im Haus? Schließlich ist hier Strom.«

»Deswegen müssten wir eigentlich erst eine Basismessung machen, um mögliche Störquellen auszuschließen. Alles was dann über den ermittelten Basiswert hinausgeht, könnte ein Hinweis auf einen Geist sein.«

»Klingt nach einer todsicheren Methode.«

»Wie man es nimmt. Das Ausschließen der Störquellen ist schon mal schwierig und funktioniert wirklich zuverlässig nur in Gebieten ohne jegliche Zivilisation. Allein der Umstand, dass wir Strom haben, kann Ergebnisse verfälschen.«

»Aber dann ist doch alles ganz normal?«

»Jein. Nicht die, die stark von der Basismessung abweichen oder ohne Störquellen empfangen werden. Das Phänomen ist nach dem heutigen Stand der Wissenschaft nicht erklärbar.«

»Spannend«, sagte Sunny und meinte es ernst. Es war das erste Mal, dass sie sich mit solchen Dingen beschäftigte.

»Ich würde vorschlagen, dass du das K2-Meter nimmst«, sagte Leo. »Es erfordert keine große Bedienung. Ich werde den FI am Sicherungskasten rausnehmen, dann können wir die Störfelder bis auf ein Minimum beschränken.«

»Ich soll da mit?«, fragte Sunny entsetzt.

Bislang war sie davon ausgegangen, dass sie sich in ihrem Zimmer die Decke über den Kopf ziehen konnte, bis Leo von seiner Untersuchung zurückkam. Sie war beileibe nicht ängstlich, aber das hier machte ihr dennoch Sorge.

»Natürlich«, antwortete Leo, als sei das das Normalste der Welt. »Ich halte dich für medial begabt. Du sagst doch selbst, dass du hier etwas gespürt hast.«

»Dabei hätte ich es auch lieber belassen«, bemerkte Sunny düster. Paranormale Untersuchungen hatten zu keiner Zeit auf ihrer Agenda gestanden.

»Ich möchte dich aber dabeihaben. Lass doch einfach mal ein paar unbekannte Erfahrungen zu, vielleicht gewinnst du dann ganz neue Erkenntnisse.«

»Wegen mir. Bevor du mir noch Feigheit unterstellst. Was nimmst du mit?«

»Das.« Leo hob ein Diktiergerät vom Boden auf.

»Was willst du damit?«

»Damit nehme ich EVPs auf.«

»Gib mir bloß nicht zu viele Informationen.«

»Steht für Electronic Voice Phenomen, das heißt übersetzt ...«

»Ich weiß, was es heißt. Ich kann Englisch. Ich glaube sogar, davon habe ich mal irgendwann etwas gelesen. Machte man das damals nicht mit Kassetten?«

»Richtig. Hiermit geht es aber ebenso gut. Ich stelle den Geistern über das Gerät eine Frage, lasse ihnen Zeit zu antworten und höre mir danach die Aufnahme an.«

»Und das funktioniert wirklich?«

»Ich habe in der Vergangenheit damit schon beeindruckende Ergebnisse erzielt.«

»Dann lasse ich mich heute auch gerne beeindrucken. Was nehmen wir sonst mit?«, fragte Sunny und betrachtete die anderen fremdartigen Geräte auf dem Boden.

»Nichts mehr. Man sollte sich höchstens auf ein oder zwei Sachen bei einer Untersuchung fixieren, dafür dann aber gründlich. Die anderen Geräte könnten wir bei einem späteren Einsatz noch brauchen.«

Sunny kniete sich und nahm eine Kamera in die Hand.

»Geisterfotografie?«, fragte sie.

»Das ist eine Vollspektrum-Kamera. Sie verstärkt das Licht im Ultraviolett- und Infrarotbereich und filtert auf der anderen Seite das für uns sichtbare Licht heraus. Bedient man wie eine normale Kamera.«

»Ich habe Geisterjäger bis jetzt für Spinner gehalten, aber ihr habt zumindest eine Menge elektronisches Profi-Equipment.«

»Vielleicht hältst du uns nach dieser Aktion nicht mehr für ganz so große Spinner.«

»Abwarten. Eine einzige Erscheinung in meinem Zimmer reicht noch nicht ganz, mich von der Meinung abzubringen.«

Es war mittlerweile 23 Uhr geworden und Leo und

Sunny warteten darauf, dass die Bewohner sich zur Ruhe begeben würden. Nach ihrer Befragung hatte sich die Gesellschaft schnell zerschlagen, als ob man sich aus dem Weg gehen wollte oder Angst hatte, dass zu viel Gemeinschaft zu viele Geheimnisse nach oben spülte.

Da das Licht in den einzelnen Zimmern jedoch noch brannte, wollte Leo davon absehen, den FI auszuschalten. Das würde die anderen nur aus ihren Zimmern locken, um unnötige Fragen zu stellen. Daher beschlossen sie, erst die Untersuchung draußen zu machen in der Hoffnung, sich weit genug weg von eventuellen Störquellen zu befinden.

Der Regen hatte mittlerweile aufgehört, als wäre er es leid, mit aller Kraft gegen den Sturm anzukämpfen und sich von ihm wie einen Spielball durch die Luft treiben zu lassen. Sunny war dankbar dafür. Es war schwer genug, sich bei den starken Böen aufrecht zu halten. Sie war nicht scharf darauf, noch mal durchnässt zu werden. Ihre Schuhe waren immer noch nicht ganz trocken.

Es stellte sich jedoch heraus, dass die Tonbandaufnahmen an einem ganz natürlichen Phänomen scheiterten. Es war einfach zu laut, welche zu machen. Leo unternahm ein, zwei Versuche, musste allerdings seinerseits schon so ins Mikrofon brüllen, dass Sunny befürchtete, die anderen würden auf sie aufmerksam oder die Geister davon taub werden.

»Das bringt nichts«, rief Leo ihr zu.

»Ach was«, hatte Sunny schon auf der Zunge, sparte sich diese Polemik dann allerdings doch.

»Kommt etwas über das K2-Meter?«, fragte er.

»Überhaupt nichts«, konnte Sunny mit gutem Gewissen behaupten, die zwar nicht die komplette Zeit draufgeschaut hatte, aber bei der herrschenden Dunkelheit jeden Ausschlag ohne Weiteres auch so registriert hätte.

»Lass uns das hier abbrechen, wir kommen so nicht weiter.«

Sunny verkniff sich die Bemerkung, dass es den Geistern hier draußen mit ziemlicher Sicherheit zu ungemütlich war, ließ es aber zu, ein wenig über ihren eigenen Witz zu grinsen.

Die Episode vor der Tür hatte jedoch den Vorteil gehabt, dass es mittlerweile zwölf Uhr und die Lichter im Haus erloschen waren. Leo machte sich am Sicherungskasten zu schaffen. Sunny knipste die Taschenlampe an.

»Lass uns noch mal in die Zimmer gehen«, flüsterte Leo, obwohl das Geräusch des Sturmes im Gemeinschaftsraum noch sehr präsent war, dass man ihn in den Zimmern sowieso nicht hätte verstehen können.

Dort war der Sturm nicht mehr so stark zu hören, weil offenbar irgendwann mal die Fenster erneuert worden waren, denn deren Rahmen unterschieden sich deutlich von denen im Rest des Gebäudes. Dieser energetische Fortschritt bewirkte, dass Leo im Zimmer von Lutz König Tonbandaufnahmen machen konnte. Er stellte sich und Sunny vor und fragte, ob er ein paar

Fragen stellen dürfe. Sunny begann, die Situation leicht skurril zu finden.

»Du stellst uns vor?«, hakte sie nach.

»Auch in der Geisterwelt sollte man sich höflich benehmen. Die Geister möchten wissen, mit wem sie es zu tun haben.«

»Okay«, sagte Sunny, tippte sich aber insgeheim an die Stirn. Leo fuhr in der Zwischenzeit mit seiner Befragung fort.

»Warum bist du hier?«, fragte er und schwieg ungefähr fünf Sekunden.

»Bist du hier gestorben?« Pause.

»Wann bist du hier gestorben?« Pause.

»Wer ist diese junge Frau bei dir?« Pause.

»Ist dein Mörder im Moment auch hier?« Pause.

»Weißt du seinen Namen?« Pause.

Sunny rieselte ein flaues Gefühl den Rücken herunter. Sie konnte nicht sagen, ob das ihre von Leo gepriesenen medialen Fähigkeiten waren oder sie sich einfach nur von der irrationalen Stimmung einfangen ließ. Vielleicht wurde sie auch verrückt. Nach dem, was sie die letzten 24 Stunden so erlebt hatte, war das durchaus möglich. Sie entrann ihren Gedanken, als Leo sich verabschiedete und für das Gespräch bedankte.

»Höflichkeit«, sagte er nur, als er ihren Blick auffing und bevor sie etwas sagen konnte.

»Wann hören wir, ob etwas drauf ist?«

»Lass uns erst alles fertig machen«, sagte Leo. »Ich will vermeiden, dass irgendeinem noch auffällt, dass der Strom weg ist. Dann ist die Gefahr groß, dass wir ruckzuck unliebsames Publikum haben. Was sagt das K2-Meter?«

»Überhaupt nichts«, antwortete Sunny zum wiederholten Male. Allmählich zweifelte sie an der Tauglichkeit dieses Gerätes. Aber vielleicht fehlte ihr einfach nur der richtige Sportsgeist.

Sie gingen lautlos über den Flur und betraten Honeys Zimmer. Hier startete Leo die gleiche Prozedur wie vorher, nur die Fragen waren ein wenig anders.

»Wie ist dein richtiger Name?« Pause.

»In welcher Verbindung stehst du zu Lutz König?« Pause.

»Wer hat dich ermordet?« Pause.

»Bist du hier gestorben?« Pause.

»Wo soll sie sonst gestorben sein?«, fragte Sunny, als Leo das Diktiergerät ausschaltete.

»Vielleicht war sie ebenfalls schon ein Geist, als sie für uns noch lebendig aussah.«

»Das meinst du doch wohl nicht im Ernst?«

»Warum nicht? Wäre möglich.«

»Warum hat sie uns dann nicht etwas Vernünftiges erzählt, anstatt sinnloses Zeug von sich zu geben?«

»Du bist kein großer Fan von ihr, sehe ich das richtig?«

»Unsinn«, antwortete Sunny und fühlte sich unter seinem prüfenden Blick unwohl. »Und bevor du fragst, vom K2-Meter kam nichts.«

»Dann lass uns die Ergebnisse anhören.« Leo hackte zum Glück nicht mehr auf dem Thema herum.

Wieder in seinem Zimmer, klebten sie mit dem Ohr am Diktiergerät und hörten – gar nichts.

Sunny ärgerte sich über sich selbst, dass sie sich für kurze Zeit von den Möglichkeiten einer paranormalen Ermittlung hatte blenden lassen. Einen Moment hatte sie geglaubt, den Namen des Mörders jeden Moment über den Kopfhörer genannt zu bekommen. Selbst Leo schien enttäuscht. Daher war Sunny milde gestimmt und setzte ihm nicht weiter mit der Sinnlosigkeit dieser Maßnahme zu.

»Lass uns wieder zu Anton gehen, ob der ein paar neue Informationen für uns hat«, sagte er deutlich geknickt.

»Das halte ich für eine gute Idee«, erwiderte Sunny, obwohl das bedeutete, dass sie sich zum gefühlt hundertsten Mal wetterfest anziehen musste. Es regnete zwar im Moment nicht, Sunny bezweifelte jedoch, dass dieser Zustand von Dauer war. Außerdem hatten die jüngsten Geschehnisse ihren Tribut gefordert. Sie war hundemüde. Aber sie verbot sich, ins Bett zu gehen, bevor sie keine neuen Informationen hatten.

Anton stand trotz der späten Stunde auf der Terrasse und schaute auf den Strahl ihrer Taschenlampe, der ihre Ankunft bereits angekündigt hatte.

»Ich hatte so ein Gefühl, dass ihr wiederkommen würdet«, sagte er.

Sie betraten sein gemütliches, leicht chaotisches

Haus und Sunny überkam wieder das Gefühl der Heimat, das sie schon das erste Mal verspürt hatte. Sie schlüpfte aus ihren Schuhen, setzte sich auf das karierte durchgesessene Sofa und zog die Beine an. Anton reichte ihr ein Glas Wein, das Sunny dankbar annahm.

»Normalerweise bin ich der Meinung, man sollte bei Ermittlungen einen klaren Kopf behalten, dieser besondere Fall ist wohl eine Ausnahme.«

»Sunny braucht keinen Grund zum Trinken«, sagte Leo ungalant, was diese mit einem Stinkefinger quittierte.

»Konntest du schon etwas herausfinden?«, fragte sie Anton, ohne weiter auf Leos Bemerkung einzugehen.

»Die Zeit war zwar kurz, aber ja, ich habe etwas herausgefunden«, antwortete Anton. »Einige meiner ehemaligen Kollegen funken mit mir. Sie versorgen mich immer noch mit allen Informationen.«

»Ist das erlaubt?«, fragte Leo.

»Was denkst du?«, gab Anton zurück. »Wollen wir den Fall lösen oder nicht?«

»Natürlich«, sagte Sunny. »Hör nicht auf diesen Moralapostel. Was hast du erfahren?«

»Fangen wir mal harmlos an. Patrick Friedmann ist tatsächlich spielsüchtig. Das wussten wir ja schon. Aber das ist noch nicht alles. Er schuldet diversen Leuten so einiges an Geld. Leute, die nicht gerade zimperlich vorgehen.«

»Überrascht mich nicht«, sagte Leo. »Ich finde aber keine Verbindung zu dem Mord an Lutz König.«

»Weil da sicher auch keine ist. Deswegen habe ich das zuerst erzählt. Trotzdem solltet ihr es der Vollständigkeit halber wissen. Zusammenhänge können an den seltsamsten Stellen auftauchen.«

»Was hast du noch?«, fragte Sunny und genehmigte sich einen großen Schluck.

»Helga und Walter Drescher geben sehr viel Geld aus. Das hattet ihr auch schon vermutet. Es ist aber wirklich auffällig. Ihr Kaufverhalten übersteigt eigentlich die Möglichkeiten von Walters Gehalt.«

»Bekommt er ominöse Zahlungen auf sein Konto?«, fragte Sunny.

»Wenn es mal so wäre. Dann hätten wir es leicht, herauszufinden, woher das Geld kommt. Aber nein, da ist nichts. Er muss von irgendjemandem Bargeld bekommen.«

»Mist«, sagte Sunny aus tiefstem Herzen.

»Bargeld zu kassieren macht einen nicht zum Mörder«, gab Leo zu bedenken.

»Es wäre aber ein Ansatzpunkt, an den wir anknüpfen könnten. Bin ich die Einzige, der dabei das Wort Erpressung in den Sinn kommt?«

»Sicher nicht«, antwortete Anton. »Wäre interessant zu erfahren, für was und wieso.«

»Wir bemühen uns, das herauszufinden«, sagte Sunny. »Jetzt bin ich gespannt auf die nächste Ankündigung.«

»Die hat tatsächlich Potenzial. Bernd Friedmann wurde vor Jahren mal beschuldigt, in seiner Firma Sex mit einer Abhängigen zu haben. Eine unschöne

Geschichte. Verlief allerdings nachher im Sande. Das Opfer hat die Geschichte ohne Begründung zurückgenommen. Man munkelt, da wäre Geld geflossen. Aber an die Konten von Friedmann kommt man schlechter ran. Die ganze Finanzstruktur ist da äußerst verwinkelt. Er lässt sich offenbar nicht gerne in die Karten schauen.«

»Das würde unsere Theorie stützen, dass Bernd mit Honey ein Verhältnis hatte und sie deswegen sterben musste, damit Ute nichts erfährt.«

»Erklärt aber nicht den Zusammenhang mit Lutz König.«

»Sieh das doch mal anders. Was wäre, wenn sein Geist nur auftauchte, um auf ein neues Verbrechen aufmerksam zu machen?«

»Du meinst, es galt als Warnung für Honey? Finde ich ziemlich gewagt. Woher hätte sie wissen sollen, dass König sie warnt?«

»Du weißt nicht, was vorher passiert ist. Wir haben sie ja nur hilflos neben der Geisterleiche gefunden.«

»Verwirrt«, korrigierte Sunny gehässig. »Aber es gibt immerhin auch noch die Möglichkeit, dass Lutz König gar nicht Lutz König ist, sondern eine ganz normale Leiche. Dann könnte er doch ihr Vater sein.«

»Haben wir ein Bild von König?«, fragte Leo Anton.

»Nein, beschaffe ich aber. Ich gehe ins Internet über Satellit, deshalb bin ich auch da nicht vom Sturm betroffen.«

»Es wäre wichtig, ihn mal zu sehen. Dann könnten wir ebenfalls beurteilen, ob er es war oder nicht.

»Von Jochen Zweig habe ich auch noch was. Er hatte vor zwölf Jahren eine Anklage wegen Körperverletzung. Er hat einen Verehrer seiner Freundin übel zugerichtet. Der ist ihm ins Gehege gekommen.«

»Also gewaltbereit«, konstatierte Leo und schaute zu Sunny hinüber. Die tat so, als sehe sie seinen Blick nicht.

»Jetzt gehen wir mal so richtig in die Offensive«, sagte sie stattdessen.

»Es wird Zeit, dass wir Tacheles reden«, sagte Sunny beim Frühstück und kam sich fürchterlich verwegen vor. »Die Zeit der netten Worte ist vorbei.«

»Was fällt Ihnen ein?«, erboste sich Helga Drescher und schoss von ihrem Stuhl hoch. »So dürfen Sie nicht mit mir reden. Schließlich bin ich in Trauer.«

»Wovon man sehr viel merkt«, erwiderte Sunny gehässig. Sie war eigentlich gar nicht so. Aber sie hatte die Nase allmählich voll vom Lügen und Herausreden. »Oder machen Sie sich Sorgen, dass Ihr Mann nicht mehr da ist, um Ihren Lebensstil zu finanzieren?«

»Das ist eine Unverschämtheit«, antwortete Helga, aber eines hatte Sunny zumindest geschafft. Sie hielt endlich den Mund.

»Sunny«, sagte Ute vorwurfsvoll.

»Woher weiß sie das überhaupt?«, fragte Helga Bernd, als wäre Sunny gar nicht im Raum.

»Du würdest dich wundern, was sie sonst so alles weiß«, antwortete Bernd bitter.

»Ich weiß es einfach«, sagte Sunny und sonnte sich einen Moment in ihrem Glanz. Leo warf ihr einen warnenden Blick zu. Sie hatte im Überschwang vergessen, dass sie die Quelle ihres Wissens nicht verraten durfte. Schließlich herrschte Sturm und keiner hatte Netzempfang. Sie beschloss, die Spur mit Bernd etwas näher zu verfolgen. Sie hatte es mit Leo nicht abgesprochen, aber sie hoffte, dass er ihr Vorgehen billigte.

»Mit dir würden wir uns gerne näher unterhalten«, sagte sie zu Bernd.

»Darf ich immerhin darum bitten, das unter vier Augen zu tun?«

»Sechs Augen. Leo kommt mit«, sagte Sunny.

»Was kannst du ihnen sagen, was du nicht vor mir sagen kannst?«, fragte ihn seine Frau.

»Ute, Liebes, du darfst alles wissen. Dennoch finde ich es jetzt erst einmal besser, das mit den beiden alleine zu klären. Ich erzähle dir alles nachher.«

Einen Moment fragte Sunny sich, ob Bernd seiner Frau sein Verhältnis verheimlicht hatte, hielt das aber in der Praxis für schwierig zu realisieren. Vielleicht würden sie gleich schlauer sein.

»Ich halte es für besser, wenn wir erst einmal unter uns sprechen«, sagte Bernd, als sie die Tür von Leos Zimmer hinter sich zumachten.

»Weil Ute das nicht hören soll«, ergänzte Sunny. Bernd blickte sie überrascht an.

»Nein, wieso? Ich habe keine Geheimnisse vor

meiner Frau. Auf jeden Fall keine, die meine Person betreffen.«

»Weiß sie auch das mit dem Mädchen aus deiner Firma?«

»Ich wundere mich, woher ihr eure Informationen habt. Das hat sicher mit eurem andauernden Verschwinden zu tun. Wenn ihr solche Informationen über mich oder die anderen habt, dann muss es eine Quelle von außen geben. Aber ich will es gar nicht wissen.«

»Was war jetzt mit deiner Angestellten?«, fragte Sunny unnachgiebig, die nicht vorhatte, sich von ihm einlullen zu lassen, sodass sie ihre ursprüngliche Frage vergaß.

»Was soll da gewesen sein? Wir hatten ein Verhältnis. Punkt. Und das war absolut freiwillig.«

»Das heißt, du hast deine Position nicht ausgenutzt, um etwas mit ihr anzufangen?«

»Herrgott, warum sollte ich? Das, was wir gemacht haben, beruhte auf Gegenseitigkeit.«

»Warum hat sie es dann erzählt?«

»Weil ich Ute nicht verlassen wollte. Sie hatte sich Hoffnung gemacht, ich würde das tun. Aber davon war nie die Rede gewesen. Leider wollte sie das nicht einsehen.«

»Und hat sich dann gerächt?«

»So ist es. Danach hat sie mich beschuldigt. Ich hatte Sorge, die ganze Sache würde bei einer Verhandlung zu viel Wirbel machen, und habe sie so aus der Welt geschafft.«

»Mit Geld?«

»Womit sonst? Es ist schon interessant, wie schnell die ewige Liebe bereit ist, sich zu verflüchtigen, wenn Geld ins Spiel kommt.«

Das war leider allzu oft so. Sunny neigte dazu, ihm zu glauben. Bernd hatte seinen integren Eindruck wiedergewonnen.

»Danke, dass du uns so offen davon erzählst«, sagte sie versöhnlich.

»Was bleibt mir anderes übrig, wenn man fast dazu genötigt wird. Außerdem: Was hat die ganze Geschichte mit den Vorfällen der jüngsten Vergangenheit zu tun?«

»Wir wollen nur alle verfügbaren Informationen ausloten«, sagte Sunny.

Bernd antwortete darauf nicht, nur die vor seiner Brust verschränkten Arme wiesen darauf hin, dass er entweder nachdachte oder das Gespräch als beendet ansah. Gerade als Sunny Leo am Ärmel ziehen wollte, um ihn zum Gehen aufzufordern, machte Bernd erneut den Mund auf.

»Ich weiß, wer den Mann getötet hat«, sagte er.

»Was?« Sunny fuhr herum. Leo packte sie so hart am Arm, dass sie fast geschrien hätte.

»Ich habe den Mord an dem Mann in dieser Nacht beobachtet«, wiederholte Bernd.

»Wen hast du gesehen?«, fragte Sunny. Die Spannung im Raum war förmlich greifbar.

»Jochen«, sagte Bernd. »Er hat ihn vor der Tür erschlagen.«

Sunny ließ sich auf das Bett zurückfallen.

»Das kann nicht sein«, stammelte sie tonlos.

»Leider doch«, erwiderte Bernd.

»Warum hast du das nicht schon längst gesagt?«, mischte Leo sich ein und legte der sitzenden Sunny beruhigend die Hand auf die Schulter.

»Ich bin doch nicht verrückt«, antwortete Bernd. »Wir sind hier bis auf Weiteres eingeschlossen. Deshalb werde ich mit Sicherheit dafür Sorge tragen, dass ein Mörder nicht weiß, dass ich es weiß.«

»Du willst deine Familie schützen?«

»Natürlich. Wer weiß, wozu der Irre sonst in der Lage ist.«

»Was hätte er gegen uns alle ausrichten können?«

»Ich wollte kein Risiko eingehen. Wer die Frau ermordet hat, kann ich jedoch nicht sagen.«

11

»Oh mein Gott«, seufzte Sunny und ärgerte sich, als sie fühlte, wie Tränen hinter ihren Augen hervorschossen.

»Beruhige dich«, sagte Leo und setzte sich neben sie auf das Bett. »Wir wissen noch nicht, ob es auch wirklich stimmt.«

»Es ist nicht wichtig, ob es stimmt oder nicht, verstehst du? Es reicht bereits, dass er überhaupt in die Sache involviert ist. Egal wie. Es nimmt alle Unschuld aus unserer Beziehung. Ich werde seit zwei Tagen immer mehr meiner Möglichkeit beraubt, in unserer Beziehung noch irgendetwas Positives zu sehen.«

»Aber wenn er es doch nicht war? Ist dann nicht alles gut?«

»Das spielt keine Rolle. Alleine das Wissen, dass jemand ihn für einen Mord fähig hält, würde mich immer belasten. Außerdem: Denk an die Vorgeschichte, von der uns Anton erzählt hat. Das ist schließlich auch nicht ohne.«

»Solche Jugendsünden wie Schlägereien hat doch fast jeder Mann.«

»Du auch?«

»Nein.«

»Siehst du. Es passt, Leo. Alles passt zusammen.«

»Könntest du jetzt mal wieder zu dir kommen und dein rationelles Denken einschalten?«, fragte Leo. »Seit wann glaubst du alles vorbehaltlos, was man dir sagt?«

»Tu ich nicht. Aber hier gibt es zu viele Puzzleteile, die passen.«

»Nein, genau das eben nicht. Nicht, wenn der Mann da draußen Lutz König war.«

»Wenn er es war. Anton kann sich da irren.«

»Möglich, aber wenig wahrscheinlich. Anton war Kommissar. Sein Blick auf die Dinge ist ein anderer. Seine Erinnerung funktioniert sicher zuverlässiger als die von anderen Menschen.«

»Er ist aber nicht mehr der Jüngste.«

»Sunny, ich bitte dich. Er ist Mitte 60. Da ist man noch nicht zu alt, um die Dinge richtig einschätzen zu können.«

»Wahrscheinlich hast du recht.«

»Natürlich habe ich das. Warum kämpfst du so verzweifelt gegen etwas, was Jochen entlasten könnte?«

»Ich weiß es nicht«, erwiderte Sunny schlicht.

»Aber ich weiß es. Du versuchst, dir unbedingt wehzutun, dich selbst zu bestrafen. Warum, weiß der Himmel.«

»Das ist Quatsch«, schniefte Sunny. »Ich versuche nur, alle Seiten eingehend zu beleuchten, damit mir nicht Befangenheit vorgeworfen werden kann.«

»Das wenigstens mit Erfolg«, sagte Leo und lachte. »Beruhige dich mal wieder. Wir müssen die Sache mit unseren neuen Erkenntnissen aufdröseln und dazu brauche ich auf jeden Fall dich.«

»Also, was wissen wir?« Sunny beschloss, ihren Vorschusslorbeeren alle Ehre zu machen und konzentrierte sich wieder auf das Wesentliche.

»Bernd hat Jochen beobachtet, wie er Lutz König oder wen auch immer erschlagen hat. Um wie viel Uhr?«

»Gegen halb eins.«

»Das wäre zumindest möglich. Zu dieser Zeit war kein anderer auf, der etwas gesehen haben könnte.«

»Oder er sagt es nicht. Was ist mit Ute? Die beiden haben doch angeblich keinerlei Geheimnisse voreinander.«

»Ja, aber nur das, was seine Person betrifft. Das wird er ihr sicher nicht erzählt haben. Schließlich will er sie schützen.«

»Also kann keiner seine Geschichte bestätigen.«

»Nein. Aber auch nicht widerlegen.«

»Keiner außer Jochen.«

»Dann sollten wir ihn danach fragen.«

»Das mache ich alleine«, sagte Sunny.

»Das kommt nicht infrage. Was ist, wenn er so gefährlich ist, wie Bernd glaubt?«

»Dann wissen wir es wenigstens ganz genau. Du

kannst in der Nähe bleiben, aber reden werde ich alleine mit ihm.«

Sunny wusste, dass Leo damit keinesfalls einverstanden sein konnte, wenn er glaubte, was Bernd erzählt hatte. Sie war allerdings nicht bereit, in dem Punkt nachzugeben. Leo schwieg, als wüsste er um die Sinnlosigkeit seiner Bemühungen.

Sunny fand Jochen im Windfang, wo er die Ausrüstung überprüfte.

»Hast du den Mann umgebracht?«, fragte sie unumwunden. Fast wäre ihr der Name Lutz König herausgerutscht.

»Was habe ich? Bist du verrückt geworden?«

»Nein. Einer hat dich dabei beobachtet.«

»Wer?«

»Das tut nichts zur Sache.«

»Bestimmt dieser Friedmann.«

»Nein«, erwiderte Sunny und merkte selbst, dass es lahm klang. Sollte Bernd Friedmann jetzt ebenfalls sterben, ginge das ganz klar auf ihr Konto.

»Sunny, ich weiß nicht, wer was behauptet hat, aber ich versichere dir, ich habe damit nichts zu tun.«

Seine Stimme klang nicht in dem Maß umschmeichelnd, wie er es gerne tat, wenn er etwas bei ihr erreichen wollte. Zumindest hatte sie das in der Vergangenheit geglaubt. Heute wusste sie, dass er wahrscheinlich diese Stimme gehabt hatte, wenn etwas mit einer anderen Frau lief. Nur das war es diesmal nicht. Seine Stimme klang zutiefst verstört und wirklich verletzt.

»Ich weiß nicht, was oder wem ich glauben soll und du bist dafür in nicht unerheblichem Maß mitverantwortlich. Wenn du mir nicht bereits so viele Lügen erzählt hättest, könnte ich dir leichter glauben.«

»Sunny, das hier ist etwas anderes. Das geht über ein bisschen Fremdflirten hinaus.«

»Meinst du, ich glaube, dass es beim Flirten geblieben ist? Du musst mich für ziemlich doof halten.«

»Sollte das jetzt wirklich unser Hauptthema sein? Verdammt, Sunny, du hast mich des Mordes beschuldigt.«

»Nicht ich, ich gebe nur weiter, was mir berichtet wurde.«

»Lass es, wir drehen uns im Kreis.«

»Ich mache hier eine Vernehmung. Deswegen kann ich das nicht einfach lassen.«

»Eine Vernehmung? Dass ich nicht lache. Ein Verhör trifft es eher. Und was soll das, dass du und dein neuer Freund euch hier als Ermittler aufspielt?«

»Einer muss es ja machen.«

»Wegen mir. Aber ich habe keinen umgebracht. Da steht Aussage gegen Aussage.«

Jochen verließ den Raum. Die Tür fiel krachend ins Schloss.

Sunny hegte einen Moment die Hoffnung, dass Jochen die Sache auf sich beruhen lassen würde. Leider wurde sie bereits zwei Minuten später eines Besseren belehrt.

»Bist du komplett verrückt geworden?«, hörte sie Jochen brüllen und hatte die schmerzliche Vorahnung, mit wem er sprach. Die Antwort konnte sie nicht verstehen. Aber das musste sie auch nicht. Leo öffnete die Tür.

»Bist du jetzt zufrieden?«, fragte er.

»Natürlich nicht«, erwiderte sie ärgerlich, beeilte sich aber, ihm in den Gemeinschaftsraum zu folgen. Jochens Gesichtsfarbe hatte sich in ein beunruhigendes Rot verändert, seine Gesichtszüge wirkten verzerrt und er sah in diesem Moment durchaus aus wie jemand, der einem anderen einen Ast über den Kopf schlagen würde. Bernd blickte anklagend zu ihr rüber.

»Ich habe nur gesagt, was ich gesehen habe«, verteidigte er sich.

»Du hast gar nichts gesehen, nichts. Eine vergiftete Fantasie hast du, das ist alles.«

»Bernd, was ist hier los?«, fragte Ute ängstlich und klammerte sich an Bernds Arm, als ob sie ihn am Weglaufen hindern wollte.

»Das kommt dabei raus, wenn man anderen Menschen etwas im Vertrauen erzählt«, sagte er giftig. Solch einen Tonfall hätte Sunny eher von Helga Drescher erwartet. Sie hätte nicht gedacht, dass der ruhige, besonnene Bernd zu einem solchen überhaupt fähig war.

»Im Vertrauen erzählt?«, schrie Jochen. Eindeutig hysterisch. Ganz anders als Sunny sich einen kaltblütigen Mörder vorstellen würde. »Lügen erzählt. Was geht in deinem Kopf vor, Friedmann?«

»Würde mir jetzt endlich einer sagen, was hier los ist?«, startete Ute einen weiteren Versuch.

»Dein feiner Mann erzählt herum, ich hätte gestern Nacht diesen Typ umgebracht.«

»Was?«, fragte Ute. Sie war definitiv überrascht, als hätte sie mit so etwas überhaupt nicht gerechnet. »Bernd, was erzählst du da, um Himmels willen.«

»Ich habe ihn gesehen«, sagte Bernd.

»Aber wie? Das kann doch nicht sein.«

»Glaub mir, das kann sein«, erwiderte Bernd eindringlich, packte sie an den Schultern und drehte sie zu sich, damit sie ihm direkt ins Gesicht schauen konnte.

»Ich sage es dir jetzt nur einmal. Ich habe Jochen Zweig gestern Nacht gesehen, wie er diesen Mann erschlagen hat.«

»Oh Gott«, schluchzte Ute und fiel auf den nächsten Stuhl, als ihr Mann ihre Arme wieder losließ. Sie weinte still vor sich hin. Jessica eilte zu ihr und umschlang sie tröstend.

»Wir wollten es doch nicht erzählen«, sagte Ute dann.

Sunny horchte auf.

»Ute«, bat Bernd hilflos. »Lass es.«

»Nein«, erwiderte diese. »Wir wollten diese Anschuldigung doch nicht aussprechen.«

»Was soll das bedeuten?« Leo trat näher heran. »Hast du Jochen auch gesehen?«

»Ja«, antwortete Ute leise. »Bernd meinte, ich solle mich da raushalten. Aber es stimmt.«

»Ihr Schweine!«, brüllte Jochen und stürzte nach vorne. Nur Leo und Patrick war es zu verdanken, dass er Ute und Bernd nicht erreichte. Die beiden hielten ihn mit vereinten Kräften zurück.

»Dann hat er auch diese Frau getötet«, sagte Jessica, die gerade erst zu begreifen schien, was hier passierte.

»Was interessiert mich diese Frau?«, keifte Helga. »Er hat Walter auf dem Gewissen.«

»Mit Verlaub, Frau Drescher, das ist noch nicht raus«, erwiderte Leo. »Bei Ihrem Mann gehen wir immer noch von einem Unfall aus.«

»Unfall? Erzählen Sie nicht solchen Unsinn. Das war kein Unfall. Das war eindeutig Mord. Und er hat es getan.«

»Das ist nicht bewiesen«, beharrte Leo auf seinem Standpunkt.

»Wissen Sie was, das interessiert mich nicht. Für mich ist es bewiesen. Aber ich muss Ihnen doch ein Kompliment machen. Ihre Detektivarbeit hat sich eindeutig ausgezahlt.«

Sunny freute sich sicher über dieses Kompliment, aber irgendetwas sagte ihr, dass sie sich mit dem jetzigen Lauf der Dinge nicht zufriedengeben sollte. Ein Blick zu Leo bestätigte ihr, dass er das ebenfalls nicht tat.

»Wir sollten ihn einsperren«, schlug Patrick vor, was ihm einen bewundernden Blick seiner Frau einbrachte.

»Das wäre das absolut Vernünftigste«, sagte Bernd erleichtert. »Wir schließen ihn in sein Zimmer ein.«

»Damit er aus dem Fenster fliehen kann?«, fragte

die Drescher süffisant. »Bewundernswerte Idee. Nein, es muss schon ein Raum ohne Fenster sein.«

»Dann bleibt nur noch die Abstellkammer hinter der Küche«, sagte Ute, die sich offensichtlich mit den Räumlichkeiten des Hauses vertraut gemacht hatte. »Der Lagerraum hinter der Tapetentür ist zu klein.«

»Da kann man sich doch nirgendwo hinlegen«, gab Jessica zu bedenken.

»Dann bleibt er halt stehen. Sollen es Mörder etwa noch komfortabel haben?«

»Was ist, wenn er auf die Toilette muss?«

»Dann werden unsere Männer ihn da hinführen«, sagte Helga. »Und sie müssen mit rein. Das Damen-Badezimmer hat ebenfalls Fenster.«

Das andere war wohl auch nicht mehr besonders geeignet, seit Walter da herumlag. Sunny überlegte, wann die Leiche anfangen würde zu riechen. Es roch im Haus immer noch verkohlt.

»Das werden wir schon hinkriegen«, sagte Bernd.

Er packte Jochen unter dem anderen Arm und schob und zog ihn mit seinem Sohn durch die Küche in den Abstellraum. Bernd schloss ab und steckte den Schlüssel ein.

»Ich bin erleichtert.« Das war an Leo und Sunny gerichtet. »Ich bin erleichtert, dass ich doch den Mut gefunden habe, die Wahrheit zu sagen.«

Seine Familie und die Drescher verließen die Küche wieder. Leo blickte Sunny an. Diese deutete seinen Blick richtig.

»Nie im Leben war das so«, sagte sie. Leo nickte.

»Ohne Beweise ist es sowieso schwierig, Jochen Zweig etwas anzuhängen«, gab Anton zu bedenken.

Sunny hatte Leo vorgeschlagen, wieder zu ihm zu gehen, obwohl der den Verdacht äußerte, das könnte auch etwas mit dem Wein zu tun haben, den er hatte. Sunny freute sich zwar, dass er noch Witze machen konnte, lehnte das angebotene Glas ein paar Minuten später aber trotzdem nicht ab.

»Was ist mit den Zeugenaussagen von Bernd und Ute?«, fragte Leo. »Reichen die nicht?«

»Reine Zeugenaussagen sind nicht effektiv genug. Noch dazu von einem Ehepaar. Wenn zwei Fremde dasselbe sagen, ist das wieder etwas anderes. Aber wer kann wissen, ob die Aussage nicht nur gemacht worden ist, um Zweig zu schaden? Da wird jeder Richter Bedenken anmelden.«

»Ich melde auch welche an«, sagte Sunny. »Ich kann mir das einfach nicht vorstellen. Jochen rennt nicht in der Gegend herum und ermordet Leute.«

»Ich glaube es auch nicht«, pflichtete Leo ihr bei. »Wenn auch aus anderen Gründen als du. Ich bin nicht in ihn verliebt. Aber jemand, der sich dermaßen über solch eine Beschuldigung aufregt, kann es in meinen Augen nicht getan haben. Wenn er es gewesen wäre, hätte er nicht so überzeugend reagiert.«

»Das kannst du besser beurteilen«, sagte Anton, bevor Sunny darauf hinweisen konnte, dass sie mittlerweile absolut nicht mehr in Jochen verliebt war.

»Ich finde, wir müssen sowieso die Frage klären, ob es überhaupt sein kann, was Bernd gesagt hat. Hast du schon ein Foto von Lutz König bekommen?«

»Richtig, das wollte ich euch zeigen.«

Anton nahm erstaunlich gelenkig für sein Alter zwei Stufen auf einmal die Treppe hoch in die oberen Räume. Kurze Zeit später kam er wieder herunter und reichte Sunny das Foto. Leo und sie beugten ihre Köpfe darüber.

»Das ist er«, bestätigte Leo. »Das ist er auf jeden Fall.«

»Du warst ihm näher als ich«, sagte Sunny. »Aber ich erkenne ihn auch wieder.«

»Also hat Herr Friedmann wohl gelogen.«

Anton warf ein Scheit ins Feuer. Funken stoben auf, bevor sie sich wieder friedlich niederließen.

»Es sei denn, es ist ein Doppelgänger«, sagte Leo.

»Oder ein Zwillingsbruder«, erwiderte Sunny. »Hatte Lutz König vielleicht einen?«

»Das weiß ich nicht, aber das könnte ich ebenfalls herausbekommen. Seine beiden Kinder waren jedenfalls Zwillinge. Zweieiige natürlich.«

»Gehen wir mal davon aus, er hat keinen Bruder, dann hat Bernd Friedmann offensichtlich gelogen. Aber warum?«

»Um von sich abzulenken natürlich.«

»Ist es dann sinnvoll, einen anderen falsch zu beschuldigen? Er müsste doch Angst haben, dass das rauskommt.«

»Was sinnvoll ist oder nicht, kann ich in dem Zusammenhang nicht beurteilen.«

»Ich finde auch, es wäre klüger, nichts zu sagen und abzuwarten«, stimmte Anton Leo zu.

»Was könnte er sonst für einen Grund für so etwas haben?«

»Ehrlich gesagt, keine Ahnung. Diese ganze Aktion ist mehr als sinnlos.«

Alle drei schwiegen und blickten ins Feuer.

»Aber wir haben doch noch den Ast, den du weggesperrt hast. Wenn wir darauf Fingerdrücke finden, wissen wir es.«

»Ja, wenn« erwiderte Anton. »Mach dir diesbezüglich nicht allzu viele Hoffnungen.«

»Immerhin ist auch Blut dran.«

»Das nützt uns ebenso wenig. Wir haben schließlich keine Leiche.«

»Und das Blut? Es gibt doch DNS.«

»Mit welcher willst du die denn vergleichen? Damals gab es das noch nicht.«

»Dann müssen wir den Leichnam von König exhumieren.«

»Das wird schwierig. Der ist verbrannt worden. Außerdem, wie sollte ich das begründen? Eine Leiche auszugraben, um nachzuprüfen, ob sie nach 30 Jahren zum zweiten Mal ermordet wurde? Erklär das mal einem Richter. Der hält dich für verrückt.«

»Was ist mit dem Ast, mit dem König damals erschlagen wurde? Liegt der nicht mehr in der Asservatenkammer?«

»Sicher. Da könnten wir was finden. Aber das Hauptproblem bleibt. Welche Erklärung gebe ich ab, damit das wieder aufgerollt wird? Soll ich sagen, mir ist ein Geist begegnet?«

»Also brauchen wir Beweise oder ein Geständnis.«

»Geständnis ist einfacher. Keiner trägt Dinge mit sich herum, die ihn nach so vielen Jahren eines Mordes überführen.«

»Wahrscheinlich nicht. Aber warum sollte einer gestehen? Schließlich ist der Mord schon uralt.«

»Vergiss nicht die Leiche von Honey. Dafür haben wir noch keine Erklärung.«

»Der Sturm ist anscheinend auch der Meinung. Wenn der wirklich im Zusammenhang mit der Geister-erscheinung steht, dann kann Jochen nicht der Täter sein.«

»Also sind wir noch keinen Schritt weiter. Wir drehen uns permanent im Kreis. Was sollen wir jetzt machen?«

»Uns alle noch mal vornehmen?«

»Was bringt das? Bernd hat im Moment die morali-sche Übermacht. Warum sollte er auf einmal etwas anderes erzählen.«

»Wenn wir ihn der Lüge bezichtigen?«

»Auf welcher Basis? Dafür haben wir halt keinen Beweis. Und wie Anton anfangs schon sagte, ohne Beweise ist alles Mist.«

»Das habe ich so zwar nicht gesagt, aber egal. Ich weiß, worauf du hinauswillst.«

»Vielleicht hat er auch jemanden gesehen, der Jochen ähnlich war?«

»Wie viele Doppelgänger willst du denn noch ins Spiel bringen? Das wäre des Guten doch ein wenig zu viel. Dann glaube ich eher die Theorie, dass einer von außen gekommen ist.«

»Konzentriert euch mehr auf die aktuelle Leiche«, sagte Anton. »Das sind frische Spuren, die einen großen Vorteil haben: Sie sind noch da.«

»Ich weigere mich strikt, da hineinzugehen.«

»Ich mache es«, sagte Leo.

Sie hatten bereits vorher überlegt, was sie mit der Leiche von Walter anfangen sollten. Eigentlich wollte sie jeder gerne aus dem Haus haben, aber keiner wollte sie anfassen. Leo hätte das sowieso nicht zugelassen, da dieser Fall eine polizeiliche Untersuchung nach sich ziehen würde. Da alle die Hoffnung hatten, der Sturm würde kurzfristig aufhören, waren die Sorgen, dass die Leiche zu riechen anfangen würde, noch nicht ganz so ausgeprägt gewesen.

»Wirst du den anderen sagen, dass du das Badezimmer untersuchen willst?«

»Warum sollte ich. Meinst du, es kommt einer rein?«

»Nein, aber vielleicht sollten wir schon mal etwas Unruhe verbreiten. Es könnte sein, dass wir dann jemanden aufscheuchen und der unvorsichtig wird.«

»Wenn ich etwas finde, dann scheuchen wir den noch früh genug auf, glaube mir.«

»Ich bleibe zur Unterstützung an der Tür stehen.«

»Dann fallen wir ja wirklich nicht auf. Ich hatte schon Sorge«, sagte Leo ironisch. »Bleib bitte in deinem Zimmer, ich komme zu dir, wenn ich fertig bin.«

Auf etwas zu warten war noch nie Sunnys Stärke gewesen. Außerdem war sie seit den Toten nicht mehr gerne alleine. Sie schimpfte sich einen Feigling, atmete durch und wünschte sich, sie hätte irgendetwas, mit dem sie sich beschäftigen könnte. Während sie darüber noch nachdachte, kam Leo von seiner Untersuchung zurück.

»Walter kann sich nicht selbst umgebracht haben«, sagte er, nachdem er die Tür sorgfältig hinter sich zugemacht hatte.

»Warum nicht?« Sunny hatte ihre Schuhe ausgezogen, bevor sie sich auf das Bett gelegt hatte, und rutschte neugierig nach vorne an die Bettkante.

»Es ist eigentlich so einleuchtend, es ärgert mich, dass ich es das erste Mal übersehen habe.«

»Nun spuck es schon aus.«

»Jemand muss das Radio in die Wanne geworfen haben. Von da, wo es ursprünglich gestanden haben muss, ist es zu weit. Von dort aus kann es nicht in die Wanne gefallen sein.«

»Und wenn er es auf den Wannenrand gestellt hat?«

»Wäre eine Erklärung, wenn es denn einen Rand geben würde.«

Sunny rief sich die Wanne im Badezimmer der

Frauen ins Gedächtnis. Wenn die aus dem anderen Zimmer die gleiche war, hatte Leo recht. Es handelte sich um eine dieser altmodischen auf Füßen, deren Rand abgerundet war und keinen Platz bot, auf ihm etwas abzustellen.

»Auf einem Hocker daneben?«

»Dann hätte da auch ein Hocker stehen müssen, als wir reinkamen. Da war aber keiner.«

»Normalerweise dürfte das Kabel doch gar nicht lang genug dafür sein.«

»Eigentlich nicht. Aber hier wurde ein Verlängerungskabel benutzt.«

»Wo hatte der Mörder das her?«

»Liegen haufenweise in dem Raum hinter der Tapetentür. Du weißt doch, da, wo wir unsere ersten Verhöre gemacht haben.«

»Also haben wir dem Mörder damit unabsichtlich seine Mordmethode erleichtert.«

»Mach dir keine Vorwürfe. Damit konnte keiner rechnen.«

»Ich mache mir keine, ich ärgere mich nur. Aber nicht über mich. Der Täter hält uns offensichtlich für unterbelichtet.«

»Ich glaube nicht, dass der sich so viele Gedanken über uns macht. Der sieht nur zu, dass er nicht überführt wird. Hätte auch fast geklappt.«

»Ja, wenn dir das mit der Wanne nicht aufgefallen wäre.«

»Ich glaube, die Kripo hätte das auch bemerkt. Es

war einfach ein Fehler des Täters. Was in meinen Augen für eine spontane Tat spricht.«

»Du meinst, er hat gehört oder gesehen, dass Walter baden ging und hat die Gelegenheit genutzt?«

»Da bin ich fast sicher. Sonst wäre die Sache garantiert besser geplant gewesen. Dann hätte bestimmt auch ein Hocker oder ein Stuhl neben der Badewanne gestanden.«

»Wenn es Mord war, dann muss es dafür aber einen Grund geben.«

»Ist nur die Frage, welchen.«

»Vielleicht hat Walter den Mord beobachtet und der Täter wollte ihn zum Schweigen bringen.«

»Die Gefahr war aber ziemlich groß, dass Walter uns bei der Befragung schon etwas hätte erzählen können.«

»Hat er aber nicht. Warum?«

»Ich glaube, ich weiß warum. Denk mal nach.«

Sunny hasste solche Aufforderungen, die in ihren Augen einzig und allein dazu dienten, jemanden als Trottel dastehen zu lassen.

»Sag es mir doch einfach.«

»Die Dreschers leben über ihre Verhältnisse. Das haben wir ja schon festgestellt. Könnte es nicht sein, dass er den Täter erpressen wollte?«

»Das ergibt Sinn. Verdammt, bist du gut. Da wäre ich jetzt nicht draufgekommen.«

»Danke. Dann bleiben allerdings nicht mehr so viele Möglichkeiten.«

»Doch, eigentlich genug. Das mit dem Radio hätte auch eine Frau machen können.«

»Aber Honey erdrosseln? Dazu gehört schon etwas mehr Kraft, zumal sich das Opfer auch wehrte.«

»Ich glaube nicht, dass diese Honey kräftig und bei Sinnen genug war, sich vernünftig zu wehren.«

»Höre ich da ein klein wenig Sarkasmus?«

»Ein wenig. Trotzdem habe ich recht.«

»Wie passt Bernds Lüge da rein, wenn wir mal davon ausgehen, dass es eine war?«

»Entweder war er es selbst oder er will jemanden schützen. In dem Fall seine Frau, Patrick oder seine Schwiegertochter.«

»Warum sollte Patrick Honey umbringen?«

»Die Frage ist eine andere: Wie konnte er damals Lutz König umbringen? Da war er ja vielleicht gerade mal zwei Jahre alt.«

»Also Bernd?«

»Wäre meine erste Wahl. Fehlen nur immer noch die Beweise.«

»Ich sollte mich mal mit Jessica unterhalten. Vielleicht bekomme ich durch sie etwas über ihren Schwiegervater heraus.«

»Schaden kann es nicht. Versuch dein Glück«, sagte Leo.

12

»Wie geht es dir?«, fragte Sunny, als sie sich im Gemeinschaftsraum neben Jessica niederließ.

Diese saß am Fenster und las in einem Buch. Sunny fand das nach diesen ganzen Ereignissen merkwürdig. Jessica schien ihr nicht der Mensch zu sein, der sich nach drei Toten und zwei verschwundenen Leichen seelenruhig mit Lesen beschäftigte.

»Wie soll es mir gehen nach einem Tag voller Anschuldigungen? Ich versuche, mich ein wenig abzulenken, sonst drehe ich noch durch.«

»Du weißt hoffentlich, dass es nichts gegen dich persönlich ist?«

»Ja, ich weiß.«

Jessica seufzte und klappte ihr Buch zu. Sunny hielt das für ein gutes Zeichen. Offenbar war Jessica bereit, mit ihr zu reden. So ganz sicher war sich Sunny diesbezüglich nicht gewesen.

»Es macht mir keinen Spaß, in der Gegend herumzulaufen und Leute zu verdächtigen. Das kannst du mir glauben. Aber zwei Morde in einem einsamen Haus mitten im Wald beunruhigen mich, das kannst du mir glauben.«

Fast hätte sie drei Morde gesagt, konnte das aber gerade noch verhindern. Bis jetzt war noch keiner darauf gekommen, dass Walter sich vielleicht nicht selbst umgebracht hatte. Das sollte auch möglichst so bleiben, bis Sunny und Leo herausgefunden hatten, was wirklich passiert war.

»Deswegen habe ich auch Angst. Gott sei Dank haben wir den Mörder jetzt.«

»Es sieht zumindest so aus«, erwiderte Sunny einsilbig.

»Wie gut, dass Bernd es endlich erzählt hat«, sagte Jessica. »Wenn er es nur früher gemacht hätte. Er ist so fürsorglich, er denkt immer erst an die Familie.«

»Ist er das immer? Fürsorglich, meine ich.«

»Oh ja. Er und Ute sind toll. Bessere Schwiegereltern kann man sich nicht wünschen.«

»Den Eindruck habe ich auch. Die beiden scheinen wirklich nett zu sein.«

»Nicht wahr? Ich kenne kaum Menschen, die vertrauenserweckender sind als diese beiden. Bis auf Patrick natürlich.«

Sunny mochte Patrick, für besonders vertrauenserweckend hielt sie ihn allerdings nicht. Aber es war besser, das nicht infrage zu stellen.

»Da ist es natürlich dumm, wenn Bernd so ein Verdacht wie damals hinterherläuft.«

»Du meinst die Sache mit der Frau aus seiner Firma? Hat er dir das erzählt? Natürlich ist Fremdgehen nicht schön, aber er hat diese Sache vorbildlich geregelt.«

»Er hat ihr Geld gezahlt.«

»Na und? Ist das etwa verwerflich? Die Frau wollte sein ganzes Leben zerstören, nur weil er Ute nicht verlassen hat. Das ist verwerflich.«

»Da hast du sicher recht«, sagte Sunny versöhnlich.

»Bernd kümmert sich immer um seine Familie. Sie kommt für ihn absolut zuerst. Obwohl er auch jedem Menschen hilft, der zu ihm kommt, weil er in Not ist. Frag da mal die Angestellten in seiner Firma. Für die sorgt er ebenfalls gut.«

»Wie lange sind deine Schwiegereltern schon mit den Dreschers befreundet?«

»Sehr lange, schon seit Patrick noch klein war. Sie haben sie damals bei so einem Ausflug wie diesem hier kennengelernt.«

»Das ist wirklich lange«, erwiderte Sunny. »Schön, dass Freundschaften über so viele Jahre halten. Ich hatte jedoch schon mal das Gefühl, als könne er Helga und Walter nicht leiden. Sie sprechen nicht wirklich viel miteinander.«

»Das ist mir auch schon aufgefallen. Aber vielleicht hatten sie nur irgendeinen dummen Streit. Ich sehe die Dreschers nicht so oft. Patrick hat auch noch nie viel Wert auf ihre Gesellschaft gelegt. Er hat schon gestöhnt, als sie mit auf diese Wanderung gekommen sind. Er hatte die Hoffnung gehabt, endlich mal Urlaub mit seinen Eltern alleine machen zu können. Die Dreschers sind nämlich bei jedem mit dabei. Schon immer.«

»Das würde mich auch nerven«, stimmte Sunny ihr zu.

»Außerdem habe ich ein wenig Angst vor Helga. Sie ist so bissig und lässt keine Gelegenheit aus, an einem herumzumäkeln.«

»Damit wirst du doch fertig. Ich fand Walter unangenehmer.«

»Man spricht nicht schlecht über Tote.«

»Warum nicht? Werden sie nach dem Tod zu besseren Menschen?«

»Sympathisch war er mir auch nicht.« Jessica senkte ihre Stimme noch mehr, nicht ohne sich vorher vorsichtig umzusehen, ob nicht plötzlich jemand den Raum betreten hatte. »Er hat mich immer so angeschaut. Irgendwie – lüstern.«

»Dann bist du noch richtig gut dran. Mich hat er am Abend, bevor es losging, auf dem Hotelflur angegrapscht.«

»Wirklich? Hoffentlich hast du dich gewehrt.«

»Darauf kannst du wetten. Sei froh, jetzt wird er dich nie wieder anglotzen.«

»Das sollte man nicht sagen. Trotzdem hast du recht.«

Jessica zog ein kleines goldenes Kreuz unter ihrer Bluse hervor und küsste es. So behände, wie diese Bewegung war, ließ vermuten, dass sie das öfter machte.

Sie musste mehr lästerliche Dinge sagen oder tun, die so eine Vorsichtsmaßnahme nötig machten. Wie ein Teufel im Engelskostüm, dachte Sunny.

»Wie lange dauert das hier bloß noch?«, fragte Jessica dann. »Der Sturm muss doch endlich mal aufhören.«

»Sicher beruhigt sich die Lage heute Nacht«, sagte Sunny. Sie hoffte es auf jeden Fall sehr. Die Idee, den verkohlten Walter durch das Haus nach draußen zu bugsieren, bevor er innen alles verpestete, gefiel ihr nicht sonderlich.

»Ich gehe wieder auf mein Zimmer«, sagte sie. »Genieß dein Buch.«

Sie warf einen Blick auf die geschlossene Tür des Speisesaals. Hatte die sich gerade bewegt?

»Was erfahren?«, fragte Leo.

»Walter Drescher war ein Schwein und Bernd ist ein gottverdammter Heiliger«, antwortete Sunny schlecht gelaunt.

»Hast du noch etwas anderes erfahren, als dass Bernd ein Heiliger ist?«

»Jessica kann die Dreschers nicht leiden. Sie fragt sich – genauso wie ich –, was Bernd und Ute an ihnen finden.«

»Vielleicht steckt in ihnen mehr, als man von außen sehen kann.«

»In Walter steckte auf jeden Fall nichts, da bin ich sicher.«

»Man kann nicht immer alle Freundschaften verstehen. Menschen schweißen manchmal Dinge zusammen, von denen andere nichts wissen.«

»Und auch nicht verstehen wollen«, sagte Sunny. »Aber egal. Auf jeden Fall habe ich nichts Negatives herausbekommen. Bernd verhält sich in allem immer vorbildlich, sorgt für seine Familie und seine Angestellten und übernimmt Verantwortung.«

»Könnte zu viel Verantwortungsbewusstsein ihn zu Mord verleiten?«

»Das ist die Frage. Seine Geliebte hat er jedenfalls nicht umgebracht.«

»Das war auch zu spät. Die hatte ihn doch angezeigt.«

»Hatte sie schon oder wollte sie erst? Das könnte einen entscheidenden Unterschied machen.«

»So ganz genau kann ich dir das nicht sagen. Wir müssen wohl Anton danach fragen.«

»Erst sollten wir mal sehen, dass wir ins Bett kommen.«

»Essen wäre auch keine schlechte Idee.«

»Dann lass uns in mein Zimmer gehen. Ich habe noch Kekse. Bei den anderen ist es mir zu ungemütlich.«

Sie gingen über den Flur. Sunny öffnete die Tür zu ihrem Schlafzimmer und tastete in der Dunkelheit nach dem Lichtschalter. Ihre Hand berührte etwas Bewegliches. Es blitzte hell. Sie wurde förmlich zurückgeworfen und landete in den Armen von Leo, der diese geistesgegenwärtig ausgebreitet hatte. In ihrem Körper spürte sie ein Sirren und ein Blick auf ihre linke Handinnenfläche zeigte schwarze Spuren.

»Was ist passiert?«, keuchte Leo und hielt sie eine Nuance zu fest. Sunny fand das trotz ihres Schocks jedoch nicht allzu schlecht.

»Ich glaube, ich habe einen Stromschlag bekommen«, stammelte sie.

»Was zum Teufel …«

Leo schob sie an sich vorbei, damit er in den Raum sehen konnte. Das Flurlicht reichte offenbar nicht aus, um etwas zu erkennen.

»Ich hole meine Taschenlampe. Du rührst dich nicht vom Fleck.«

»Ich wüsste auch nicht, wo ich hinsollte«, erwiderte Sunny.

Sie sah Leo nach, wie er schnell, aber dennoch bemüht, leise zu sein, den Flur hinuntereilte, um seine Lampe zu holen. Sie spürte immer noch ein Kribbeln in ihrer Handfläche und betrachtete sie daher genauer. Sie hatte einen schmalen Striemen, der wohl vom Strom herrührte. Da kam Leo bereits zurück.

»Die anderen Sicherungen sind nicht rausgesprungen?«, fragte sie.

»Dafür ist deine Masse nicht stark genug«, erwiderte Leo. »Das war bei dem Radio in der Badewanne anders. Hier hat es nur dein Zimmer betroffen. Lass mich erst mal schauen.«

Er betrat den Raum und leuchtete am Lichtschalter die Wand hoch.

»Hier hängt ein Kabel von der Decke.«

»Ist es abgegangen?«

»Das glaubst du doch selbst nicht. Ich bin zwar kein Elektriker, aber sicher ist das nicht einfach von der Decke gefallen.«

»Du meinst, jemand wollte mich umbringen?«

»Zumindest einen gehörigen Schreck einjagen. So viel ist sicher.«

»Sollen wir nicht erst mal wieder die Sicherung in meinem Zimmer reinmachen?«

»Das werden wir schön lassen, solange hier das offene Kabel herumhängt. Ich kenne mich mit Strom nicht genug aus.«

»Einer hier kennt sich jedenfalls aus. Also wieder mal Zeit für eine kleine Befragung?«

»Was soll dabei herauskommen? Meinst du, diesmal meldet sich einer freiwillig, wo das doch bei Walter schon so gut geklappt hat?«

»Wir können es immerhin versuchen. Vielleicht ist der Täter so überrascht, weil ich noch lebe, dass er sich verplappert.«

»Weil Mörder das im Allgemeinen ja so machen.«

»Dein Sarkasmus hilft uns kein bisschen weiter.«

»Entschuldigung, dass ich ein wenig von der Rolle bin, nachdem du fast umgebracht worden bist.«

»Ich glaube nicht, dass ich sterben sollte. Dafür war der Schlag zu leicht.«

»Hast du mit der ganzen Hand den Schalter berührt?«

»Nein, nur mit der Handkante.«

»Siehst du. Nicht auszudenken, was geschehen wäre, wenn du ihn richtig angefasst hättest.«

»Ist ja nichts passiert. Können wir jetzt was essen?«

»Wegen mir. Aber nicht hier. Nicht in diesem Zimmer. Wer weiß, ob da drin nicht noch andere Fallen lauern.«

»Dann halt in der Küche. Da sich in ihr noch andere Leute außer uns aufhalten, werden dort wohl keine Fallen sein.«

»Sunny, kannst du bitte einen Gang zurückschalten, damit wir in Ruhe überlegen können, was wir jetzt tun sollten?«

»Was sollen wir schon tun? Du hast selbst gesagt, dass wohl keiner mit der Wahrheit herausrücken wird. Also was?«

»Dann sollten wir erst recht vorsichtig sein. Daher bin ich der Meinung, wir werden morgen früh das Freizeitheim und den Wald verlassen.«

»Anton hat gesagt, draußen sei es zu gefährlich.«

»Hier drinnen offensichtlich auch. Ich glaube deshalb, ich ziehe einen Aufenthalt im Wald vor. Den Sturm halte ich für berechenbarer als die ganze Sippe hier.«

»Die Sache muss sich doch auflösen lassen. Ich denke, wir sind der Wahrheit ziemlich nahe, und das weiß auch der Mörder.«

»Der dafür sorgen will, dass wir sie nie erfahren«, ergänzte Leo.

»Merkwürdigerweise hat er es nur auf mich abgesehen. Dich hat er noch nicht versucht umzubringen.«

»Ich weiß nicht, ob das jetzt ein Trost ist.«

»Für dich auf jeden Fall.«

»Sunny, ich verbiete dir, in der Sache weiter zu ermitteln.«

»Du tust was?«

So etwas hatte man Sunny noch nie gesagt. Sogar ihr Vater, der ihre Wohnung auflösen ließ, hatte ihr nur das Geld gestrichen, aber ihr noch nie etwas verboten.

»Du hast mich schon verstanden. Es betrifft auch nicht nur dich. Wir hören ab sofort auf, Licht in diesen Fall bringen zu wollen.«

»Wie kann man so feige sein.«

»Wieso bin ich feige, wenn ich am Leben bleiben möchte und will, dass du das auch tust, nur so am Rande.«

»Aber wir sind so nah dran.«

»Meinst du, jetzt ist der richtige Zeitpunkt, unser Wissen über den Mord an Walter zu verbreiten? Vor einer Nacht in einem Haus mit einem Mörder, der scheinbar zu allem bereit ist? Ich bete, dass wir die kommende Nacht noch überleben.«

»Findest du nicht, dass du die Sache ein bisschen dramatisierst?«

»Drei Tote sind dramatisiert?«

»Wovon einer bereits seit Ewigkeiten tot ist. Bleib fair.«

»Warum sollte ich? Der Mörder ist es ja auch nicht.«

Ihre Diskussion erschöpfte sich. Sunny hatte keine Lust mehr, nach Gründen zu suchen, und Leo fielen offensichtlich ebenfalls keine mehr ein. Sie standen vor Sunnys Zimmertür und schwiegen sich an.

»Hast du wirklich Sorge, dass wir die Nacht nicht überleben könnten?«

»Wir müssen wenigstens vorsichtig sein. Sehr vorsichtig. Der Täter hat den Überraschungseffekt auf seiner Seite. Wahrscheinlich will er es wie einen Unfall aussehen lassen.«

»Dann wird das mit dem Schlafen nichts?«

»Auf jeden Fall nicht gleichzeitig. Einer von uns sollte immer Wache halten.«

Sunny hatte eigentlich erwartet, dass Leo ihr anbieten würde, die ganze Nacht über sie zu wachen, aber er machte keine Anstalten, der vollkommene Gentleman zu sein. Ein wenig enttäuschte sie das. Sie konnte jedoch nicht genau sagen, warum.

»Wir müssen den Fall aber aufklären.«

»Wir müssen gar nichts.«

»Der Sturm wird nicht aufhören, wenn wir es nicht tun. Deswegen bist du doch hier.«

»Das heißt aber nicht, dass ich mich umbringen lassen muss.«

»Natürlich nicht. Aber die Toten verlassen sich auf uns.«

»Du hörst dich ja schon mehr wie ein Geisterjäger an als ich.«

»Kannst du mal sehen. Daher glaube ich auch nicht, dass sie uns weggehen lassen. Wie sind deine Erfahrungen damit?«

»Wenn wir für das ausgewählt worden sind, dann hast du recht. Die Geister werden es verhindern, dass wir gehen können.«

»Warum glaubst du dann nicht auch daran, dass genau diese Geister uns beschützen werden?«

»Ich weiß nicht, ob Honey dich beschützt, nachdem du so abfällig über sie gesprochen hast.«

»Dann halt Lutz König«, erwiderte Sunny, der es egal war, von welchem Geist sie beschützt wurde, Hauptsache einer tat es überhaupt.

»Ich finde es trotzdem nicht vernünftig, im Haus zu bleiben. Was hältst du davon, wenn wir zu Anton übersiedeln?«

»Wie willst du das den anderen erklären?«

»Warum sollte ich irgendetwas erklären wollen? Wir gehen und fertig.«

In Sunnys Gedanken schob sich das Bild der gemütlichen Hütte, des Feuers und der rustikalen Küche. Sie sah das kuschelige, leicht schäbige Sofa mit den großen Karos vor sich und eine nie gekannte Sehnsucht bemächtigte sich ihrer. Die Versuchung war groß, sofort und ohne Gepäck das Haus zu verlassen, um für immer in Antons Haus auszuharren und zu hoffen, dass der Sturm nie zu Ende gehen würde. Aber dieser Traum würde sich jetzt noch nicht erfüllen.

»Wir sollten hierbleiben«, sagte sie und hoffte, nicht allzu enttäuscht zu klingen. »Wenn wir zu Anton gehen, dann hat der Mörder gewonnen. Ich bin sicher, dass unsere Anwesenheit elementar wichtig ist, um das hier aufzuklären. Uns sollte da nichts entgehen.«

»Du weißt, dass ich damit nicht wirklich einverstanden bin.«

»Ja, das weiß ich. Aber du kannst doch gehen, wenn du möchtest.«

»Das würde ich nie tun. Ich würde hier auf keinen Fall ohne dich weggehen, das sollte dir klar sein.«

Er wollte sich wegen ihr zwar nicht die komplette Nacht um die Ohren schlagen, aber sie immerhin auch nicht alleine hierlassen. Damit konnte Sunny leben.

»Dann musst du hierbleiben, weil ich definitiv bleiben werde«, erwiderte sie.

»Eins steht auf jeden Fall fest, wir werden uns nicht trennen«, sagte Leo.

»Nie mehr?«, fragte Sunny belustigt, während irgendeine Stimme in ihrem Inneren laut Ja schrie.

»Nicht, bis wir das nicht überstanden haben«, sagte Leo. Sie konnte ihm nicht ansehen, was er dachte.

»Dann wäre zu klären, was wir als Nächstes unternehmen. Wenn wir keinen mehr befragen wollen, bleibt da nicht viel.«

»Wir sollten vielleicht erneut die Zimmer untersuchen.«

»Um was zu finden?«

»Das hier war ein Stromanschlag«, sagte Leo. »So

ganz ohne Werkzeug kann das nicht vonstattenge-gangen sein.«

»Ich nehme an, dass es Werkzeug hier aus dem Haus ist. Es geht doch keiner mit einer Abisolierzange wandern.«

»Dann muss es sich ja irgendwo befinden.«

»Ich bezweifle, dass wir es in einem der Zimmer finden werden. So doof kann der Täter nicht sein. Das wird wohl wieder an seinem Platz liegen.«

»Dann vielleicht mit Fingerabdrücken.«

»Die wird er wohl abgewischt haben.«

»Vielleicht aber auch nicht. Es wäre zumindest möglich. Die Chance sollten wir nicht leichtfertig vertun.«

»Okay. Wir suchen danach. Aber erst möchte ich trotzdem zu Anton. Sicher hat er noch irgendetwas herausgefunden, was uns helfen könnte.«

»Ich bin auch der Meinung, dass ihr drüben nicht sicher seid«, sagte Anton, als sie ihm die Neuigkeiten mitgeteilt hatten.

»Habe ich ihr alles schon gesagt. Sie will dennoch nicht gehen.«

»Dann bleibt wenigstens die ganze Zeit zusammen.«

»Das haben wir auf jeden Fall vor. Wir wissen im Moment nur nicht, wie es weitergehen soll.«

»Dann müssen wir darüber nachdenken«, erwiderte Anton.

»Du hast uns von Bernds Verhältnis erzählt. Hat er ihr Geld gegeben, bevor sie ihn angezeigt hat oder danach?«

»Danach«, sagte Anton. »Wenn ein Opfer eine Klage zurückzieht, ist das der Polizei nicht so recht, wie ihr vielleicht glaubt. Das hat immer einen üblen Beigeschmack. Aber mein Kollege sagte, sie waren damals der Meinung gewesen, dass von Bernd Friedmann keine große Gefahr ausginge. Ehrlich gesagt fanden sie die Geschichte dieser Frau unglaubwürdig.«

»Leider beweist es nichts«, sagte Sunny. »Mir wäre es lieber, es wäre andersherum. Unsere Überlegung war nämlich, dass Bernd damals nicht die Möglichkeit ergriffen hat, sie sich vom Hals zu schaffen. Mit dem Wissen der Polizei war das dann sowieso nicht mehr möglich.«

»Ich verstehe. Ihr sucht Gründe, dass er es nicht gewesen sein kann.«

»Ich kann es auch nicht so richtig glauben. Du kennst ihn nicht, aber er ist ein verdammt netter Mann.«

»Wenn alle Verbrecher das nicht wären, hätten wir es einfacher. Das stimmt. Leider ist das kein Kriterium.«

»Zumal seine Schwiegertochter Lobgesänge über ihn vorträgt«, gab Leo zu bedenken.

»Ihr vergesst dabei, dass viele Morde auch aus Verzweiflung begangen werden. Nicht jeder Mörder ist ein schlechter Mensch. Manchmal bestimmt das die Situation.«

»Also stehen wir wieder am Anfang?«

»Mal sehen. Wir fassen gleich zusammen, was wir bereits wissen. Dann fällt uns mit Sicherheit noch etwas ein.«

»Mit einer Person haben wir uns allerdings noch gar nicht richtig beschäftigt«, sagte Sunny.

»Du meinst Helga?«, fragte Leo.

»Genau. Warum schließen wir die automatisch aus, nur weil ihr Mann gestorben ist?«

»Ich weiß nicht, fehlt da nicht irgendwie die Logik?«

»Die könnten wir finden. Nehmen wir mal für einen Augenblick an, sie hat Lutz König um die Ecke gebracht. Nun sieht sie seine Leiche nach 30 Jahren wieder, so, als wäre er nie weg gewesen. Das muss ein Schock für sie sein.«

»Das wäre es wohl für jeden.«

»Sie bespricht sich mit ihrem Mann. Der sagt vielleicht, sie soll sich keine Schwachheiten einbilden.«

»So wie ich Walter kennengelernt habe, hätte der sich nie getraut, so etwas zu ihr zu sagen.«

»Dann hat er irgendwas Unterwürfiges in der Art zu ihr gesagt, ist doch jetzt egal.«

»Und aus Wut darüber, dass er ihr nicht glaubt, schmeißt sie ihm das Radio in die Wanne?«

»Alles möglich. Sie ist schließlich ein bisschen hitzköpfig.«

»Das finde ich überhaupt nicht. Eher im Gegenteil. Sie ist unfreundlich, hat sich ansonsten aber ziemlich gut in der Gewalt.«

»Dann muss sie einen Vorteil davon haben, wenn er tot ist.«

»Kann das sein, dass du dir im Moment das Motiv ein wenig konstruierst?«

»Dann mach einen besseren Vorschlag.«

»Ich habe keinen. Sonst hätte ich ihn längst erwähnt. Ich sage ja nicht, dass es unmöglich ist. Aber wie passt zum Beispiel Honey in die Geschichte? Und komm mir jetzt nicht schon wieder mit der These, dass Walter sie unsittlich angefasst hat.«

»Eine bessere habe ich nicht anzubieten.«

»Dann sollten wir weiter überlegen.«

»Ich habe mir die ganze Sache auch immer und immer wieder durch den Kopf gehen lassen, aber ich finde keinen roten Faden, der das hier entwirren könnte«, sagte Anton.

»Warum kann uns dieser verdammte Geist von König nicht helfen«, sagte Sunny wütend. »Schließlich will er doch, dass wir das hier aufklären.«

»Musst du so respektlos über einen Toten sprechen?«

»Das hat gar nichts damit zu tun, dass er tot ist. Das ist einfach kein Benehmen. Er könnte uns sicher mit Hinweisen versorgen. Aber da kommt nichts.«

»Vielleicht gibt er Hinweise, aber wir können sie nicht deuten.«

»Na toll. Kooperation mit der Geisterwelt habe ich mir ein wenig ergiebiger vorgestellt.«

»Apropos Lutz König.« Leo wandte sich wieder Anton zu. »Bist du Sunnys Zwillingsbruder-Gedanken mal nachgegangen?«

»Bin ich«, antwortete der Angesprochene. »Lutz

König hatte nur eine Schwester, aber die ist schon vor Ewigkeiten nach Australien ausgewandert.«

»Dann führt die Spur auch wieder ins Nichts«, sagte Sunny missmutig. »Ein Toter, der kein Geist ist, hätte die Sache vereinfacht. Dann hätten wir wenigstens ein Rachemotiv.«

»Ich glaube, die Auflösung steht und fällt mit der Antwort, wer Honey überhaupt ist«, sagte Leo. »Irgendwie habe ich das Gefühl, sie ist der Schlüssel zu allem.«

»Das sagst du nur, weil du sie toll fandest.«

»Bitte nicht das schon wieder.«

»Sie muss ja anscheinend sehr hübsch gewesen sein«, sagte Anton.

»Das war sie tatsächlich. Auch wenn Sunny das nicht hören will. Wunderschöne, fast filigrane Gesichtszüge, eine glasklare Haut und tiefgründige graue Augen. Sie war wirklich eine Schönheit.«

»Da fällt mir ein, ich habe heute beim Recherchieren doch noch was bekommen. Das hat aber nur am Rande mit der ganzen Sache zu tun. Lutz König hatte ja noch eine Tochter, die damals hier gefunden wurde.«

Anton stand auf und ging zur Anrichte hinüber.

»So sieht sie heute aus.«

Er hielt ihnen ein Bild hin. Das Foto zeigte Honey.

13

Außer dem Wind hörte man nichts mehr in der Hütte. Der Sturm schien im selben Moment noch an Kraft gewonnen zu haben, er rüttelte an den Fensterläden, zerrte an den Holzschindeln und warf kleine Äste an die Scheiben. Sunny hatte einen Moment das Gefühl, er hätte sie eingeschlossen hier in ihrer kleinen Welt und würde sie nicht eher vor die Tür lassen, bevor sie nicht aufgeklärt hätten, was hier los war. Sie spürte einen Hauch neben sich und drehte sich um, fast als würde sie erwarten, auf einmal Honey vor sich zu sehen, die großen grauen Augen fest auf sie gerichtet, vertrauensvoll, in der Hoffnung, dass Sunny ihr Schicksal aufklären würde.

»Ich bemühe mich«, flüsterte sie automatisch.

Der Lärm draußen übertönte ihr Versprechen, das sie auf einmal nur allzu gern gab. Sämtliche Vorbehalte waren von ihr abgefallen und ihr einziges Ziel war es ab diesem Moment, Honey König zu helfen und sie zu beschützen. Auch wenn es dafür schon zu spät war. Sie nahm diese Aufgabe an wie etwas Selbstverständliches. Sie verspürte plötzlich den Wunsch, Verantwortung zu übernehmen.

»Sie ist es«, sagte Leo, nahm Anton das Foto aus der Hand und betrachtete es fast liebevoll. Sunny verspürte darüber keinerlei Feindseligkeit mehr.

»Wer ist sie?«, fragte Anton, der den Zusammenhang offenbar noch nicht verstanden hatte.

»Das ist Honey.«

»Die Frau, die ihr morgens tot in ihrem Zimmer gefunden habt? Dann ergibt vieles einen Sinn.«

Sie traten zusammen und schauten Honey König an.

»Das ist Caroline König«, fing Anton mit den Fakten an, ganz so, als würden ihm die neutrale Stimme und die analysierende Haltung genug Abstand geben, das Vorgefallene zu verdauen. »Die Tochter von Lutz König. Sie haben wir damals in ihrem Bett gefunden, nachdem man die Leiche ihres Vaters entdeckt hatte. Ihr Zwillingsbruder blieb verschwunden. Das habe ich euch ja bereits erzählt.«

»Was war mit ihrer Mutter?«, wollte Sunny wissen und fragte sich, ob ihre Mutter ebenso schön gewesen war wie ihr Kind.

»Die ist kurz nach der Geburt verstorben. Der Vater war mit den Kindern alleine. Das machte die ganze Sache noch tragischer. Caroline wuchs danach bei ihren Großeltern auf.«

»Und nach all diesen Jahren erscheint sie ausgerechnet in dem Augenblick, wo ihr Vater ermordet worden ist, und das auch noch in dem Moment, wenn wir gerade hier sind?«

»Sie muss gewusst haben, dass wir kommen«, sagte Sunny. »Vielleicht hatte sie die Mitglieder unserer Gruppe schon jahrelang im Auge und nur darauf gewartet, zuschlagen zu können.«

»Was verstehst du unter zuschlagen?«, fragte Leo. »Was sollte sie vorgehabt haben?«

»Vielleicht wollte sie den Mörder ihres Vaters ebenfalls ermorden.«

»Das kann ich nicht glauben. Du hast doch gesehen, wie verwirrt sie war.«

»Gibt es zu dieser Verwirrtheit irgendwelche Hinweise?«, wandte sich Sunny an Anton.

»Nicht direkt. Sie hatte wohl Depressionen. Wurde immer mal wieder behandelt. Kein glückliches Dasein. Das kannst du mir glauben.«

»Woher weißt du so viel über sie?«

»Ich habe ihr Leben ein wenig verfolgt. Der Fall ging mir damals ziemlich nahe. Das arme Kind wurde nie wirklich glücklich.«

»Und jetzt ist sie tot«, sagte Leo düster.

»Verwirrtheit würde auf jeden Fall erklären, warum sie so dünn bekleidet im Wald herumlief.«

»Meinst du, der Geist ihres Vaters hat sie hierhin geführt?«

»Möglich wäre das«, sagte Leo. »Aber wozu? Ihr Vater hatte mit Sicherheit kein Interesse daran, sie in

Gefahr zu bringen. Er ist doch wohl eher der beschützende Geist.«

»Wäre auch die Frage, ob sie im Moment irgendwo in Behandlung war. So durcheinander, wie sie war, liegt das nahe.«

»Falls sie überhaupt vorher schon so war. Es könnte auch daran liegen, dass sie in dieser Nacht auf einmal die Leiche ihres Vaters gesehen hat.«

»Ob sie aktuell in Behandlung war, kann ich herausbekommen«, sagte Anton. Er erhob sich und stieg die Treppe zur oberen Etage hinauf.

»Caroline König«, sagte Sunny, die Honeys Bild an sich genommen und es sich mit ihm auf der Couch bequem gemacht hatte. »Honey.«

»Halt mich für verrückt, aber ich bin sicher, dass ich ihr Gesicht schon mal gesehen habe«, sagte Leo.

»Tue ich nicht«, erwiderte Sunny.

Sie hatte keine Lust mehr daran, Leo wegen seiner Vorliebe für Honey aufzuziehen. Sie betrachtete das Bild der jungen Frau und sie tat ihr einfach nur unendlich leid.

»Warum eigentlich Honey?«, fragte sie.

»Ich vermute, das war der Kosename ihres Vaters für sie. Passte auf jeden Fall. Ihr Haar hatte die Farbe von Honig.«

»Warum war sie hier? Glaubst du wirklich, der Geist ihres Vaters hat sie hierhin gelockt?«

Sunny blickte sich unwillkürlich um, als erwartete sie, seinen Geist zu sehen.

»Wäre das nicht ziemlich grausam von einem Vater?«

»Warum? Er konnte schließlich nicht wissen, dass sie umgebracht werden würde. Vielleicht sollte sie hier etwas regeln.«

»Den Täter überführen?«

»So in der Art.«

»Würdest du dein Kind deinen Täter aufspüren lassen?«

»Ich habe weder ein Kind, noch bin ich tot.«

»Aber du hast einen gesunden Menschenverstand.«

»Wahrscheinlich würde ich es nicht tun. Aber wer weiß. Solche Einstellungen können sich ändern.«

Sie hörten über sich den Holzboden knarzen. Anton hatte seine Nachforschung offensichtlich beendet. Er kam die schmale Treppe herunter. Sein Gesichtsausdruck spiegelte Ungläubigkeit und Überraschung wider. Sunny konnte ihn nicht deuten.

»Caroline König hat sich in der Nacht von Donnerstag auf Freitag das Leben genommen.«

»Das kann nicht sein«, sagten Leo und Sunny unisono, obwohl sie die jüngsten Ereignisse eines Besseren belehrt haben sollten.

»Leider doch. Mein Freund hat mir das eben über Funk bestätigt. Ihr kommt nicht drauf, wie sie sich umgebracht hat.«

»Sie hat sich erhängt«, sagte Leo, ohne Freude daran

zu zeigen, dass er offensichtlich richtig geraten hatte, da Anton nickte.

»Ja. Sie war zu dem Zeitpunkt gerade erst aus der Psychiatrie heraus. Eigentlich dachte man, dass sie so stabil sei, um es alleine zu schaffen.«

»Das hat offenbar nicht besonders gut funktioniert«, erwiderte Sunny. »War sie da schon verwirrt?«

»Nein. Verwirrt war sie wohl nie. Sie war schwer depressiv, aber auf keinen Fall durcheinander.«

»Dann frage ich mich, woher das kam?«, erwiderte Leo.

»Hallo?«, rief Sunny dazwischen. »Habt ihr keine anderen Fragen als die, ob sie verwirrt war oder nicht? Ist es euch eigentlich bewusst, dass sie vorgestern Nacht bereits ein Geist war, als sie bei uns auf dem Stuhl saß?«

»Das ist noch nicht raus«, antwortete Leo, um sich gleich darauf Anton zuzuwenden. »Wann hat sie sich umgebracht?«

»Zwischen drei und fünf Uhr. Ihre Freundin hat sie erst zehn Stunden später in ihrer Wohnung gefunden.«

»Siehst du«, sagte Sunny zu Leo. »Sie war noch kein Geist, als sie bei uns auf dem Stuhl saß.«

»Sie kann aber unmöglich hier und gleichzeitig dort gewesen sein. Auf jeden Fall nicht in körperlicher Form«, gab Anton zu bedenken.

»Sie kann auch schon hier gewesen sein, wenn sie noch nicht tot war, indem sich ihr Geist bereits vorher abgespalten hat.«

»Wie muss ich mir das vorstellen?«, fragte Anton.

»Wenn die Seele in ihrem eigenen Körper so malträtiert wird, verlässt sie ihn bereits vorher. Das würde erklären, dass wir die Strangulationsmale erst später gefunden haben. Und da war sie dann auch wirklich tot.«

»Und vorher eine Erscheinung? Eine äußerst körperliche, wenn du mich fragst.«

»Ebenfalls eine sehr warme. Ich habe ihr ja den Arm um die Schulter gelegt. Man hätte nichts Ungewöhnliches merken können.«

»Das hat was Zombiehaftes an sich«, sagte Sunny und schauderte leicht, weil sich ihr Assoziationen von Filmen mit Untoten aufdrängten.

»Das hat überhaupt nichts damit zu tun. Zombies sind verlorene Seelen.«

»Meines Wissens ist man das als Selbstmörder auch.«

»Du glaubst doch nicht diesen alten Quatsch, dass Gott dich nicht in den Himmel lässt, wenn du dich selbst umgebracht hast? Es stimmt, dass viele Selbstmörder nicht ins Licht gehen, weil sie auch an das glauben und Angst vor der Strafe der ewigen Verdammnis haben, aber ihnen wird nicht der Zutritt verweigert.«

»Okay, das wirst du besser wissen. Es ist auch nicht wirklich wichtig, wie sie hier war, sondern warum.«

»Bis jetzt habe ich noch nichts gehört, was von unserer Annahme abweicht, dass der Mörder von Lutz König unter uns ist. Im Gegenteil. Honeys – Carolines – Anwesenheit stützt das sogar noch. Und schafft uns gleichzeitig ein weiteres Problem vom Hals.«

»Welches?«, fragte Anton.

»Wo die Leichen geblieben sind natürlich. Dass Honey auch ein Geist war, löst all unsere Probleme. Es ist nämlich jetzt vollkommen unerheblich, wo wer zu dem Zeitpunkt war, an dem wir den Mord an Lutz und Honey vermutet haben. Außerdem brauchen wir uns nicht mehr den Kopf zu zerbrechen, wie die Leichen aus dem Fenster gekommen sind und ebenfalls nicht, wohin.«

»Sunny, wir haben es verstanden«, unterbrach Leo sie amüsiert. Sunny fragte sich, ob es überhaupt irgendetwas gab, worüber er sich aufregte oder ärgerte.

»Das beweist, dass wir im Endeffekt nur den Mord an Walter haben, den wir aktuell aufklären müssen. Dieser Mord ist der Schlüssel zu allem, glaubt es mir.«

»Dass er etwas mit der ganzen Sache zu tun hat, haben wir vorher auch schon vermutet.«

»Aber wir haben den Zusammenhang zu den anderen Morden nicht herstellen können. Deswegen müssen wir von vorne anfangen und das sortieren, was wir bereits wissen.«

»Wir müssen nur andere Schlüsse ziehen«, sagte Anton. »An den Fakten ändert sich dabei nichts.«

»Nur – dann muss Bernd Friedmann gelogen haben, wenn er sagt, dass Jochen König erschlagen hat. Dass der einen Doppelgänger hat, glaubt jetzt keiner mehr von uns ernsthaft.«

Eigentlich meinte Leo Sunny, da er nur sie ansah.

»Nicht mehr, seit Honey zu dem Zeitpunkt ebenfalls schon fast tot war. Vorher hatten wir Probleme damit, ihre Anwesenheit hier zu erklären. Das fällt nun weg.«

»Also sollten wir als Erstes deinen Jochen freilassen.«

»Er ist nicht mein Jochen«, betonte Sunny. »Auf jeden Fall nicht mehr. Ich bezweifle jedoch, dass die anderen das zulassen. Sie haben ihren Täter bereits gefunden.«

»Wenn wir Bernd mit dem konfrontieren, was wir wissen?«

»Dann halten sie uns im günstigsten Fall für verrückt. Von den Geistererscheinungen ahnt außer uns keiner was.«

»Ich bin auch der Meinung, ihr müsst noch etwas wirklich Handfestes haben«, sagte Anton. »Etwas, was sie so umhaut, dass der Mörder sich verplappert oder sogar freiwillig gesteht. Mit Beweisen wird es schwierig nach so langer Zeit. Selbst wenn einer der Verdächtigen zu Hause etwas aufbewahrt, das ihn überführen könnte, hilft uns das im Wald nichts.«

»Damit hast du wohl recht«, sagte Leo.

»Interessant ist auf jeden Fall, dass alle in der Zeit hier waren, als Lutz König ermordet wurde.«

»Alle?«, fragte Sunny. »Auch Jochen?«

»Alle«, wiederholte Anton. »Bis auf Patrick Friedmann. Das war sowieso komisch. In dem Jahr war noch einiges andere los. Mein Freund hat Zeitungsberichte gefunden, laut denen der Sohn des Industriellen Bernd Friedmann 1988 einen Unfall hatte und ertrunken ist.«

»Hatten Bernd und Ute noch ein weiteres Kind?«, fragte Sunny geschockt. Der Verlust eines Kindes musste für die Eltern furchtbar sein.

»Sieht so aus. Fakt ist aber auch, dass sie und die Dreschers sich vorher nicht gekannt haben. Daran konnte sich ihre Wirtin aus dem Ort noch erinnern. In dieser Pension haben beide Paare übernachtet. Sie wusste es deswegen noch so genau, weil in jenem Jahr der Mord war und sie sich mit ihren Gästen darüber unterhalten hat. So was passiert hier nicht so oft. Deshalb war es natürlich dauernd im Gespräch.«

»Warum hat man sie damals nicht verdächtigt?«

»Warum sollte man? Sie logierten im Nebenort, und Wanderer haben wir hier viele. Nichts am Tatort deutete auf jemand Bestimmten hin. Du kannst nicht in der Gegend herumlaufen und wahllos Leute verdächtigen. So funktioniert Kriminalistik nun auch nicht.«

»Außerdem, warum sollte ein Industrieller mit Geld losgehen und einen Vater von zwei Kindern wegen einer Handvoll Geld in seiner Brieftasche erschlagen?«, fragte Leo.

»Einer von denen hat es aber gemacht, da sind wir uns wohl einig.«

»Dann eher einer der Dreschers. Wenn sie damals schon so mit dem Geld um sich geworfen haben, konnten die sicher jeden Cent brauchen.«

»Aber warum sollten sich die Friedmanns dann mit ihnen abgeben?«

»Du hast doch gehört, die haben sich vorher gar nicht gekannt.«

»Ich weiß noch etwas anderes«, warf Anton dazwischen. »Ich wollte euch die Informationen nur häppchenweise geben, damit so viele Fragen und Schlussfolgerungen wie möglich gestellt und gezogen werden. Die Dreschers bekommen von Friedmann seit dieser Zeit Geld. Damals monatlich 4000 Mark, mittlerweile 3000 Euro, also eine ganze Menge. Steuerfrei, da Bernd das seinem Privatvermögen entnimmt.«

»3000 Euro? Damit kann man verdammt komfortabel leben«, sagte Sunny.

»Ganz meine Meinung. Die Frage ist nur, warum bezahle ich das Leuten, die ich vorher noch gar nicht kannte?«

Sunny war durchaus klar, dass Anton die Antwort natürlich wusste, sie aber nicht um ihr Erfolgserlebnis bringen wollte. Das rechnete sie ihm hoch an.

»Weil sie etwas über mich wissen, was kein anderer wissen soll«, schlussfolgerte sie genüsslich. »Weil ich jemanden umgebracht habe und dabei beobachtet worden bin. Weil ich lieber bezahle, als ins Gefängnis zu gehen.«

»Sunny, hat dir schon mal einer gesagt, dass du unheimlich penetrant bist, wenn du eine fixe Idee hast?«

»Jemand muss es ja sein.«

Kritik von Leo perlte an Sunny mittlerweile ab wie Wassertropfen an einer Fassade mit Lotuseffekt.

»Entweder war es Bernd Friedmann oder seine

Frau. Wenn die es war, muss ihr Mann allerdings davon gewusst haben.«

»Warum das?«

»Weil das Geld von ihrem Mann bezahlt wurde.«

»Also sind wir wieder bei Bernd und Ute. Wo wir auch vorher schon waren«, konstatierte Leo. »Was erneut beweist, auch die Sympathischen können Mörder sein.«

»Dann ist auch Walters Tod kein großes Hexenwerk mehr«, sagte Sunny.

»Aber warum sollten Bernd oder Ute ihn erst jetzt ermorden? Und warum nur ihn?«

»Vielleicht ist Helga ja auch noch dran.«

»Meinst du nicht, die hätte Zeter und Mordio geschrien?«

»Was hätte ihr das geholfen? Soll sie sagen, dass sie 30 Jahre den Mörder eines Familienvaters erpresst hat?«

»Besser als sich umbringen zu lassen.«

»Hört auf«, sagte Anton. »Ihr macht den Fehler, dass ihr zu viel zusammenwerft. Zerlegt die ganze Sache in kleinere Stücke. Ich muss vom Einzelteil auf das große Ganze kommen, wie bei einem Puzzle.«

»Ich wäre jetzt eher dafür, zurückzugehen und der ganzen Mannschaft gewaltig in den Hintern zu treten.«

»Also nach dem Motto, wir werfen eine Bombe ins Wasser und schauen mal, welche Fische mit dem Bauch nach oben schwimmen?«, fragte Anton amüsiert.

»So ungefähr. Wenn wir ihnen dieses Wissen vor die Füße knallen, werden sie unruhig und verraten sich sofort. Da kannst du Gift drauf nehmen.«

»Das freundliche Angebot werde ich ablehnen«, erwiderte Leo gelassen. »Und solch eine unüberlegte Handlung wird auch nicht stattfinden.«

»Leo hat recht«, sagte Anton. »Ihr habt nur eine Chance. Wenn ihr die vermasselt, werden wir nie herausfinden, was damals wirklich los war. Wir sollten versuchen, noch mehr Informationen zu bekommen.«

»Ich weiß beim besten Willen nicht mehr, wo wir noch ansetzen können«, sagte Sunny.

Sie fühlte sich resigniert, da ihre euphorische Vorfreude auf eine schnelle Lösung des Falles gedämpft wurde. Sie waren so nahe dran, das wusste sie. Sie konnte sich noch nie gut damit abfinden, zur Handlungsunfähigkeit verdammt zu sein.

»Deswegen wartet ihr auch noch ein wenig ab. Ich versuche, noch mehr Informationen zu bekommen. Aber es geht nicht immer ganz so schnell, wie ich mir das wünsche.«

»Ich finde schon beachtlich, was du bisher herausgefunden hast«, sagte Leo. »Ohne das wären wir jetzt nicht so weit.«

»Dabei wollte ich im November eigentlich gar nicht in die Hütte kommen. Ich habe ein Haus im Ort. Aber irgendetwas zog mich hierher.«

»Jetzt wissen wir auch, was es war«, sagte Leo.

»Dann werde ich mich noch etwas gedulden«, meinte Sunny einsichtig.

»Der ganze Gedankengang hat allerdings einen Haken«, bemerkte Anton.

»Das wird nicht der Einzige sein, vermute ich«, erwiderte Leo. »Trotzdem würde ich ihn gerne hören.«

»Der Mord an Walter liegt mir im Magen«, sagte Anton. »Dieser Mord passt einfach nicht in die jetzige Zeit.«

»Mord sollte eigentlich in gar keine Zeit passen«, meinte Leo.

»Du weißt, was ich meine. Warum ist Walter Drescher ermordet worden? Das lässt mir einfach keine Ruhe.«

»Weil er entweder etwas wusste, das er nicht wissen sollte, oder auf einmal sein moralisches Gewissen entdeckt hat«, erwiderte Leo.

»Für ein plötzliches moralisches Gewissen ist es doch wohl ein wenig zu spät, oder?«

Sunny konnte sich nicht vorstellen, dass Leute wie Walter, der Frauen nachspannte oder versuchte, sie unsittlich zu berühren, so etwas wie ein moralisches Gewissen geplagt haben sollte. Das passte einfach nicht zu seiner Person.

»Dafür ist es nie zu spät«, antwortete Anton. »Du wirst nicht glauben, wie viele Leute doch noch umkehren und versuchen, das Richtige zu tun.«

»Mal angenommen, das wäre so. Was ist denn dann in dem Fall das Richtige?«

»Wenn er vorher erpresst hat, dann könnte ihm aufgefallen sein, dass das nicht der richtige Weg ist.«

»Irgendwie fehlt mir da der Zusammenhang zu seinem Tod«, sagte Sunny verwirrt.

»Ist doch logisch. Er will die Friedmanns nicht mehr erpressen und muss deswegen sterben«, schlussfolgerte Leo.

»Was ist das denn für ein Quatsch? Wem sollte dann sein Tod etwas nützen?«

»Den Friedmanns natürlich.«

»Das wird doch immer verworrener. Er beschließt, das Erpressen sein zu lassen und wird zum Dank dafür ermordet? Das ist doch Blödsinn.«

»Was ist denn, wenn ihn der Fund von Lutz König aus der Bahn geworfen hat?«, fragte Anton.

»Wäre eine Möglichkeit. Aber damit ist sein Tod dennoch nicht erklärt. Schließlich hat er sich nicht selbst umgebracht. Das haben wir mittlerweile ja festgestellt.«

»Und wenn König oder Honey ihn umgebracht hat?«

Der Gedanke war Sunny bereits eine ganze Zeit lang im Kopf herumgegangen, ohne dass sie es ausgesprochen hatte. Irgendwie kam ihr diese Idee makaber vor.

»Das ist eine ganz neue Betrachtungsweise«, antwortete Anton sichtlich verblüfft. »Das haben wir noch gar nicht in Erwägung gezogen. Ist so was möglich?« Mit der Frage wandte er sich an Leo.

»Können Geister töten?«

»Nein«, sagte der bestimmt. »Auf jeden Fall nicht, wenn

wir den Begriff Geist richtig benutzen. Sie können uns Angst einjagen, wenn auch in den meisten Fällen unabsichtlich, weil das nur aus der Tatsache resultiert, dass die meisten Menschen ungerechtfertigterweise Angst vor Geistern haben. Dämonen können töten. Aber normale Geistwesen wie Lutz und Honey töten sicherlich nicht.«

»Ich weigere mich zu glauben, dass einer der beiden so etwas wie ein Dämon ist«, sagte Sunny.

»Nicht einmal Honey?«, fragte Leo und zwinkerte ihr zu. Sunny ignorierte ihn einfach.

»Dann fällt diese Theorie wohl flach«, sagte Anton. »Darüber bin ich ehrlich gesagt auch ziemlich erleichtert. Hätte mich hier in Zukunft nicht wohlgefühlt, wenn Dämonen durch den Wald streifen würden.«

»Was wäre denn, wenn die Dreschers jetzt einfach mehr Geld haben wollten?«

»Warum sollte denn das ausgerechnet nach 30 Jahren und jetzt hier im Wald so sein?«

»Irgendwann muss es ja mal anfangen. Vielleicht hat sie die Leiche von König so aufgeschreckt, dass sie überlegt haben, sie müssten jetzt mehr Geld haben.«

»Das halte ich für eine ziemlich krude Theorie.«

»Da hast du wohl recht.«

Alle drei schwiegen, betrachteten wieder einmal das Feuer und hatten das Gefühl, sich nur im Kreis zu drehen.

»Wenn Walter aus Rache umgebracht wurde, dann sollten wir uns ernsthaft Gedanken um Helga machen.«

»Wenn wir davon ausgehen, dass Helga von der Erpressung wusste.«

»Meinst du ernsthaft, sie wusste es nicht? Das kann ich nicht glauben.«

»Ich – ehrlich gesagt – auch nicht. Ich halte eher Helga für die treibende Kraft der Erpressung.«

»Warum ist dann Walter zuerst umgebracht worden?«

»Irgendwo musste der Mörder ja anfangen.«

»Wenn es so ist, dann schwebt Helga auch in höchster Gefahr.«

»Erst einmal warst du in Gefahr«, sagte Leo. »Es schien dem Mörder tatsächlich wichtiger zu sein, dich von der Ermittlung abzuhalten.«

»Mit ziemlich wenig Erfolg«, sagte Sunny stolz. »Mich bekommt niemand so einfach zum Schweigen.«

»Das kann ich ohne Weiteres bestätigen«, sagte Leo amüsiert. »Trotzdem ist es richtig. Helga schwebt in größerer Gefahr, als wir vielleicht denken.«

»Ich weiß noch nicht, ob mich das stören sollte«, sagte Sunny. »Wenn sie sich alle gegenseitig umbringen, ist das Thema doch schnell erledigt.«

»Wäre mir auch am liebsten«, stimmte Leo ihr zu. »Aber das Problem ist, dass Honey und Lutz damit nicht einverstanden sein werden. Honey will auf jeden Fall, dass der Mord an ihrem Vater gesühnt wird. Da reicht es ihr sicher nicht, wenn der Mörder ihres Vaters einfach nur tot ist. Sie möchte, dass er als Mörder abgestempelt wird, dass jeder weiß, was er getan hat.«

»Das kann ich nachvollziehen. Das würde ich auch wollen.«

»Vielleicht können wir an das moralische Gewissen des Mörders appellieren.«

»Schon wieder das moralische Gewissen? Damit hast du es heute aber.«

»Einer muss ja was damit zu tun haben.«

»Können wir mal wieder zum Thema kommen?«, fragte Anton. »Falls ihr es vergessen habt, wir stecken mitten in einer Mordermittlung.«

14

»Wisst ihr, was seltsam ist?«, fragte Sunny.

»Wie sollten wir das wissen?«, entgegnete Anton.

»Wir haben uns noch gar keine Gedanken darüber gemacht, warum Lutz König überhaupt sterben musste. Wegen des bisschen Geldes kann es ja wohl nicht gewesen sein.«

»Kommt darauf an, wie viel Geld du hast. Wenn du bettelarm bist, ist ein Zwanziger es schon wert, jemanden zu töten.«

»Bettelarme sind in der Regel jedoch anständige Menschen.«

»Ich sage ja, dass ich das Tatmotiv Raubmord nicht wirklich glauben kann. Also, warum wurde Lutz getötet?«

»Das ist eine interessante Frage.«

»Was habt ihr denn damals geglaubt?«, wandte er sich an Anton.

»Wir hatten kein Motiv, das uns wirklich befriedigte. Wir haben das Leben von König unter die Lupe genommen, aber da konnte man kein Motiv für einen Mord finden. Wir haben sein ganzes Leben auf den Kopf gestellt. Nichts. Schließlich haben wir uns doch mit dem Motiv Raubmord begnügt. Was sollten wir machen?«

»Mir reicht das nicht. Warum musste König sterben? Ich betrachte diese Frage als immer noch ungeklärt.«

»Dann lass uns mal ein paar Möglichkeiten durchgehen.«

»Eifersucht? König hatte vielleicht ein Verhältnis mit Ute und Bernd wusste sich nicht anders zu helfen?«

»Um ein paar Jahre später genau das Gleiche zu tun und selbst mit einer Frau fremdzugehen? Das kann ich mir nicht vorstellen.«

»Du meinst, wenn man bereits einmal einen Menschen aus Eifersucht ermordet hat, dann macht man nicht mehr die gleiche Sache, die einen damals zum Mord getrieben hat?«

»So ungefähr.«

»Dann fällt das Motiv ja wohl weg.«

»Wie wäre es, wenn Lutz Bernd mit etwas erpresst hat und der ihn aus Verzweiflung umgebracht hat?«

»Wäre eine Möglichkeit. Aber würde Lutz dann als Geist erscheinen, wenn er so viel Dreck am Stecken gehabt hätte?«

»Du meinst, er müsste sich selbst schämen und

würde dann nicht auf die Idee kommen, seinen Tod rächen lassen zu wollen?«

»So in der Art.«

»Aber erst Honeys Tod hat ihn aus der Versenkung geholt. Vielleicht will er eher, dass der Tod seiner Tochter gerächt wird?«

»Dann müsste die ganze Sache auf einem gigantischen Zufall beruhen.«

»Was meinst du?«

»Wir sind just an diesem verlängerten Wochenende in der Hütte. Genau in dieser Nacht bringt Honey sich um, damit sie hier mit ihrem Vater erscheinen kann?«

»Stimmt, woher sollte sie wissen, dass wir gerade jetzt hier sind?«

»Dafür gibt es nur eine logische Erklärung.«

»Und die wäre?«

»Entweder hat es ihr einer gesagt oder Honey musste bereits vorher Kontakt mit ihrem Vater gehabt haben.«

»Du meinst, Lutz hat verursacht, dass sie sich in dieser Nacht umbringt, damit sie mit ihm hier sein kann? Das ist ja grausam.«

»Das ist es wirklich. Das zum Beispiel hätte für mich etwas Dämonisches.«

»Du sagst es. Würde ein Vater seiner Tochter so etwas antun?«

»Das ist die Frage. Sollte es vielleicht als Erlösung gemeint sein?«

»Weil Caroline ihr ganzes Leben psychisch krank

und depressiv war? Könnte einen Vater ziemlich mitnehmen. Leo, was meinst du?«

»Ich gehe davon aus, dass sich Lutz nur eine Ebene höher befindet. In dieser Dimension sind die Seelen noch sehr nah an uns dran. Das sind die Schatten, die wir aus den Augenwinkeln sehen. Wahrscheinlich hat er Carolines ganzes Leben über sie gewacht. Es muss ihm das Herz gebrochen haben, sein Kind so leiden zu sehen.«

»Vielleicht hat sie sich auch ohne seine Aufforderung umgebracht. Er muss sie nicht dazu animiert haben.«

»Ja, gut möglich. Dann wäre der Zeitpunkt wirklich nur ein Zufall.«

»Da Honey ihrem Vater zu verbunden ist, weigert sie sich wahrscheinlich zu gehen, bevor der Mörder nicht gestellt ist.«

»Das werden wir jetzt nicht klären können. Es könnte sein, dass wir später noch irgendein Zeichen bekommen, wenn das alles hier vorbei ist.«

»Falls es das mal ist«, sagte Sunny trübsinnig und horchte auf das Pfeifen des Sturmes.

»Ihr solltet jetzt zurückgehen, sonst fragen sich die anderen ernsthaft, was ihr hier macht.«

»Dass wir hier sind, das ahnt Bernd bereits. Er hat uns sowieso nicht geglaubt, dass wir irgendwo im Wald stehen, um uns zu besprechen. Er ist nicht dumm.«

»Mir ist es egal, was sie denken«, sagte Sunny. »Wer will freiwillig in dieser Gruppe bleiben!«

»Wollt ihr nicht doch lieber hierbleiben?«, fragte

Anton. »Zwei Anschläge auf Sunny machen mich unruhig.«

»Mich auch. Das kannst du glauben. Aber diese beiden waren nicht sehr überzeugend ausgeführt.«

»Du musst es ja wissen. Mir wäre es lieber, du nähmest die Sache ein wenig ernster.«

»Ich nehme das ernst genug, sei sicher. Ich halte nur nichts davon, den Kopf in den Sand zu stecken. Ich lasse mich nicht einschüchtern. Wenn ich jetzt nicht rübergehe, dann hat der Täter gewonnen. Das will ich nicht.«

»Diese Einstellung unterstütze ich«, sagte Anton. »Ich will nur, dass du doppelt vorsichtig bist.«

»Das verspreche ich dir.«

»Ich lasse sie auch nicht aus den Augen«, sagte Leo. »Sie bleibt immer ganz in meiner Nähe.«

»Ich glaube, das liegt aber nur in zweiter Linie an den Attentaten. Ich habe das Gefühl, dass du das auch so tun würdest.«

Leo murmelte etwas, schaute Sunny aber nicht an. Die bekam ein warmes Gefühl im Bauch und wünschte, die Sache wäre schon erledigt.

Anton hatte recht gehabt. Man hatte Leo und Sunny bereits vermisst. Allerdings nicht, weil sie ohne diese beiden nicht leben konnten, sondern weil die Gruppe wahrscheinlich schon längst vermutete, dass die beiden Hilfe aufgetan hatten und hinter ihrem Rücken etwas planten. Auch wenn es keiner explizit aussprach, konnte Sunny ihre Haltung ohne Weiteres an ihren Augen ablesen. Aber noch etwas anderes war beschlossen worden, als Leo und Sunny nicht da waren.

»Wir werden keine weitere Nacht in dieser Hütte hier ausharren«, sagte Helga, die bereits mit ihrer Körpersprache alles ausdrückte, bevor sie es überhaupt aussprach.

»Ich bin derselben Meinung«, pflichtete Bernd ihr bei. Sunny schaute auf. Es war das erste Mal, dass sie Bernd Helga in irgendetwas beipflichten hörte.

»Wir können bei diesem Sturm nicht weg«, hörte Sunny Jochen sagen. Wahrscheinlich stand er hinter der Tür und presste sein Ohr dagegen.

»Das haben wir jetzt bereits oft genug gehört«, sagte Patrick. »Langsam wird es langweilig. Wir haben einfach keine Lust mehr, in dieser Behausung abzuhängen.«

»So ganz ohne Handy, Fernsehen oder irgendetwas, was uns ablenkt«, stimmte Jessica ihm zu. Sunny vermutete, dass sie das nur Patrick zuliebe sagte. Sie wusste, dass Jessica allein mit einem guten Buch zufrieden war. Bei Patrick konnte sie sich so einiges vorstellen, nur nicht, dass er ein Buch las.

»Ich finde auch, wir sollten gehen«, sagte jetzt auch Ute Friedmann. »Der Sturm hört einfach nicht auf und Walters Leiche fängt sicher schon bald an zu riechen. Entschuldige, Helga.«

»Denkst du, ich will erleben, dass mein Ehemann

das Stinken anfängt? Was meinst du, warum ich hier ebenfalls sofort weg will.«

Sunny fragte sich, was Helga bewog, immer noch leidlich freundlich zu Ute zu sein. Ihr musste doch klar sein, dass nur sie oder Bernd für den Mord an Walter verantwortlich waren. Sunny beschloss, das mit Leo zu besprechen, am liebsten sofort, aber jetzt war nicht die richtige Gelegenheit dazu.

»Ich kann Sie wirklich nur bitten abzuwarten, bis der Sturm vorbei ist.«

Jochen klang flehend. Es war eine Stimmlage, die Sunny noch nie von ihm gehört hatte. Er musste wirklich sehr unter Stress stehen. Sunny wusste nur nicht genau, warum. War es die Angst davor, dass jemandem beim Sturm etwas passieren könnte oder fürchtete er nur den Verlust seines Einkommens? Sunny war sich nicht sicher, inwieweit Jochen rückzahlungspflichtig war, wenn seiner Tour ein Sturm und Mord in die Quere kamen.

»Wir werden nicht mehr warten«, sagte Bernd bestimmt. »Die Diskussion ist erledigt. Allerdings werden wir trotzdem noch bis morgen früh hierbleiben. Es hat sicher keinerlei Sinn, bei diesem Sturm später im Stockdunkeln orientierungslos durch den Wald zu tappen.«

»Dem kann ich nur beipflichten«, erwiderte Jochen und klang erleichtert.

»Ich denke nicht, dass ihr irgendwo hingehen solltet«, sagte Leo auf einmal. Sunny blickte zu ihm rüber. Wenn er nichts gesagt hätte, hätte sie es getan.

»Kannst du uns auch sagen, wieso wir das nicht sollten?«, fragte Patrick und klang keinesfalls süffisant, sondern wirklich interessiert an einer Antwort.

»Es handelt sich hier um einen Tatort«, kam Sunny Leo zuvor, die sich auf gar keinen Fall die Führung aus der Hand nehmen lassen wollte. Schließlich war sie hier die leitende Ermittlerin.

»Wegen mir«, erwiderte Patrick lapidar. »Was geht uns das an?«

»Den Tatort darf natürlich keiner verlassen«, antwortete Sunny und schüttelte vorwurfsvoll den Kopf, als müsse man so etwas einfach wissen.

»Du magst durchaus damit recht haben«, sagte Patrick. »Aber weißt du was? Es ist mir ziemlich egal.«

»Es ist uns allen egal«, pflichtete ihm Ute bei und tauchte hinter dem Rücken ihres Sohnes auf.

»Sie können uns ja aufhalten, wenn Sie meinen, dass Ihnen das gelingt«, stieß Helga in dasselbe Horn.

Sunny fragte sich, woher auf einmal diese unheimliche Liebe zwischen ihnen kam. Im Moment trugen sie solch eine Einigkeit zur Schau, die sie vormals zu keiner Zeit je vermuten ließen. Würde Helga so einig mit den Mördern ihres Mannes sein?

»Ich werde es immerhin versuchen«, erwiderte Sunny störrisch, die keinesfalls vor Helga Drescher einen Rückzieher machen würde.

Sunny hatte natürlich auch die Nase voll von dieser Hütte und ebenfalls von der ganzen Gruppe hier. Sie malte sich aus, wie es wäre, wenn sie ein Zuhause hätte, das sie glücklich machen würde. Wie das jähe

Aufleuchten eines Blitzlichtes kam ihr Antons Hütte in den Sinn mit der rustikalen Küche, den knarrenden Dielen und dem abgeschabten Sofa. Wenn sie dort bleiben könnte, wäre sie erst einmal der glücklichste Mensch der Welt.

»Wir haben es jetzt lange genug hier ausgehalten und uns eure schwachsinnige Ermittlung angesehen«, sagte Ute.

War sie immer schon so giftig gewesen? Sunny hatte das Gefühl, dieses Gebäude brachte das Schlechteste in jedem hervor. Außer bei Leo. Ihr Blick streifte ihn und ein warmes Gefühl machte sich breit. Wenn er nur nicht die verdammt roten Haare gehabt hätte.

»Wenn ihr wirklich gehen wollt, dann können wir euch sicher nicht aufhalten«, sagte der Rothaarige und klang ruhig und unaufgeregt. Sunny bewunderte ihn dafür.

»Das ist wahr«, erwiderte Helga, offenbar zufrieden mit sich und ihrer Argumentation.

»Also ist es beschlossen«, beendete Bernd seinerseits die Unterhaltung. »Sobald es hell ist, gehen wir.«

Die Gruppe löste sich auf.

»Was für ein Mist«, zischte Sunny, nachdem ihr Leo nach ihrer ersten Unmutsbekundung ein Zeichen gegeben hatte, dass sie gefälligst etwas leiser sein sollte.

»Im Prinzip stimme ich dir zu«, erwiderte Leo.

»Wenn ich auch nicht unbedingt diese Worte benutzen würde.«

»Ich kann nichts dafür, dass du einen Stock im Hintern hast«, sagte Sunny uncharmant. »Manche Dinge müssen beim Namen genannt werden.«

»Dagegen habe ich im Prinzip nichts, wenn es nur nicht ganz so laut wäre.«

»Was machen wir jetzt?«, fragte Sunny, nachdem sie ihre Stimme um ein paar Dezibel gesenkt hatte.

»Wenn die gehen wollen, dann können wir sie nicht aufhalten, Sunny. Ich frage mich nur, warum sie gehen.«

»Stimmt. Nur weil Walter langsam stinken könnte? Das empfinde ich als Ausrede, die ich einfach so nicht akzeptieren kann.«

»Ganz meiner Meinung. Ich verstehe, dass ihnen die Decke auf den Kopf fällt, aber ihr Leben dafür aufs Spiel setzen, halte ich definitiv für Unsinn. Walter könnten wir auch rausbringen.«

»Nur – ich würde nicht dabei helfen, das ist sicher«, beeilte Sunny sich zu sagen. Sie hielt es für wichtig, das klarzustellen.

»Geschenkt. Also, was machen wir?«

»Wir müssen unbedingt Honey befragen.«

»Dass sie tot ist, das weißt du aber schon.«

»Natürlich. Idiot. Ich möchte sie auch befragen auf eure Geisterart.«

»Wenn du mir jetzt noch verrätst, was du meinst?«

»Was sollte ich schon meinen. Anscheinend ist die

einzige Möglichkeit, mit einem Geist zu sprechen, eine deiner EVP-Sitzungen zu machen.«

»Es gibt noch andere Methoden, sei sicher, aber ich bin dennoch begeistert, dass du dir das so gut gemerkt hast.«

»Ich lerne dazu«, sagte Sunny, so von oben herab wie möglich.

»Aber beim letzten Mal hatten wir schon keinen Erfolg damit.«

»Vielleicht weil wir noch nicht genug wussten, um die richtigen Fragen zu stellen. Anscheinend haben Geister einen Kodex, nichts zu sagen, wenn man noch nicht nah an der Lösung ist. Jetzt wissen wir erheblich mehr.«

»Deine Sicht über Geister schlägt dem Fass wirklich den Boden aus.«

»Ist mir egal. Ich komme damit zurecht. Trotzdem will ich EVP-Aufnahmen machen und Honey befragen. Und diesmal frage ich. Vielleicht wollte sie einfach nicht mit dir sprechen.«

»Möglich ist alles. Also gut, versuchen wir es.«

Leo stand bereits. Was Sunny ganz besonders an ihm hasste, war seine verdammte Aktivität. Er war der Mann, der morgens frisch und fröhlich aus dem Bett springen würde, wenn sie noch schlafen wollte. Der einen Berg erklimmen würde, wenn sie schon beim Après-Ski war. Der einen Marathon planen würde, wenn sie nur einen Spaziergang machen wollte. Das alles zusammengenommen war sogar noch schlimmer als seine roten Haare.

»Wo willst du die Session machen, Mademoiselle?«, fragte Leo fröhlich.

»Was meinst du?«

»Nein, nein, das ist deine Show. Also wo?«

»In dem Zimmer, wo wir sie vermeintlich tot gefunden haben«, sagte Sunny bestimmt.

»Du bist der Boss«, erwiderte Leo gutmütig und nahm seinen Audiorekorder aus der Tasche.

Das Zimmer von Sunny hatte nach ihrer letzten EVP-Sitzung keiner mehr betreten, seit Honey daraus verschwunden war. Sunny setzte sich auf das Bett und Leo schloss behutsam die Tür hinter sich.

»Honey, hier ist Sunny«, sprach die in den Rekorder, den Leo ihr gereicht hatte. »Es tut mir leid, was dir passiert ist. Aber ich muss es wissen: Der Mörder deines Vaters ist hier im Haus, richtig?« Pause.

»Du bist hier, damit er seine Strafe bekommt, nicht wahr?« Pause.

»Der Tod deines Vaters war kein Raubmord, das stimmt doch?« Pause.

»Hatte dein Vater trotzdem etwas, was andere Menschen haben wollten?« Pause.

»War es etwas Wertvolles?« Pause.

»Sagst du mir, was das war?« Pause.

»Musste er deswegen sterben?« Pause.

»Wirst du mir sagen, wer der Mörder war?« Pause.

»Ich bin fertig«, sagte Sunny. »Lass es uns anhören.«

»Gehen wir auf mein Zimmer, da habe ich Kopfhörer. Dann hörst du mehr.«

Sie gingen zu Leos Zimmer, Leo kramte Kopfhörer aus seiner Tasche und verkabelte Sunny damit.

»Willst du nicht zuhören?«, fragte sie.

»Jetzt nicht. Höre es dir alleine an. Schließlich war es auch deine Session.«

Sunny spulte zurück, drückte die Play-Taste und konzentrierte sich auf das, was sie hörte.

»Honey, hier ist Sunny. Es tut mir leid, was dir passiert ist. Aber ich muss es wissen: Der Mörder deines Vaters ist hier im Haus, richtig?«

»Ja.« Ein leichter Hauch, aber definitiv zu verstehen.

»Du bist hier, damit er seine Strafe bekommt, nicht wahr?«

Wieder ein Ja, etwas stärker als zuvor.

»Der Tod deines Vaters war kein Raubmord, das stimmt doch?«

»Nein.« Honeys Stimme schien stärker zu werden.

»Hatte dein Vater trotzdem etwas, was andere Menschen haben wollten?«

»Ja.«

»War es etwas Wertvolles?«

»Ich glaube.«

»Sagst du mir, was das war?«

»Selbst ... herausfinden.«

»Musste er deswegen sterben?«

»Ja.«

»Wirst du mir sagen, wer der Mörder war?«

»Selbst ... herausfinden.«

»Sie sagt es mir nicht«, teilte sie Leo mit. »Zumindest nicht explizit. Wir wissen, dass wir richtigliegen, aber den eigentlichen Täter nennt sie uns nicht.«

»Das hätte mich auch gewundert«, sagte Leo. »Aber dass du überhaupt Kontakt hattest, finde ich toll. Ich habe es von Anfang an gesagt, du hast mediale Fähigkeiten.«

Sunny hoffte, dass ihre Fähigkeiten reichen würden, den Mord endgültig aufzuklären.

»Ich kann die Leute nicht aufhalten«, sagte Jochen, der neben Sunny in der Küche stand.

Die Ereignisse der letzten drei Tage hatten ihn sichtbar altern lassen. Seine Augen waren fast in den Höhlen verschwunden und die Falten neben den Mundwinkeln, die Sunny immer als ganz besonders sexy empfunden hatte, gruben sich mittlerweile viel zu tief ein und machten nicht den Eindruck, als würden sie sich noch mal glätten.

»Du hast es versucht«, sagte Sunny mild und schaltete den Wasserkocher an. Sie hatte Jochen aus dem Vorratsraum herausgelassen. Nur die anderen durften nichts davon bemerken.

»Warum habe ich dann den Eindruck, ich hätte versagt?«

»Sei nicht so hart zu dir selbst. Die Truppe hier ist ein verdammt harter Brocken. Da wäre jeder dran verzweifelt.«

»Die Sache hier macht mir mein Geschäft kaputt.«

»Wer weiß, vielleicht nicht. Leute lieben gute Geschichten. Vielleicht solltest du Wandertouren mit Gruselfaktor anbieten.«

Sie lachten. Sunny wunderte sich, wie unbeschwert das ging. Sie sah Jochen an und stellte fest, dass sie auf keinen Fall mehr in ihn verliebt war. Das war eine voraussehbare, aber dennoch eine überraschende Erkenntnis.

»Gute Idee. Gruselig war es schließlich ziemlich. Morgen sind wir weg und der Mord an den beiden Fremden wird mir in die Schuhe geschoben. Also wird es so schnell keine Gruseltouren geben.«

Sunny hätte ihm gerne gesagt, dass er sich diesbezüglich keine Sorgen machen müsste, da gar kein Mord stattgefunden hatte, sah aber ein, dass das ein dummer Schachzug gewesen wäre. Falls sie diesen Fall noch aufklären wollte, musste Zurückhaltung ihr Motto sein.

»Was ist mit Walters Tod?«, fragte sie stattdessen.

»Das belastet mich am meisten, weißt du. Sollte es zwar nicht, da jeder Tote schlimm ist oder zumindest sein sollte, aber Walter war ein Mitglied meiner Gruppe und ist unter meiner Verantwortung zu Tode gekommen.«

»Dafür warst du sicher nicht verantwortlich«, sagte Sunny und löffelte löslichen Kaffee in eine Tasse. Zumindest heute Nacht musste sie noch so wach wie möglich bleiben.

»Ich fühle mich trotzdem so. Aber vielleicht hat sein Tod seiner Frau einen Gefallen getan. Sie nörgelte immer nur an ihm rum.«

»Könnte gut sein«, sagte Sunny und schüttete heißes Wasser in die Tasse.

»Ständig hat sie auf ihm herumgehackt. Anscheinend hatten sie immer irgendwie Streit. Noch gestern Nachmittag hat sie zu ihm gesagt, dass er sich das oder das nicht trauen soll.«

»Um was ging es da?«, fragte Sunny halbherzig. Sie hatte zwar keine Lust, am Drescher-Familienleben teilzunehmen, war aber dennoch froh, sich mit Jochen wieder ungezwungen unterhalten zu können.

»Ich weiß nicht genau. Er wollte jemandem etwas erzählen, was wohl schon lange genug gedauert hätte. Er hätte es satt, immer zu lügen, und jetzt wolle er reinen Tisch machen und die Sache beenden.«

Sunny verbrannte sich den Mund an der heißen Tasse.

»Hat er das wirklich so gesagt?«

»Ja. Helga wurde ziemlich laut, aber so redete sie ja meistens mit ihm. Sie sagte, dass sie es nicht zulassen würde, dass er ihr Leben kaputtmache.«

»Harter Tobak«, erwiderte Sunny.

Die Mahlsteine ihres Gehirns setzten sich in Bewegung. Sie merkte deutlich, dass jedes auch noch so kleine Zahnrädchen aus dem Schlaf gerissen und in Bewegung gesetzt wurde.

»Ich denke, das hatte mit den Friedmanns zu tun. Wahrscheinlich haben sie ihnen was verheimlicht, das Walter nun erzählen wollte. Ziemlich unangenehm bei so einem Ausflug. Das wünscht man sich als Führer einer solchen Truppe auf gar keinen Fall. Wenn die Stimmung kippt, wird es schwierig.«

»Oder einfacher«, erwiderte Sunny mechanisch.

»Für mich auf gar keinen Fall«, sagte Jochen. »Vielleicht für die Beteiligten, wenn das Gewitter die Luft reinigt. Bis dahin ist es jedoch ein unangenehmer Weg.«

»Entschuldige mich«, sagte Sunny und schenkte ihm im Gegenzug ein Lächeln. Es war sicher unhöflich, Jochen so einfach abzuwürgen, aber sie musste sich dringend über etwas klar werden. Dafür brauchte sie Leo.

»Walter hat Helga vor seinem Tod gedroht«, sagte sie, als sie kurz darauf Leos Tür hinter sich schloss.

»Sieh mal an. Womit denn?«

»Er wollte irgendwas erzählen, sein Gewissen erleichtern, nicht mehr lügen müssen.«

»Klingt so, als hätte das Helga ziemlich aufgeregt.«

»Darauf kannst du wetten. Sie sagte, er würde ihr Leben nicht kaputtmachen. Vielleicht nicht O-Ton, aber der Kontext stimmt.«

»Von wem hast du das?«

»Von Jochen. Er hat sie gehört, konnte ihre Unterhaltung aber nicht in den richtigen Zusammenhang setzen.«

»Also ein erstklassiges Motiv.«

»Absolut. Wahrscheinlich wollte Walter der Polizei etwas erzählen.«

»Meinst du wegen dem Mord an König?«

»Nein. Ich glaube eher, dass er oder beide den Mord an

König beobachtet haben. Passt prima zu einer Erpressung. Würde auch erklären, warum das Verhältnis zwischen ihnen und den Friedmanns immer so angespannt war.«

»Stimmt. Du pflegst selten guten Kontakt zu jemandem, den du unfreiwillig unterstützen musst.«

»Schon ziemlich dreist, mit Friedmanns dann zusammen Urlaub zu machen, findest du nicht?«

»Ich glaube eher, dass Friedmanns diese Urlaube finanzieren mussten. Unter anderem natürlich.«

»Zweifellos möchte sich Helga diesen Komfort nicht nehmen lassen ...«

»... und beschließt, dass ihr Mann deshalb aus dem Leben scheiden muss«, beendete Leo ihren Satz.

»Wow«, sagte Sunny und Stolz lief wie flüssiges Gold durch ihre Adern. Wahrscheinlich strahlte sie von innen heraus.

»Es wird schwer, ihr das zu beweisen«, sagte Leo.

15

»Haben wir endlich alles eingepackt?«, fragte Ute ihre Schwiegertochter, nachdem diese aus dem Flur in den Gemeinschaftsraum kam.

»Ich denke schon«, antwortete Jessica, die einen Rucksack auf dem Rücken trug und einen anderen hinter sich herzog. Wahrscheinlich den von Patrick, der draußen dicht an die Tür gequetscht stand und versuchte, trotz des Sturms genüsslich zu rauchen.

Sunny beobachtete die Gruppe und sah Jochens Gesicht, dem anzumerken war, dass er sich Sorgen machte. Jemand hatte ihn aus dem Vorratsraum herausgelassen und seine Handgelenke mit Paketband zusammengebunden. Sunny hatte ihn am Abend vorher dort wieder eingeschlossen.

»Wozu hast du dich entschieden?«, fragte Leo leise.

Sie hatten letzte Nacht stundenlang diskutiert in der Hoffnung, das fehlende Glied in der Kette zu finden. Sunny war sich sicher, ganz nah an der Lösung zu sein, aber die endgültige Antwort war ihr nicht eingefallen. Sie fing einen Blick von Patrick auf und plötzlich wusste sie es.

»Ich werde nicht klein beigeben. Noch nicht«, flüsterte sie und trat aus dem Schatten des Flurs ganz in den Raum. Sie räusperte sich, als müsse sie ihre Stimme auf die längere Diskussion vorbereiten, die nun sicher kam.

»Bevor ihr geht, möchte ich euch alle noch zu einem kurzen Gespräch in den Speisesaal bitten«, sagte sie und war froh, dass ihre Stimme fest, sogar fast unnachgiebig klang.

»Wofür soll das jetzt gut sein?«, fragte Helga, die in ihrem Ledermantel und Lederhut aussah wie ein Jäger auf der Pirsch.

»Ich bin auch der Meinung, wir sollten aufbrechen«, sagte Bernd. »Wir haben hier wirklich genug Zeit verbracht.«

»Dann kommt es auf ein paar Minuten doch nicht an«, erwiderte Sunny, klang fast versöhnlich, beinahe bittend und dieser Spagat aus Wollen und Wünschen brachte Bernd tatsächlich dazu, einzulenken.

»Ein paar Minuten«, sagte er. »Es ist noch nicht ganz hell, da können wir noch ein bisschen Zeit entbehren.«

Nicht ganz hell war untertrieben. Man sah die Bäume und das Dickicht draußen nur schemenhaft, was ihm sicher auch in den Sinn gekommen war, als er hinausgeblickt hatte. Seit der Sturm wütete, wurde es sowieso nur zaghaft hell, um einen nicht vergessen zu lassen, dass das eigentliche Geschehen noch nicht vorbei war.

»Aber wir ...«, fing Ute an, wurde von Bernd jedoch mit einer Handbewegung zum Schweigen gebracht.

»Diese Zeit können wir entbehren«, wiederholte er.

Sunny vermutete, dass er sich entweder unangreifbar fühlte oder trotz allem, was passiert war, bei Sunny in guter Erinnerung bleiben wollte.

»Glauben Sie nicht, dass Sie uns umstimmen können«, giftete Helga, der es genau anzusehen war, dass sie lieber auf der Stelle als später verschwinden wollte. Trotzdem folgte sie den anderen in den Speisesaal und nahm auf einem der Stühle Platz. Nah genug, das Geschehen verfolgen zu können, aber immer noch weit genug, um ihren Protest deutlich zu machen.

Sunny war freie Reden nicht gewohnt. Es hatte ihr ein wenig davor gegraut, aber sie bemerkte, dass Leo schräg hinter ihr stand. Das gab ihr unvermutet Kraft.

»Wir hatten vor drei Tagen auf einmal mit einem Mord zu tun«, fing sie an und merkte, dass ihre Stimme noch ein wenig brüchig klang. »Ich wurde nachts von Patrick geweckt, der mir sagte, ein toter Mann läge vor der Tür.«

»Was sich ja auch bewahrheitet hat«, erwiderte Patrick.

Sunny schenkte ihm ein kleines Lächeln.

»Das hat es natürlich, wie wir alle wissen.« Ihre Stimme wurde kräftiger und bekam Sicherheit. »Neben dem Opfer stand eine junge Frau, viel zu dünn angezogen und offensichtlich verwirrt, was uns veranlasste, sie mit ins Haus zu nehmen.«

»Diese Frau nannte uns ihren Namen – Honey –, konnte aber sonst nichts Näheres zu dem Vorfall vor dem Haus sagen«, ergänzte Leo. Er war näher an Sunny herangetreten, wofür sie dankbar war.

»Was dann passierte, wissen alle. Wir holten die Leiche des Mannes herein und verfrachteten die verwirrte Frau ins Bett«, sagte sie.

»Wo sie ebenfalls in dieser Nacht ermordet wurde«, ergänzte Leo.

»Wozu erzählen Sie uns das alles?«, fragte Helga von ihrem hinteren Platz. »Wir waren alle dabei.«

»Um ein Gefühl dafür zu bekommen, was hier geschehen ist«, sagte Sunny geduldig. »Um nachzuvollziehen, warum wer zu welcher Zeit sterben musste.«

»Unser größtes Problem war zu erklären, wie die beiden Leichen in der kurzen Zeitspanne verschwinden konnten«, fuhr Leo fort. »Das erschien nämlich nahezu unmöglich. Daher beschäftigte uns auch eine Zeit lang der Gedanke, der Mörder könnte von außerhalb eingedrungen sein.«

»Das wäre immer noch die beste Erklärung für alles«, sagte Bernd.

»Und bestimmt die bequemste für alle Beteiligten hier«, erwiderte Sunny ungerührt. »Leider ist es nicht so. Der Mörder befindet sich auf jeden Fall hier im Haus. Dabei verrate ich euch eins: Es ist nicht Jochen.«

»Wie kommt ihr nur auf so etwas?«, fragte Ute und klang geschockt.

Sunny fragte sich, ob sie sich vor der Aufklärung fürchtete oder nur von der Vorstellung an sich erschreckt wurde, der Mörder wäre einer von ihnen. Beides war möglich, da Sunny nur Vermutungen, aber keine wirklichen Beweise hatte.

»Weil es keine andere Möglichkeit gibt, Ute«, sagte sie freundlich. »Denn bezüglich des Toten sind wir von einer falschen Annahme ausgegangen. Wir glaubten, der Mann wäre wirklich erst in dieser Nacht umgebracht worden. Tatsächlich war er bereits viel länger tot.«

Utes Stuhl fiel polternd nach hinten, als sie aufsprang. Bernd legte ihr beruhigend die Hand auf den Arm und schaffte es, sie mit leichtem, aber unnachgiebigem Druck wieder zum Sitzen zu bewegen.

»Was redest du für einen Unsinn?«, fragte er Sunny. »Du machst meiner Frau Angst.«

»Vielleicht sollte sie genau die jetzt auch haben«, sagte Leo an Sunnys Stelle, hielt sich ansonsten aber sofort wieder zurück. Das war Sunnys großer Auftritt. Er akzeptierte das widerspruchslos und dafür liebte sie ihn. Dieser Gedanke war ihr einfach so durch den Kopf geschossen.

»Die Identität dieses Mannes war lange unklar, bis uns der Zufall hier zu Hilfe kam. Vor 30 Jahren wurde an dieser Stelle ein gewisser Lutz König ermordet. Seit wir ein Foto des damaligen Opfers gesehen haben, wissen wir, dass es sich bei diesem Toten um Lutz König handelt.«

»Wie lange sollen wir uns diesen Schwachsinn noch anhören?«, fragte Helga.

»Bis ich fertig bin«, antwortete Sunny unnachgiebig. »Dass es sich bei dem Toten um Lutz König handelt, gilt faktisch als erwiesen. Immerhin haben wir die Tatwaffe sichergestellt. Bei den heutigen Möglichkeiten der DNS-Tests dürfte es ein Leichtes sein, seine Identität zu bestätigen.«

»Aber ich verstehe das nicht«, sagte Jessica, die überfordert klang. »Wenn der Tote dieser Lutz König war, dann bedeutet das doch, dass er bereits seit 30 Jahren tot ist. Das heißt, wir haben einen Geist gesehen?«

»Ja. So unwahrscheinlich es sich auch anhört.«

»Und es hört sich sehr unwahrscheinlich an«, ließ Helga wenig hilfreich verlauten.

»Ein Gutes hat die Sache auf jeden Fall«, sagte Patrick. »Wenn König vor 30 Jahren ermordet wurde, bin ich auf jeden Fall raus.«

»Vielleicht. Vielleicht auch nicht. Du bist auf keinen Fall der Mörder, das ist sicher. Aber du hast mehr mit ihm gemein, als du dir vorstellen kannst.«

»Sunny, nicht«, sagte Ute und blickte sie flehentlich an. »Mach das nicht.«

»Tut mir leid«, erwiderte Sunny. Das tat es ihr wirklich. »Aber ich kann dabei auf keinen Fall wegsehen. Das verstehst du doch?«

Ute seufzte, nickte dann aber. Sie sah gebrochen

aus, wirkte aber wie ein Mensch, der keine große Last mehr mit sich herumtragen wollte. Bernd sah aus, als nehme er keinen großen Anteil mehr an dem, was um ihn herum vorging.

»Er war kein Zufallsopfer, stimmt's?«, fragte Sunny behutsam. »Es war kein Raubmord, oder?«

»Natürlich nicht«, sagte Ute. »Wir waren damals auf dieser Wanderung. Ein paar Monate vorher hatten wir unseren Sohn verloren.«

»Ich hatte einen Bruder?«, fragte Patrick. »Das wusste ich ja gar nicht.«

»Diese Wanderung sollte mich auf andere Gedanken bringen.«

Sie streichelte den Handrücken ihres Mannes. Der griff nach ihrer Hand und drückte sie fest.

»Da war dieser Mann«, fuhr Ute fort. »Lutz König. Er war mit seinen Kindern im Urlaub. Die Mutter war ein paar Monate vorher ebenfalls gestorben.«

»Nach der Geburt ihrer Kinder«, korrigierte Sunny sie behutsam.

»Ja, das war es«, sagte Ute, als würde sie sich plötzlich erinnern. »Ich beobachtete die drei. Du kannst dir gar nicht vorstellen, was das für ein Gefühl in mir auslöste. Wir waren in einer Pension im Nachbardorf untergebracht. Eigentlich wollten wir schon längst weiterwandern. Aber ich konnte nicht.«

»Weil dich Christopher König an deinen Sohn erinnerte«, sagte Sunny.

»Ja«, bestätigte Ute. »Sie hatten dasselbe freche Lachen, dieselbe Haarfarbe, dieselbe Art zu spielen.«

»Sie war wie paralysiert«, sagte Bernd. »Sie wollte einfach nicht weitergehen.«

»Weißt du, Sunny, der Tod meines Sohnes war eine traumatische Erfahrung für mich. Ich schlief in dieser Zeit fast überhaupt nicht. In jedem Schatten, in jedem Kinderlachen oder Spielzeug sah ich mein Kind.«

»Du fühltest dich um etwas betrogen, was dir in deinen Augen zustand.«

Sunny hatte keine Kinder, aber in diesem Moment konnte sie Utes Trauer, die Verzweiflung und Angst vor der Zukunft verstehen.

»Ja, das war es. Es gab für mich nur eine Möglichkeit, die Dunkelheit abzustellen und wieder glücklich zu werden.«

»Du wolltest das Kind von Lutz König.«

Wieder eine Feststellung. Aber für Sunny war die Zeit der Fragen vorbei. Sie brauchte nur die Bestätigung der Vermutungen, die sie und Leo die letzten drei Tage angestellt hatten.

»Ich sah ihn vor dem Haus. Ich war ihnen nachgegangen. Lange habe ich mich im Dickicht versteckt, vielleicht um mich davon zu überzeugen, es zu lassen.«

»Dabei hatte ich schon längst denselben Gedanken gehabt«, fuhr Bernd fort. »Ich hatte natürlich bemerkt, wie sie das Kind ansah und ich wollte es für sie holen, damit sie wieder glücklich sein konnte.«

»Lutz König hat dich dabei erwischt?«

»Ja. Er versuchte, mir Christopher wegzunehmen, mit mir zu kämpfen. Es war ein harter Kampf.«

»Der wie beendet wurde?«

Doch wieder eine Frage. Sunny hätte sich fast geärgert, den Lauf ihrer Feststellungen unterbrechen zu müssen, aber das hier war zu wichtig.

»Ich habe einen Ast genommen und ihn erschlagen«, sagte Ute, bevor ihr Mann den Mund aufmachen konnte.

»Ute, bitte«, sagte dieser.

»Nein, ich will endlich die Wahrheit sagen.«

»Aber eins verstehe ich nicht«, warf Patrick ein, bei dem die Ungeheuerlichkeit dieser Aussage noch nicht angekommen zu sein schien. »Wo ist dann dieser Christopher König?«

»Du bist Christopher König«, sagte Sunny sanft, die nicht vermutete, dass seine Eltern zu dieser Aussage noch fähig sein würden.

Die Stille, die sich nach diesem Satz ausbreitete, war unbeschreiblich.

»Ich bin nicht Patrick Friedmann?«, fragte Patrick schließlich tonlos.

»Doch, mein Schatz, natürlich bist du das«, sagte Ute flehend und streckte die Hand nach ihm aus, die er geflissentlich übersah.

»Woher weißt du das?«, fragte Bernd Sunny. Er war aschfahl im Gesicht.

»Ich wusste es gar nicht«, erwiderte Sunny. »Leo und ich haben nur die ganze Zeit überlegt, woher uns Honey bekannt vorkam. Erst wollte es uns beim besten

Willen nicht einfallen, bis ich auf einmal näher in das Gesicht von Patrick blickte und darin Honey – Caroline – erkannte. Sie waren Zwillinge.«

»Oh Gott.« Ute weinte mittlerweile hemmungslos. »Das sollte er nie erfahren.«

»Ich sollte nie erfahren, dass ich eine Schwester habe und einen Vater, den ihr umgebracht habt?«

»Nur ich, Liebling, nicht dein Vater.«

»Meinst du, das macht für mich irgendeinen Unterschied? Ihr habt mir meine Familie genommen.«

»Aber wir haben dich geliebt wie unser eigenes Kind«, sagte Bernd. »Du kannst dir nicht vorstellen, wie am Boden zerstört deine Mutter nach dem Tod von Patrick war. Sie wollte kaum noch das Haus verlassen. Diese Wanderung sollte sie auf andere Gedanken bringen.«

»Na, das hat ja funktioniert«, wisperte Sunny zu Leo rüber, der sie mit einem deutlichen »Psst« abwürgte.

Alle schwiegen wieder, als sei im Prinzip alles gesagt und jeder nur darauf wartete, die Versammlung verlassen zu können, um, ja, was, zu machen? Selbst derjenige, der ginge, würde wissen, dass das Leben nie wieder sein würde wie zuvor.

»Also waren diese beiden in der ersten Nacht – Geister?«, fragte Jessica. Bereits am Tonfall konnte man hören, dass sie verstört war. »Aber die Frau lebte doch?«

»Die Frau war meine Schwester«, erwiderte Patrick und Sunny hatte das Gefühl, es hörte sich provozierend an. Allerdings bot ihm Jessica keine Reibungsfläche.

»Ich weiß, Schatz«, sagte sie nur.

»Es ist schwer zu verdauen, das ist uns klar«, sagte Leo. »Aber nach dem jetzigen Stand der Dinge können wir von nichts anderem ausgehen.«

»Also ist meine Schwester auch tot?«, fragte Patrick.

»Ja«, antwortete Leo schlicht, der ihm offensichtlich nicht den ganzen komplizierten Ablauf von Carolines Tod im Detail erklären wollte.

»Sie sind gekommen, weil sie wollten, dass dieser Fall aufgeklärt wird«, sagte Sunny sanft. »Deine Schwester wollte Vergeltung für den Tod deines Vaters.«

Für den Anfang musste das an Erklärung reichen. Wie sehr sich Caroline gequält hatte, bis sie schließlich den Freitod wählte, sollte er erst erfahren, wenn er die heutigen Informationen verdaut hatte.

»Dann haben wir hier gar keinen gewaltsamen Tod gehabt«, stellte Jochen merklich zufrieden fest.

»Da muss ich dich leider korrigieren«, sagte Leo. »Walters Tod war der einzige gewaltsame bei diesem Ausflug.«

»Was reden Sie da für einen Unsinn?«, fragte Helga. »Dem Trottel ist das Radio ins Wasser gefallen.«

»Es gibt überzeugende Erkenntnisse, warum es genau so nicht sein konnte«, erwiderte Leo. »Ich glaube, Sie wissen das am besten.«

»Was soll der Unsinn? Ich weiß gar nichts.«

»Das ist schade, zumal wir wissen, dass Sie Ihren Mann selbst umgebracht haben.«

»Warum zum Teufel sollte ich das tun?«

»Vielleicht weil er nach 30 Jahren auf einmal sein Gewissen entdeckte. Aber wir vermuten eher, dass er

Lutz König erkannt hatte, Angst vor dem Ungewissen und Unerklärlichen bekam und sein Gewissen erleichtern wollte. Vielleicht weil er sich dann irgendeine Art kosmischer Vergebung erhoffte.«

»Wofür sollte er die nötig haben?«, fragte Helga.

»Er alleine sicher nicht, Frau Drescher«, antwortete Sunny. »Aber Sie zusammen haben die dringend nötig.«

»Welche Erklärung haben Sie für solch einen Schwachsinn?«

»Eine ziemlich menschliche in Anbetracht dieser ganzen übersinnlichen Ereignisse, da Sie die Friedmanns seit diesem einen schicksalhaften Tag systematisch erpresst haben.«

»Das stimmt«, sagte Ute, bevor Helga den Mund aufmachen konnte. »Sie hatten uns beobachtet, weil sie auf einem Spaziergang waren. Seit dem Tag haben sie sich wie Kletten an uns geheftet.«

»Wir sind seit 30 Jahren befreundet«, empörte sich Helga.

»Eine sehr einseitige Freundschaft«, sagte Bernd. »Nur weil ihr immer darauf bestanden habt, mit uns zusammen in Urlaub zu fahren, entsteht dadurch noch lange keine Freundschaft.«

»Vor allen Dingen nicht, wenn ihr euch diese Urlaube auch noch von uns bezahlen lasst.«

»Sie haben sich von euch den Urlaub bezahlen lassen?«, fragte Jessica, die sich bis jetzt aus allem herausgehalten hatte.

»Ja. Aber das war nur die Spitze des Eisbergs. Wenn das die Erpressung gewesen wäre, damit hätte ich mit einer Faust in der Tasche leben können. Allerdings haben wir auch noch den größten Teil ihres Lebensunterhaltes finanziert.«

»Ich habe die ganze Zeit gemerkt, dass ihr sie eigentlich gar nicht mögt«, sagte Jessica. »Das erklärt jetzt natürlich vieles.«

»Es erklärt überhaupt nichts«, sagte Patrick barsch. »Du zeigst mir wesentlich zu viel Mitgefühl mit Kriminellen. Was anderes sind meine sogenannten Eltern nicht.«

»Ich verstehe deinen Ärger, aber lass uns diese Sache hier zu Ende bringen«, sagte Leo. »Walter musste sterben, weil er wahrscheinlich reinen Tisch machen wollte, und das konnte seine Frau natürlich nicht zulassen.«

»Wie wollen Sie das beweisen?«

»Das ist nicht schwer. Sie haben den Beweis selbst im Badezimmer hinterlassen.«

Das war selbstverständlich eine Finte. Die reichte jedoch aus, dass Helga aufsprang und durch die Tür ins Freie flüchtete.

»Was für ein überflüssiger Blödsinn«, seufzte Sunny, während sie Leo und Jochen beobachtete, wie sie Helga nachsetzten. Eigentlich war sie jedoch ziemlich froh über diese Aktion, da das einem Schuldgeständnis gleichkam. Es wäre ansonsten schwierig gewesen, ihr die Tat zu beweisen.

Helga kam zu Fall. Von wem das verursacht worden war, konnte Sunny nicht mit Sicherheit sagen. Allerdings wirkte es auf die Entfernung für sie, als würden Leo und Jochen in erster Linie ein Wettrennen und dann einen Kampf austragen, als sich ausschließlich auf Helga zu konzentrieren. Das spielte jedoch keine Rolle mehr, da Helga schon auf der Erde lag und nicht weiterfliehen konnte. Der Konflikt, der die letzten Tage zwischen ihnen schwelte, erreichte so seinen endgültigen Ausbruch.

Ute und Bernd dagegen sahen keineswegs so aus, als dächten sie in irgendeiner Art und Weise an Flucht. Bernd hatte sich wieder an den Esstisch gesetzt, fast so, als würde er auf die nächste Mahlzeit warten. Ute stand dicht hinter ihm, kam aber auf Sunny zu, als sie ihren Blick bemerkte.

»Ich bin froh, dass es endlich vorbei ist«, sagte sie und beobachtete mit Sunny, wie Leo und Jochen Helga durch den Gemeinschaftsraum Richtung Küche bugsierten. Offensichtlich wollten sie Helga in dem Raum ohne Fenster einschließen, in dem bis vor Kurzem noch Jochen gesessen hatte. Sunny empfand das als eine durchaus nützliche Aktion.

»Das denke ich mir«, erwiderte sie so neutral wie möglich, da sie nicht wusste, wie Ute mittlerweile zu ihr stand. Sie selbst würde sicher keine freundlichen Gefühle für jemanden hegen, der einem anderen Menschen das komplette restliche Leben zerstört hatte.

»Ich mache euch keinen Vorwurf«, sagte Ute. »Ihr

konntet nicht anders handeln. Wir sind die gewesen, die alles falsch gemacht haben.«

»Aber ihr habt Patrick, ich meine Christopher, geliebt«, erwiderte Sunny, die nicht wusste, welchen Trost jemand brauchte, der ein Kind entführt und einen Menschen umgebracht hatte.

»Ich habe Patrick geliebt und liebe Christopher«, sagte Ute. »Auch wenn ich nicht weiß, ob er uns das jemals verzeihen wird, was wir ihm angetan haben.«

»Das weiß ich auch nicht«, erwiderte Sunny ehrlich.

In ihren Augen war es schwer vorstellbar, dass der jetzige Christopher irgendwann wieder in den normalen Modus zurückschalten würde, in dem er einfach weiter die Eltern liebte, die er kannte.

»Ich habe Lutz König in dieser Nacht sofort erkannt«, fuhr Ute fort. »Obwohl ich natürlich erst dachte, mein Unterbewusstsein spielt mir einen Streich. Es war keine gute Idee, hierherzukommen.«

»Von wem kam die Idee?«, fragte Sunny, obwohl sie es sich eigentlich denken konnte. Die in beiden Fällen Schuldige plärrte ein Zimmer weiter mit Leo und Jochen herum, da sie sich nicht ohne Weiteres einsperren lassen wollte.

»Von Helga«, antwortete Ute auch sofort. »Das sollte eine reine Schikane sein.«

»Was hat sie sich davon versprochen?«

Sunny beobachtete, wie Patrick vor der Tür mit seiner Zigarette auf und ab lief, während Jessica ihn ganz offensichtlich versuchte zu beruhigen.

»Was meinst du denn? Sie wollte uns leiden sehen. So was bereitet ihr ein ungeheures Vergnügen.«

»Das hätte ich euch so nicht angemerkt.«

»Als wir einmal hier waren, war es nicht mehr so schlimm wie gedacht. Wenn das mit Lutz nicht gewesen wäre, dann hätte ich es fast vergessen können.«

»Ich glaube, so was vergisst man nie wirklich«, entgegnete Sunny. »Man verdrängt es nur.«

»Wahrscheinlich hast du recht. Aber die Geister von Lutz und Caroline haben nicht gebilligt, dass wir es wenigstens verdrängen konnten. Sollten wir deswegen hierherkommen?«

»Das weiß ich nicht«, antwortete Sunny. »Das könnte dir Leo sicher besser beantworten, da er sich mit Geistererscheinungen beschäftigt. Ich glaube, dass die Geister überhaupt erst aktiv wurden, weil ihr hierhergekommen seid.«

Auch Ute gegenüber vermied sie, auf Honeys komplizierten Weg von einer Geistererscheinung bis zu ihrem eigentlichen Tod näher einzugehen. Das Ganze an sich war schon kompliziert genug, ohne noch etwas erklären zu müssen, das sie nicht einmal ansatzweise verstand.

»Ich habe gewusst, dass der Tag der Vergeltung gekommen ist«, sagte Ute. »In dem Moment, in dem ich Lutz König da liegen sehen habe.«

Sie schwieg, als Patrick und Jessica wieder den Raum betraten.

»Ich liebe euch«, sagte Patrick. »Auch wenn ich nicht gutheißen kann, was ihr getan habt.«

»Das ist dein gutes Recht«, antwortete Bernd und erwachte plötzlich aus seiner Starre.

»Ich weiß nicht, ob ich euch das jemals verzeihen werde. Fragt mich heute, dann nicht. Vielleicht denke ich irgendwann einmal anders darüber. Ich weiß es nicht.«

»Das verstehen wir natürlich«, erwiderte Ute leise.

»Meine Schwester war hier und ich habe kein Wort mit ihr geredet. Das werde ich mir selbst nicht verzeihen.«

»Das hätte dir nichts gebracht, Patrick«, sagte Sunny. »Du hast doch erlebt, wie verwirrt sie war.«

»Trotzdem, ich hätte sie ansprechen können, berühren, vielleicht auch umarmen.«

»Keiner wusste zu dem Zeitpunkt, dass sie deine Schwester war.«

»Das spielt keine Rolle. Ich hätte etwas spüren müssen. Schließlich waren wir Zwillinge.«

Vielleicht stimmte das so. Vielleicht hätte er es spüren müssen, war aber zu sehr mit sich selbst beschäftigt gewesen.

»Die Drescher ist gut untergebracht«, sagte Jochen, als Leo und er wieder den Raum betraten.

»Schaut, der Sturm hat jetzt endlich aufgehört.« Leo zeigte durch das Fenster.

16

Sunny tat etwas Seltenes. Sie saß auf dem Absatz der Treppe vor ihrer Unterkunft und rauchte. Auf Steinen saß sie zwar öfter, allerdings war das Rauchen ungewöhnlich für sie, und wenn sie es einmal tat, war es eher ein revolutionärer Akt. Zum Beispiel wenn sie ihre Eltern zur Weißglut treiben wollte, speziell ihren Vater, der der Meinung war, Rauchen sei ähnlich verwerflich wie der Einsatz von biologischen Kampfmitteln.

Jetzt, wo der Sturm ein Ende hatte, merkte sie die Stille fast körperlich, empfand sie als wohltuend und gleichzeitig fehlte er ihr, wie ein Begleiter, der ihr lieb geworden war, weil er sie auf Schritt und Tritt begleitet hatte. Der kam – nur in Form von jemand anderem. Leo setzte sich neben sie, obwohl er wesentlich mehr Mühe hatte, seine langen Beine unter sich zu sortieren. Er wedelte mit einer Flasche vor ihren Augen hin und her, konstant, aber nicht so schnell, dass Sunny nicht die

Aufschrift lesen konnte. Wodka, anscheinend sogar ein besonders guter, zumindest meinte sie, das in irgendeiner Werbung mal gehört zu haben.

»Wo hast du den her? Ich dachte, hier gäbe es keinen Alkohol.«

»Sollte eigentlich auch so sein. Habe das aber im Küchenschrank ganz hinten, hinter den Töpfen, gefunden.«

»Was machst du im Küchenschrank?«, fragte Sunny, erwartete darauf jedoch keine Antwort. Sie griff nach der Flasche.

»Wenn Alkohol versteckt wird, dann meistens an solchen Stellen. Keiner rechnet damit, dass er da gefunden wird«, antwortete Leo. »Aber ich dachte, wir könnten beide einen Schluck gebrauchen.«

»Ein weiser Gedanke«, erwiderte Sunny, die die Flasche bereits aufgeschraubt und einen kräftigen Schluck genommen hatte.

Sie reichte die Flasche an Leo zurück.

»Wir haben es geschafft, Sunny«, sagte Leo und sie hatte das Gefühl, dass er sehr zufrieden klang. Er machte sonst nie einen selbstzufriedenen Eindruck, sondern eher einen in sich ruhenden, auf jeden Fall seit Sunny ihn kannte.

»Das haben wir«, erwiderte sie und lächelte zu ihm rüber. Er lächelte zurück und Sunny fiel das erste Mal richtig auf, was für ein tolles Lächeln und welch schöne Zähne er hatte. Bis heute hatte es verdammt wenig zu lächeln gegeben, umso mehr freute sie sich, dass sie es jetzt endlich einmal unbeschwert tun konnten.

»Wann wird die Polizei wohl hier sein?«, fragte sie.

Patrick hatte das übernommen, was Sunny sehr bewunderte. Seit sich der Sturm verzogen hatte, war der Handyempfang sofort wieder da. Es war sicher nicht jedermanns Sache, seine eigenen Eltern der Polizei auszuliefern. Sie hatte ihn gefragt, was er dabei fühle, worauf er antwortete, jemand müsse schließlich Verantwortung übernehmen. Sunny vermutete, dass er sicher war, das seiner Schwester schuldig zu sein.

»Das kann noch einen Moment dauern. Der Weg hierher ist von einigen umgestürzten Bäumen versperrt. Die müssen von der Feuerwehr erst einmal auf die Seite geschafft werden. Doch ich denke, bei Mord werden die sich sehr bemühen, schnell zu kommen.«

»Dann ist das endlich abgeschlossen.«

»Ich wäre nie darauf gekommen, dass Patrick und Honey Geschwister sind«, räumte Leo ein. »Du bist wirklich eine gute Ermittlerin.«

»Du warst der Lösung schon verdammt nah«, sagte Sunny. »In dem Augenblick schon, als du dich bei Anton gefragt hast, woher dir das Gesicht von Honey so bekannt vorkommt.«

»Ich habe aber nicht die richtigen Fäden verknüpft. Das warst du.«

»Dafür hast du die Verbindung zu Honey hergestellt. Ich habe einiges über Dinge gelernt, die ich nicht zu träumen wagte.«

»Wie soll es jetzt weitergehen?«

Das war eine Frage, die Sunny weder beantworten konnte noch jetzt schon gerne gehört hätte. Ihr fiel in diesem Zusammenhang wieder ein, dass sie im Moment kein Zuhause mehr hatte. Vor ein paar Tagen war sie sich noch sicher gewesen, das bei Jochen zu haben. Daran zweifelte sie jetzt jedoch stark.

»Ich weiß es nicht«, sagte sie ehrlich und wusste, dass sie Leo ihre Lage nicht erklären musste. Dafür war sie dankbar.

»Du solltest dir aber schnell darüber klar werden.«

»Sieh mal an. Das ist mir bekannt, das brauchst du mir nicht extra zu sagen.«

Sie wurde bockig, sie merkte es selbst, konnte es aber nicht steuern.

»Du wirst nur so kratzbürstig, weil ich etwas gefragt habe, das dir unangenehm ist«, kam es von Leo auch prompt.

»Nein, das werde ich, wenn andere Menschen meinen, sie wüssten besser als ich, was gut für mich ist.«

»Ist dir schon mal der Gedanke gekommen, dass das auch genau so ist?«

»Du hörst dich an wie mein Vater.«

»Das ist anscheinend auch bitter nötig. Mittlerweile kann ich die Haltung deines Vaters ein wenig besser verstehen als noch vor drei Tagen.«

»Wenn das so ist, dann lass mich doch endlich in Ruhe. Nach diesem Horrortrip müssen wir uns wirklich nie mehr wiedersehen.«

»Bist du sicher, dass es das ist, was du wirklich willst?«

»Was soll das denn bitte bedeuten?«

»Ich fände es wesentlich besser, wenn du bei mir bleiben würdest. Dann könnte ich wenigstens auf dich aufpassen.«

»Du willst was?«

»Auf dich aufpassen. Macht Wodka taub?«

»Ist das ein verzweifelter Versuch, witzig zu sein?«

»Ich bin ziemlich witzig. Wenn du Glück hast, findest du es vielleicht noch raus.«

Leo stand auf und ging wieder ins Haus. Sollte das etwa eine Liebeserklärung sein? Aber er hatte doch rote Haare.

»Danke, dass du mir geholfen hast«, sagte Jochen, der sich Sunny genähert hatte, ohne dass sie es bemerkte.

»Ich habe nicht viel getan«, sagte sie.

Sie war nicht bei der Sache, da ihr das Gespräch mit Leo im Kopf herumschwirrte. Offenbar merkte Jochen das, was ihn sofort bemüßigte, sich bei Sunny zu entschuldigen.

»Ich weiß, dass ich dich schlecht behandelt habe. Es tut mir leid.«

»Nein, ist schon in Ordnung«, erwiderte Sunny, die langsam wieder in die Gegenwart zurückkehrte. Sie blickte hoch zu Jochen, der sich im Gegensatz zu Leo nicht neben sie setzte. Irgendwie hatte das etwas Prophetisches. Er wollte sich nicht mit ihr auf eine Stufe begeben. So was zu denken war unfair, da sie ebenfalls wusste, dass Jochen pingelig war, was seine

Kleidung anging. Deswegen einen Affront gegen sie zu vermuten war ungerecht, aber sie konnte sich den Gedanken nicht verkneifen.

»Ist es nicht«, sagte Jochen und Sunny musste einen Moment überlegen, worauf er ihr eigentlich antwortete, so weit war sie in ihren Gedanken wieder abgeschweift.

»Es gibt keine Entschuldigung dafür. Ich darf dich nicht für Dinge verantwortlich machen, für die du nichts kannst.«

»Das ist eine schöne Einsicht«, sagte Sunny. Sie wünschte, das wäre ihm bereits vor drei Tagen eingefallen, als ihre Liebe noch unerschütterlich war und alles möglich erschien.

»Das ist es«, erwiderte Jochen.

Er schaffte es, sogar in dem kurzen Satz selbstgefällig zu klingen. Sunny hätte ihn ohrfeigen können. Aber sie musste froh sein, dass er überhaupt etwas einsah.

»Ich konnte nicht einfach von dir erwarten, dass du mit meinem Tempo Schritt halten kannst.«

»Was denn für ein Tempo, bitte?«, fragte Sunny und merkte, wie ihr der Ärger langsam den Nacken hochkroch.

»Ich liebe Sport, du Essen und Faulenzen, um nur ein Beispiel zu nennen.«

»Du meinst, du schickst mich in die Wüste, weil ich nicht so aktiv bin wie du?«

»Ich schicke dich nicht in die Wüste. Das habe ich niemals gesagt. Trotzdem sind wir in vielen Dingen nicht kompatibel.«

So wie er es aussprach, klang es wie eine Beleidigung. Sunny drehte den Satz im Kopf hin und her, aber er hörte sich dennoch nicht besser an. Vielleicht lag es an dem grauenhaften Wort kompatibel.

»Das hätte man überwinden können«, sagte sie, immer im Hinterkopf, dass mangelnde Kompatibilität nicht der Hauptgrund war, warum sie ihm immer noch grollte.

»Ich glaube nicht, Sunny. Ich habe mir immer eine Frau gewünscht, die im Leben mit mir Schritt halten kann.«

»Und das kann ich nicht, weil ich morgens nicht mit dir joggen gehe? Ich erinnere mich, das hast du am Anfang unserer Beziehung auch mal erwähnt. Damals habe ich es noch darauf bezogen, im Leben etwas auf die Beine zu stellen. Da ahnte ich noch nichts von einem reinen Bezug auf Äußerlichkeiten.«

»Nimmst du mir das jetzt wirklich übel?«

»Nein«, antwortete Sunny. »Das nicht. Was ich dir wirklich übel nehme, ist, dass du nebenbei weiter nach Frauen gesucht hast, die mit dir Schritt halten können.«

»Das hast du mir vor Kurzem schon vorgeworfen und mir keine Gelegenheit gegeben, mich dazu zu äußern.«

»Weil wir einen Mord aufzuklären hatten. Könnte das ein Grund dafür gewesen sein?«

»Deswegen reden wir ja jetzt. Er ist aufgeklärt. Nun müssen wir entscheiden, wie es weitergeht.«

Wieder versuchte er, einer Diskussion über das Fremdgehen auszuweichen, indem er seine Argumentation dreimal um denselben Kreis drehte. Fast wäre Sunny darauf reingefallen.

»Wie sollen wir entscheiden, wie es weitergeht, wenn du immer noch keine Stellung zu den Vorwürfen des Fremdgehens genommen hast?«

»Sunny, wollen wir uns wirklich mit diesen alten Geschichten aufhalten?«

»Alte Geschichten? Wir sind erst seit ein paar Monaten zusammen und ich befürchte, ich habe erst die Spitze des Eisbergs entdeckt.«

»Beziehung ist Vertrauen. Ohne Vertrauen geht es nicht.«

»Was soll das denn jetzt bedeuten? Bin ich fremdgegangen oder du?«

»Du hast mich auf andere Art betrogen. Ich habe dich gebeten, ein wenig auf deine Ernährung zu achten. Was hast du getan? Dir hinter meinem Rücken den Bauch vollgeschlagen. Du hast mir versprochen zu trainieren, wenn du Zeit hast, aber von der Couch herunter hast du es nie geschafft.«

»Entschuldige, ich dachte, es ging um so unwichtige Sachen wie Vertrauen darauf, dass der Partner einen nicht hintergeht.«

»Was du getan hast, ist ebenfalls hintergehen, Sunny. Für jeden hat die Art des Betrugs eine andere Wertigkeit. Aber es bleibt dennoch einer.«

»Du stellst heimliches Essen auf eine Stufe mit dem Fremdgehen?«

»Für mich macht es keinen Unterschied«, erwiderte Jochen und seine Stimme klang unerwartet fest. Das war kein Schön- oder Herausreden, er sah den Unterschied wirklich nicht. Sunny blickte an ihm hoch zu seinem Gesicht, ein gefurchtes, attraktives Gesicht, und stellte etwas Wesentliches fest: Sie liebte ihn nicht mehr.

»Dann trennen wir uns am besten«, sagte sie friedlich und freute sich, wie leichtfertig ihr das über die Lippen kam.

»Das sollten wir tun«, erwiderte Jochen. »Aber böse bist du mir doch nicht?« Selbst bei der Trennung erwartete er noch die Absolution.

»Nein, auf keinen Fall«, antwortete Sunny. Was würde es jetzt noch helfen, ihm seine Vergehen nachzutragen.

Sie blickte ihm hinterher, als er sich Richtung Speisesaal aufmachte. Wo sollte sie jetzt hin?

———

Die Polizei, die Spurensicherung und der Bestatter trafen gleichzeitig ein. Sunny vermutete, dass sie zwar zu unterschiedlichen Zeiten losgefahren waren, aber der Erste schon beim nächsten Hindernis abgebremst wurde, sodass sie am dritten bereits alle gemeinsam warten mussten, bis die Feuerwehr den Weg freigeschnitten hatte.

Eigentlich hätte Sunny bei einer Leiche, einem Entführer und zwei Mördern etwas mehr Schwung erwartet, der aber nicht aufkommen wollte.

»Konnten Sie sich für Ihren Mord kein zugänglicheres Gelände aussuchen?«, maulte der Kriminalbeamte und schüttelte demonstrativ am Schuh klebendes Laub ab.

»Beim nächsten Mal werden wir daran denken«, sagte Sunny, die zwar noch nie mit der Kriminalpolizei zu tun hatte, aber trotzdem der Meinung war, die Angelegenheit sollte mit dem nötigen Ernst behandelt werden. Die anderen hatten das Vorfahren der Autos ebenfalls gehört und kamen vor die Tür.

Später beobachtete Sunny, wie der Bestatter und seine Helfer die Leiche von Walter im Zinksarg auf das lange Heck des Leichenwagens schoben. Sie empfand keinerlei Verlust oder Ähnliches, nur Erleichterung, der Person entledigt zu sein, die für ihre schlechte Empfindung schon vor und während des Ausflugs verantwortlich gewesen war. Sie hatte noch nie einem Menschen den Tod gewünscht, Walter ebenso wenig, dennoch war sie froh, dass er den Weg allen Irdischen gegangen war.

»Haben sie euch schon befragt?«, wollte sie von Leo wissen, als der herauskam.

»Nein, noch nicht.« Leo setzte sich wieder. Er hatte offensichtlich keine Sorge, dass seine Hose vielleicht dreckig würde. »Warum sitzt du die ganze Zeit hier draußen?«

»Weil ich von Toten und Mördern genug gesehen habe«, antwortete sie. »Weil ich froh bin, dass der Sturm aufgehört hat und ich die Sonne endlich wieder spüren kann.«

»Das sind wir wohl alle«, pflichtete Leo ihr bei. »Na

ja, außer Helga vielleicht. Ich glaube, sogar Ute und Bernd sind froh.«

»Ich glaube, sie sind froh, dass diese Lügen endlich ein Ende haben. Sie sind keine Menschen, die gerne mit so etwas leben.«

»Und doch haben sie es getan.«

»Eins verstehe ich nicht: Warum haben sie sich nicht von Helga und Walter befreit?«

»Was schwebt dir denn da so vor? Zwei weitere Morde?«

»Nun ja, warum nicht? Sie waren doch die Einzigen, die es wussten.«

»Erinnere mich daran, dir nie zu sehr auf die Füße zu treten. Da muss man ja um sein Leben fürchten.«

»Tu einfach immer, was ich sage, dann kann dir nichts passieren.«

»Ich versuche, daran zu denken«, erwiderte Leo.

War das die Einladung, ihr Leben mit ihm zu verbringen? Sunny wusste es nicht. Sie konnte es auch im Moment noch nicht herausfinden. Ute und Bernd wurden abgeführt. Sunny war froh, dass man auf Hand-schellen verzichtet hatte. Es hätte ihr leidgetan, die Leute so zu sehen, von denen sie eine Zeit lang am liebsten die Tochter gewesen wäre. Patrick ging hinter ihnen her, dicht gefolgt von Jessica. Seinem Gesicht war nicht zu entnehmen, was er dachte.

»Wann werden wir verhört, was meinst du?«, fragte sie Leo.

»Nicht mehr hier«, antwortete Leo. »Das haben sie drinnen eben gesagt. Sie haben die Personalien aufgenommen, dafür wird nachher noch jemand zu dir kommen mit der Auflage, dich morgen im Laufe des Tages im Nachbarort auf dem Revier einzufinden, um eine Aussage zu machen.«

»Was erzählen wir da nur?«, fragte Sunny, die sich gerade versuchte vorzustellen, der Polizei etwas von Geistererscheinungen zu berichten, die sie im Endeffekt zu den Tätern geführt hatten.

»Nichts davon«, antwortete Leo, der ihre Frage richtig gedeutet hatte. »Das haben wir drinnen bereits besprochen, als wir auf diesen ganzen Aufmarsch hier warteten.«

»Die Drescher auch nicht?«, fragte Sunny.

»Was die erzählt, ist egal. Wenn wir anderen alle das Gleiche erzählen, wer sollte ihr das abkaufen? Zumal Geister? Du würdest es auch nicht glauben, wenn du nicht hier gewesen wärst.«

»Wahrscheinlich nicht«, sagte Sunny.

»Wir erzählen nur ein wenig darüber, dass die Stimmung zwischen Friedmanns und Dreschers angespannt war, wir aber nicht wussten, warum. Dann war Walter tot und zwei Tage später gestehen Ute und Bernd ihrem Sohn, dass er gar nicht ihr Sohn ist.«

»Eine Lösung auf dem Silbertablett. Warum sollte einer Näheres wissen wollen.«

»Genau. Alle Täter sind dingfest. Mehr braucht keiner zu wissen.«

Sie beobachteten, wie Patrick mit einem Beamten diskutierte. Anscheinend handelte es sich darum, ob er und Jessica mit seinen Eltern mitfahren konnten.

Sunny ging durch den Kopf, dass sie das Freizeitheim nun auch verlassen musste, was sie zwar begrüßte, aber immer noch nicht sicher war, wie es jetzt weitergehen sollte. Während sie darüber noch nachgrübelte, kam Patrick auf sie zu.

»Wir können bei der Kripo mitfahren«, sagte er. »Morgen treffen wir uns bestimmt auf dem Revier. Wir bleiben in Kontakt.«

»Schneller Abgang«, kommentierte Leo, nachdem Patrick außer Sichtweite war. »Er konnte gar nicht schnell genug wegkommen.«

»Wundert es dich?«, fragte Sunny. »Ich wünschte, ich wäre an seiner Stelle.«

»Wo wir von schnellem Abgang reden, da kommt Jochen«, sagte Leo.

Es schien sich als günstige Fügung zu erweisen, dass alle Rucksäcke schon gepackt waren und sie somit nichts mehr an diesem Ort hielt.

»Ich wandere zurück«, sagte Jochen. »Wollt ihr mitkommen?«

»Nein, wir müssen uns noch von jemandem verabschieden«, erwiderte Sunny.

Sie holten die Rucksäcke aus dem Haus, damit Jochen abschließen konnte, und blickten ihm einen Moment nach.

»Was habt ihr nun vor?«, fragte Anton, der zur Abwechslung mal keinen Wein ausschenkte, sondern ihnen ein üppiges Frühstück mit Rührei, Speck und Toast servierte.

»Weiß nicht genau«, nuschelte Sunny zwischen zwei Bissen. Sie warf Leo einen verstohlenen Blick zu, aber der schaute genüsslich kauend aus dem Fenster, als hätte er Antons letzten Satz gar nicht mitbekommen.

Sunny fühlte sich nicht gerne orientierungslos. Sie wollte auf keinen Fall nach Hause. Aber ohne Wohnung und mit wenig Geld blieben ihr nicht die meisten Möglichkeiten.

»Ich fahre wieder zurück nach Hause«, sagte Anton. »Ich muss mich um meine Blumen kümmern. Vom Wald habe ich erst einmal genug.«

»Das ist traurig.«

Sunny begann bereits, die abgeschabte Couch sowie alles hier schmerzlich zu vermissen. Der Gedanke, dass sie es vielleicht nie wiedersehen würde, schnürte ihr die Kehle zu.

»Leo, was machst du als Nächstes?«, fragte Anton und schaute Leo unter seinem langen weißen Pony aufmerksam an, fast als warte er auf etwas.

»Ich bin mir noch nicht sicher. Das Studium der Geowissenschaften ist eine Sackgasse. Ich habe mir viel davon versprochen, komme aber nicht so weiter, wie ich mir das vorgestellt habe.«

»Hast du noch dein Studentenzimmer?«

Sunny fragte sich, wann Leo sich mit Anton über sein Studentenzimmer unterhalten haben konnte. Entweder war sie nicht dabei gewesen, was ungewöhnlich wäre, weil sie immer zu zweit hier waren, oder sie hatte nicht richtig zugehört. Das würde sie leider auch nicht wundern. An ihrer Fokussierung musste sie dringend noch arbeiten.

»Bis Ende des Monats. Dann ist Schluss. Ich habe mich zum Wintersemester exmatrikuliert.«

»Wie alt bist du?«, fragte Sunny plötzlich, der auf einmal diese Diskrepanz auffiel. Bis jetzt war sie davon ausgegangen, dass Leo so alt war wie sie.

»Sechsundzwanzig«, antwortete der prompt.

Fünf Jahre jünger als Sunny. Sie fragte sich, warum sie sich auf einmal darüber ärgerte. Er hatte ihr das nicht verschwiegen, sie hatte einfach nicht danach gefragt. Sie bekam ein Gefühl des Nichtgenügens. Fröhliche Anfang Dreißigerin mit einem Hang zu einem kleinen Kugelbauch, den sie durch weite Blusen zu verstecken versuchte, die zwar ein mitreißendes Lachen hatte, aber Beine, die ein bisschen x-beinig wirkten, wenn sie zu enge Hosen trug, und nicht dafür geeignet waren, morgens zu joggen. Wie konnte sie sich Hoffnung machen, wenn Leo braun gebrannt, muskulös und anziehend war? Auch mit seinen roten Haaren.

»Was ist mir dir, Sunny?«, fragte Anton. »Du bist mir noch eine Antwort schuldig. ›Weiß nicht genau‹ ist nicht dazu geeignet, meine Neugier dauerhaft zu befriedigen.«

»Was willst du wissen?«, fragte Sunny und ärgerte sich über sich selbst, dass ihr Tonfall leicht gereizt klang. Anton konnte sicher nichts dafür, dass sie fett, unglücklich verliebt und dazu noch ohne Bleibe war.

»Wo gehst du jetzt hin?«

Sie konnte sich nicht daran erinnern, mit Anton über ihre desolate häusliche Situation gesprochen zu haben. Warum hatte sie also das Gefühl, dass er genau darauf anspielte? Der Verdacht, dass er sich mit Leo unterhalten hatte, als sie nicht dabei war, wurde immer stärker.

»Keine Ahnung«, antwortete sie daher fast trotzig und blickte ihm unverhohlen ins Gesicht. »Ich habe keine Unterkunft mehr.«

»Dann schlage ich vor, dass du hier in der Hütte bleibst«, erwiderte Anton ruhig, ohne eine Spur von Schadenfreude oder irgendetwas anderem, von dem sie selbst nicht wusste, was es sein sollte. Selbst wenn es so gewesen wäre, hätte es keine Rolle gespielt. Der Gedanke setzte sich schneller in ihr fest als eine Zecke im Fleisch. Allein die Vorstellung, die Hütte bis auf Weiteres nicht mehr verlassen zu müssen, erfüllte sie mit Glück, das wie flüssiges Gold durch ihre Adern pulsierte. Sie würde an dem Ort sein, an dem sie sich am meisten zu Hause fühlte.

»Wenn es dir recht ist«, erwiderte sie, fast platzend vor Glück.

»Wenn ich es nicht so gemeint hätte, würde ich es nicht vorgeschlagen haben. Hier kannst du in Ruhe überlegen, wie du dein Leben gestalten willst.«

Sunny fragte sich nun wirklich ernsthaft, wie er von ihrer Perspektivlosigkeit wissen konnte. Leo hatte sie davon nämlich nichts erzählt. Oder Anton hatte einfach eine ungeheure Menschenkenntnis.

»Ich bleibe gerne«, sagte sie daher und es war ihr

vollkommen egal, dass sie sich restlos glücklich anhörte. Anton fühlte sich bereits jetzt an wie Familie.

»Ich kann nicht viel zahlen«, sagte sie dann aber betrübt. Nicht viel war in dem Fall mehr als untertrieben.

»Du sollst hier aufpassen, deshalb ist das Geld zweitrangig«, erwiderte Anton.

»Den Rest zahle ich«, sagte Leo auf einmal. »Ich würde auch gerne hierbleiben. Wie du weißt, habe ich ab Dezember keine Unterkunft mehr.«

»Ist mir recht«, sagte Sunny, die plötzlich wie auf Wolken schwebte.

»Wir könnten uns auf paranormale Mordermittlungen spezialisieren. Wenigstens fürs Erste.«

»Sprichst du von investigativen paranormalen Untersuchungen?«

»Hört sich gut an.«

»Okay, versuchen wir es.«

Sunny fragte sich, ob sie damit ebenfalls eine Beziehung eingegangen war oder nicht. Sie freute sich schon darauf, das herauszufinden.

Gegen Abend gingen sie noch mal rüber zum Freizeitheim. Satt und zufrieden von einem guten Essen und dem Gefühl von Heimat. Sie schauten in die dunklen Fenster, die auf einmal nicht mehr bedrohlich, sondern nur noch blind wirkten. Die Geister von Honey und ihrem Vater waren weg.